作者像。

英倫的回憶

山東印象

幽默短章

老牛破車

風雨故園

國難聲裡

師友雜記

暮年隨筆

附錄

英倫的回憶

旅行

老舍把早飯吃完了，還不知道到底吃的是什麼；要不是老辛往他（老舍）腦袋上澆了半罐子涼水，也許他在飯廳裡就又睡起覺來！老辛是外交家，衣裳穿得講究，臉上刮得油汪汪的發亮，嘴裡說著一半英國話，一半中國話，和音樂有同樣的抑揚頓挫。外交家總是喜歡占點便宜的，老辛也是如此：吃麵包的時候擦雙份兒黃油，而且是不等別人動手，先擦好五塊麵包放在自己的碟子裡。老方——是個候補科學家——的舉動和老舍老辛又不同了：眼睛盯著老辛擦剩下的那一小塊黃油，嘴裡慢慢的嚼著一點麵包皮，想著黃油的成分和製造法，設若黃油裡的水分是一・〇七？設若擱上〇・六七的鹽？……他還沒想完，老辛很輕巧的用刀尖把那塊黃油又插走了。

吃完早飯，老舍主張先去睡個覺，然後再說別的。老辛老方全不贊成，逼著他去收拾東西，好趕九點四十五的火車。老舍沒法兒，只好揉眼睛，把零七八碎的都放在小箱子裡，而且把昨天買的三個蘋果——本來是一個人一個——全偷偷的放在自己的袋子裡，預備到沒人的地方自家享受。

東西收拾好，會了旅館的賬，三個人跑到車站，買了票，上了車；真巧，剛上了車，車就開了。車一開，老舍手按著袋子裡的蘋果，又閉上眼了，老辛老方點著了煙捲兒，開始辯論：老辛本著外交家的眼光，說昨天不該住在巴茲，應該一氣兒由倫敦到不離死兔[1]，然後由不離死兔回到巴茲來；這麼辦，至少也省幾個先令，而且叫人家看著有旅行的經驗。老方呢，哼兒哈兒的支應著老辛，不錯眼珠兒的看著手錶，計算火車的速度。

火車到了不離死兔，兩個人把老舍推醒，就手兒把老舍袋子裡的蘋果全掏出去。老辛拿去兩個大的，把那個小的賞給老方；老方頓時站在月臺上想起牛頓看蘋果的故事來了。

出了車站，老辛打算先找好旅店，把東西放下，然後再去逛。老方主張先到大學裡去看一位化學教授，然後再找旅館。兩個人全有充分的理由，誰也不肯讓誰，老辛越說先去找旅館好，老方越說非先去見化學教授不可。越說越說不到一塊兒，越說越不貼題，結果，老辛把老方叫作「科學牛」，老方罵老辛是「外交狗」，罵完還是沒辦法，兩個人一齊向老舍說：

1. 即布里斯托爾（bristol），英國一個城市。

「你說！該怎麼辦！？說！」

老舍打了個哈欠，揉了揉眼睛，擦了擦鼻子，有氣無力的說：

「附近就有旅館，拍拍腦袋算一個，找著哪個就算哪個。找著了旅館，放下東西，老方就趕緊去看大學教授。看完大學教授趕快回來，咱們就一塊兒去逛。老方沒回來以前，老辛可以到街上轉個圈子，我呢，來個小盹兒，你們看怎麼樣？」

老辛老方全笑了，老辛取消了老方的「科學牛」，老方也撤回了「外交狗」；並且一齊誇獎老舍真聰明，差不多有成「睡仙」的希望。

一拐過火車站，老方的眼睛快（因為戴著眼鏡），看見一戶人家的門上掛著：「有屋子出租」，他沒等和別人商量，一直走上前去。他還沒走到那家的門口，一位沒頭髮沒牙的老太婆從窗子縫裡把鼻子伸出多遠，向他說：「對不起！」

老方火兒啦！還沒過去問她，怎麼就拒絕呀！黃臉人就這麼不值錢嗎！老方向來不大愛生氣的，也輕易不談國事的；被老太婆這麼一氣，他可真惱啦！差不多非過去打她兩個嘴巴才解氣！老辛笑著過來了：

「老方打算省錢不行呀！人家老太婆不肯要你這黃臉鬼！還是聽我的去找旅館！」

老方沒言語，看了老辛一眼；跟著老辛去找旅館。老舍在後面隨著，一步一個哈欠，恨不能躺在街上就睡！

找著了旅館，價錢貴一點，可是收中國人就算不錯。老辛放下小箱就出去了，老方雇了一輛汽車去上大學，老舍躺在屋裡就睡。

老辛老方都回來了，把老舍推醒了，商議到哪裡去玩。老辛打算先到海岸去，老方想先到查得去看古洞裡的玉筍鐘乳和別的與科學有關的東西。老舍沒主意，還是一勁兒說困。

「你看，」老辛說：「先到海岸去洗個澡，然後回來逛不離死兔附近的地方，逛完吃飯，吃完——睡——」

「對！」老舍聽見這個「睡」字高興多了。

「明天再到查得去不好麼？」老辛接著說，眼睛一閉一閉的看著老方。

「海岸上有什麼可看的！」老方發了言：「一片沙子，一片水，一群姑娘露著腿逗弄人，還有什麼？」

「古洞有什麼可看，」老辛提出抗議：「一片石頭，一群人在黑洞裡鬼頭鬼腦的亂撞！」

「洞裡的石筍最小的還要四千年才能結成，你懂得什麼——」

老辛沒等老方說完，就插嘴：

「海岸上的姑娘最老的也不過二十五歲，你懂得什麼——」

「古洞裡可以看地層的——」

「海岸上可以吸新鮮空氣——」

「古洞裡可以——」

「海岸上可以——」

兩個人越說越亂，誰也不聽誰的，誰也聽不見誰的。嚷了一陣，兩個全向著老舍來了：

「你說，聽你的！別再耽誤工夫！」

老舍一看老辛的眼睛，心裡說：要是不贊成上海岸，他非把我活埋了不可！又一看老方的神氣：哼，不跟著他上古洞，今兒個晚上非叫他給解剖了不可！他揉了揉眼睛說：

「你們所爭執的不過是時間先後的問題——」

「外交家所要爭的就是『先後』！」老辛說。

「時間與空間——」

老舍沒等老方把時間與空間的定義說出來，趕緊說：

「這麼著，先到外面去看一看，有到海岸去的車呢，便先上海岸；有到查得的車呢，便先到古洞去。我沒一定的主張，而且去不去不要緊；你們要是分頭去也好，我一個人在這裡睡一覺，比什麼都平安！」

「你出來就為睡覺嗎？」老辛問。

「睡多了於身體有害！」老方說。

「到底怎麼辦？」老舍問。

「出去看有車沒有吧！」老辛拿定了主意。

「是火車還是汽車？」老方問。

「不拘。」老舍回答。

三個人先到了火車站，到海岸的車剛開走了，還有兩次車，可都是下午四點以後的。於是又跑到汽車站，到查得的汽車票全賣完了，有一家還有幾張票，一看是三個中國人成心不賣給他們。

「怎麼辦？」老方問。

老辛沒言語。

「回去睡覺哇！」老舍笑了。

（載一九二九年三月《留英學報》第三期）

頭一天

那時候，（一晃兒十年了！）我的英語就很好。我能把它說得不像英語，也不像德語，細聽才聽得出——原來是「華英官話」。那就是說，我很藝術的把幾個英國字勻派在中國字裡，如雞兔之同籠。英國人把我說得一楞一楞的，我可也把他們說得直眨眼；他們說的他們明白，我說的我明白，也就很過得去了。

……

給它個死不下船，還有錯兒麼？！反正船得把我運到倫敦去，心裡有底！

果然一來二去的到了倫敦。船停住不動，大家都往下搬行李，我看出來了，我也得下去。什麼碼頭？顧不得看；也不顧問，省得又招人們眨眼。檢驗護照。我是末一個——英國人不像咱們這樣客氣，外國人得等著。等了一個多鐘頭，該我了。兩個小官審了我一大套，我把我心裡明白的都說了，他倆大概沒明白。他們在護照上蓋了個戳兒，我「看」明白了：「准停留一月 Only」。（後來由學校呈請內務部把這個給註銷了，不在話下。）管它 Only 還是「哼來」，快下船哪，別人都走了。

敢情還得檢查行李呢。這回很乾脆：「煙？」我說「no」；「絲？」又一個「no」。皮箱上畫了一道符，完事。我的英語很有根了，心裡說。看別人買車票，我也買了張；大家走，我也走；反正他們知道上哪兒。他們要是走丟了，我還能不陪著麼？上了火車。火車非常的清潔舒服。越走，四外越綠，高高低低全是綠汪汪的。太陽有時出來，有時進去，綠地的深淺時時變動。遠處的綠坡托著黑雲，綠色特別的深厚。看不見莊稼，處處是短草，有時看見一兩隻搖尾食草的牛。這不是個農業國。

……

走著走著，綠色少起來，看見了街道房屋，街上走動著紅色的大汽車。再走，淨是房屋了，全掛著煙塵，好像薰過了的。倫敦了，我想起幼年所讀的地理教科書。

……

車停在Cannon Street。大家都下來，月臺上不少接客的男女，接吻的聲音與姿式各有不同。我也慢條斯理的下來；上哪兒呢？啊，來了救兵，易文思教授[1]向我招手呢。他的中國話比我的英語應多得著九十多分。他與我一人一件行李，走向地道車站去；有了他，上地獄也不怕了。坐地道火車到了Liverpool Street。這是個大

1. 燕京大學神學院英籍教授，又譯艾溫士。

車站，把行李交給了轉運處，他們自會給送到家去。然後我們喝了杯啤酒，吃了塊點心。車站上，地道裡，轉運處，咖啡館，給我這麼個印象：外面都是烏黑不起眼，可是裡面非常的清潔有秩序。後來我慢慢看到，英國人也是這樣。臉板得要哭似的，心中可是很幽默，很會講話。他們慢，可是有準。易教授早一分鐘也不來；車進了站，他也到了。他想帶我上學校去，就在車站的外邊。想了想，又不去了，因為這天正是禮拜。他告訴我，已給我找好了房，而且是和許地山[2]在一塊。我更痛快了，見了許地山還有什麼事作呢，除了說笑話？

……

易教授住在 Barnet，所以他也在那裡給我找了房。這雖在「大倫敦」之內，實在是屬 Hertfordshire[3]，離倫敦有十一哩，坐快車得走半點多鐘。我們就在原車站上了車，趕到車快到目的地，又看見大片的綠草地了。下了車，易先生笑了。說我給帶來了陽光。果然，樹上還掛著水珠，大概是剛下過雨去。

……

正是九月初的天氣，地上潮陰陰的，樹和草都綠得鮮靈靈的。由車站到住處還要走十分鐘。街上差不多沒有什麼行人，汽車電車上也空空的。禮拜天。街道很寬，

2. 許地山（1893－1941），本名贊堃，字地山，筆名落花生（落華生）。出生於台灣台南，後落籍福建龍溪。當代華人研究印度學的先行者。著有《空山靈雨》、《道學史》、《印度文學》、《解放者》等。
3. 即哈特福郡，英國英格蘭東部的郡，下有十個行政區。

鋪戶可不大，都是些小而明潔的，此處已沒有倫敦那種烏黑色。鋪戶都關著門，路右邊有一大塊草場，遠處有一片樹林，使人心中安靜。

……

最使我忘不了的是一進了胡同：Carnarvon Street。這是條不大不小的胡同。路是柏油碎石子的，路邊上還有些流水，因剛下過雨去。兩旁都是小房，多數是兩層的，瓦多是紅色。走道上有小樹，多像冬青，結著紅豆。房外二尺多的空地全種著花草，我看見了英國的晚玫瑰。窗都下著簾，綠蔓有的爬滿了窗沿。路上幾乎沒人，也就有十點鐘吧，易教授的大皮鞋響聲占滿了這胡同，沒有別的聲。那些房子實在不是很體面，可是被靜寂，清潔，花草，紅綠的顏色，雨後的空氣與陽光，給了一種特別的味道。它是城市，也是村莊，它本是在倫敦作事的中等人的居住區所。房屋表現著小市民氣，可是有一股清香的氣味，和一點安適太平的景象。

……

將要作我的寓所的也是所兩層的小房，門外也種著一些花，雖然沒有什麼好的，倒還自然；窗沿上懸著一兩枝灰粉的豆花。房東是兩位老姑娘，姐已白了頭，胖胖的很傻，說不出什麼來。妹妹作過教師，說話很快，可是很清晰，她也有四十上下了。妹妹很尊敬易教授，並且感謝他給介紹兩位中國朋友。許地山在屋裡寫小說呢，用的是一本油鹽店的帳本，筆可是鋼筆，時時把筆尖插入帳本裡去，似乎表示著力透紙背。

……

房子很小：樓下是一間客廳，一間飯室，一間廚房。樓上是三個臥室，一個浴室。由廚房出去，有個小院，院裡也有幾棵玫瑰，不怪英國史上有玫瑰戰爭，到處有玫瑰，而且種類很多。院牆只是點矮矮的木樹，左右鄰家也有不少花草，左手裡的院中還有幾株梨樹，掛了不少果子。我說「左右」，因自從在上海便轉了方向，太陽天天不定由哪邊出來呢！

……

這所小房子裡處處整潔，據地山說，都是妹妹一個人收拾的；姐姐本來就傻，對於工作更會「裝」傻。他告訴我，她們的父親是開麵包房的，死時把買賣給了兒子，把兩所小房給了二女。姊妹倆賣出去一所，把錢存起吃利；住一所，租兩個單身客，也就可以維持生活。哥哥不管她們，她們也不求哥哥。妹妹很累，她操持一切；她不肯叫住客把硬領與襪子等交洗衣房；她自己給洗並熨平。在相當的範圍內，她沒完全商業化了。

易先生走後，姐姐戴起大而多花的帽子，去作禮拜。妹妹得作飯，只好等晚上再到教堂去。她們很虔誠；同時，教堂也是她們惟一的交際所在。姐姐並聽不懂牧師講的是什麼，地山告訴我。路上慢慢有了人聲，多數是老太婆與小孩子，都是去禮拜的。偶爾也跟著個男人，打扮得非常莊重，走路很響，是英國小紳士的味兒。鄰家有彈琴的聲音。

……

飯好了，姐姐才回來，傻笑著。地山故意的問她，講道的內容是什麼？她說牧師講的很深，都是哲學。飯是大塊牛肉。由這天起，我看見牛肉就發暈。英國普通人家的飯食，好處是在乾淨；茶是真熱。口味怎樣，我不敢批評，說著傷心。

……

飯後，又沒了聲音。看著屋外的陽光出沒，我希望點蟬聲，沒有。什麼聲音也沒有。連地山也不講話了。寂靜使我想起家來，開始寫信。地山又拿出帳本來，寫他的小說。

……

倫敦邊上的小而靜的禮拜天。

（載一九三四年八月《良友（畫報）》第九十二號）

英國人

據我看，一個人即使承認英國人民有許多好處，大概也不會因為這個而樂意和他們交朋友。自然，一個有金錢與地位的人，走到哪裡也會受歡迎；不過，在英國也比在別國多些限制。比如以地位說吧，假如一個作講師或助教的，要是到了德國或法國，一定會有些人稱呼他「教授」。不管是出於誠心吧，還是捧場；反正這是承認教師有相當的地位，是很顯然的，在英國，除非他真正是位教授，絕不會有人來招呼他。而且，這位教授假若不是牛津或劍橋的，也就還差點勁兒。貴族也是如此，似乎只有英國國產貴族才能算數兒。

至於一個平常人，儘管在倫敦或其他的地方住上十年八載，也未必能交上一個朋友。是的，我們必須先交代明白，在資本主義的社會裡，大家一天到晚為生活而奔忙，實在找不出閒工夫去交朋友；歐西各國都是如此，英國並非例外。不過，即使我們承認這個，可是英國人還有些特別的地方，使他們更難接近。一個法國人見著個生人，能夠非常的親熱，越是因為這個生人的法國話講得不好，他才越願指導他。英國人呢，他以為天下沒有會講英語的，除了他們自己，他乾脆不願答理一個生人。一個英國人想不到一個生人可以不明白英國的規矩，而是一見到生人說話行動有不對的地方，馬上認為這個人是野蠻，不屑於再招呼他。英國的規矩又偏偏是那麼多！他不能想像到別人可以沒有這些規矩，而另有一套；不，英國的是一切；設若別處沒有那麼多的霧，那根本不能算作真正的天氣！

除了規矩而外，英國人還有好多不許說的事：家中的事，個人的職業與收入，通通不許說，除非彼此是極親近的人。一個住在英國的客人，第一要學會那套規矩，第二要別亂打聽事兒，第三別談政治，那麼，大家只好談天氣了，而天氣又是那麼不得人心。自然，英國人很有的說，假若他願意，他可以講論賽馬、足球、養狗、高爾夫球等等；可是咱又許不大曉得這些事兒。結果呢，只好對楞著。對了，還有宗教呢，這也最好不談。每個英國人有他自己開闊的到天堂之路，乘早兒不用惹麻煩。連書籍最好也不談，一般的說，英國人的讀書能力與興趣遠不及法國人。能念幾本書的差不多就得屬於中等階級，自然我們所願與談論書籍的至少是這路人。這路人比誰的成見都大，那麼與他們閒話書籍也是自找無趣的事。多數的中等人拿讀書——自然是指小說了——當作一種自己生活理想的佐證。一個普通的少女，長得有個模樣，嫁了個駛汽車的；在結婚之夕才證實了，他原來是個貴族，而且承襲了樓上有鬼的舊宮，專是壁上的掛圖就值多少百萬！讀慣這種書的，當然很難想到別的事兒，與他們談論書籍和搗亂大概沒有甚麼分別。中上的人自然有些識見了，可是很難遇到啊。況且有些識見的英國人，根本在英國就不大被人看得起；他們連拜倫[1]、雪萊[2]、和王爾德[3]還都逐出國外去，我們想跟這樣人交朋友——即使有機會——無疑的也會被看作成怪物的。

我真想不出，彼此不能交談，怎能成為朋友。自然，也許有人說：不常交談，那麼遇到有事需要彼此的幫忙，便丁對丁，卯對卯的去辦好了；彼此有了這樣乾脆了當的交涉與接觸，也能成為朋友，不是嗎？是的，求人幫助是必不可免的事，就是在英國也是如是；不過英國人的脾氣還是以能不求人為最好。他們的脾氣即是這樣，他們不求你，你也就不好意思求他了。多數的英國人願當魯濱孫[4]，萬事不求人。於是他們對別人也就不願多伸手管事。況且，他們即使願意幫忙你，他們是那樣的沉默簡單，事情是給你辦了，可是交情仍然談不到。當一個英國人答應了你辦一件事，他必定給你辦到。可是，跟他上火車一樣，非到車已要開了，他不露面。你別去催他，他有他的穩當勁兒。等辦完了事，他還是不理你，直等到你去謝謝他，

1. 喬治•戈登•拜倫（1788 － 1824），英國詩人、革命家，浪漫主義文學泰斗。著有《懶散的時刻》、《英國詩人和蘇格蘭評論家》、《唐璜》等。
2. 珀西•比希•雪萊（1792 － 1822），英國浪漫主義詩人。著名詩作有〈愛爾蘭人之歌〉、〈戰爭〉、〈魔鬼出行〉等。
3. 奧斯卡•王爾德（1854 － 1900），愛爾蘭作家、詩人、劇作家，倡導英國唯美主義藝術運動。1895 年因與昆斯伯里侯爵之子交往，致使對方家庭失和，而遭提告，王爾德上訴失敗後被反告雞姦罪以及嚴重猥褻，判刑入獄，1897 年獲釋後展開流亡，1900 年因腦膜炎於巴黎去世。著有《道林•格雷的畫像》、《快樂王子與其他故事》等。
4. 《魯濱遜漂流記》為丹尼爾•笛的第一部小說作品，魯濱遜為小說故事主角。

他才微笑一笑。到底還是交不上朋友，無論你怎樣上前巴結。假若你一個勁兒奉承他或討他的好，他也許告訴你：「請少來吧，我忙！」這自然不是說，英國就沒有一個和氣的人。不，絕不是。一個和氣的英國人可以說是最有禮貌，最有心路，最體面的人。不過，他的好處只能使你欽佩他，他有好些地方使人不便和他套交情。他的禮貌與體面是一種武器，使人不敢離他太近了。就是頂和氣的英國人，也比別人端莊的多；他不喜歡法國式的親熱——你可以看見兩個法國男人互吻，可是很少見一個英國人把手放在另一個英國人的肩上，或摟著脖兒。兩個很要好的女友在一塊兒吃飯，設若有一個因為點兒原故而想把自己的菜讓給友人一點，你必會聽到那個女友說：「這不是羞辱我嗎？」男人就根本不辦這樣的傻事。是呀，男人對於讓酒讓煙是極普遍的事，可是只限於煙酒，他們不會肥馬輕裘與友共之。

這樣講，好像英國人太彆扭了。彆扭，不錯，可是他們也有好處。你可以永遠不與他們交朋友，但你不能不佩服他們。事情都是兩面的。英國人不願輕易替別人出力，他可也不來討厭你呀。他的確非常高傲，可是你要是也沉住了氣，他便要佩服你。一般的說，英國人很正直。他們並不因為自傲而蠻不講理。對於一個英國人，你要先估量估量他的身分，再看看你自己的價值，他要是像塊石頭，你頂好像塊大理石；硬碰硬，而你比他更硬。他會承認他的弱點。他能夠很體諒人，很大方，但是他不願露出來；你對他也頂好這樣。設若你準知道他要向燈，你就頂好也先向燈，他自然會向火；他喜歡表示自己有獨立的意見。他的意見可老是意見，假若你說得有理，到辦事的時候他會犧牲自己的意見，而應怎麼辦就怎麼辦。你必須知道，他的態度雖是那麼沉默孤高，像有心事的老驢似的，可是他心中很能幽默一氣。他不輕易向人表示親熱，可也不輕易生氣，到他說不過你的時候，他會以一笑了之。這點幽默勁兒使英國人幾乎成為可愛的了。他沒火氣，他不吹牛，雖然他很自傲自尊。

所以，假若英國人成不了你的朋友，他們可是很好相處。他們該辦什麼就辦什麼，不必你去套交情；他們不因私交而改變作事該有的態度。他們的自傲使他們對人冷淡，可是也使他們自重。他們的正直使他們對人不客氣，可也使他們對事認真。你不能拿他當作吃喝不分的朋友，可是一定能拿他當個很好的公民或辦事人。就是他的幽默也不低級討厭，幽默助成他作個貞脫兒曼[5]，不是弄鬼臉逗笑。他並不老實，可是他大方。

他們不愛著急，所以也不好講理想。胖子不是一口吃起來的，烏托邦也不是一步就走到的。往壞了說，他們只顧眼前；往好裡說，他們不烏煙瘴氣。他們不愛聽

5. 英語 gentleman 的音譯。

世界大同，四海兄弟，或那頂大頂大的計畫。他們願一步一步慢慢的走，走到哪裡算哪裡。成功呢，好；失敗呢，再幹。英國兵不怕打敗仗。英國的一切都好像是在那兒敷衍呢，可是他們在各種事業上並不是不求進步。這種騎馬找馬的辦法常常使人以為他們是狡猾，或守舊；狡猾容或有之，守舊也是真的，可是英國人不在乎，他有他的主意。他深信常識是最可寶貴的，慢慢走著瞧吧。蕭伯納[6]可以把他們罵得狗血噴頭，可是他們會說：「他是愛爾蘭的呀！」他們會隨著蕭伯納笑他們自己，但他們到底是他們——蕭伯納連一點辦法也沒有！

這些，可只是個簡單的，大概的，一點由觀察得來的印象。一般的說，也許大致不錯；應用到某一種或某一個英國人身上，必定有許多欠妥當的地方。概括的論斷總是免不了危險的。

（載一九三六年九月《西風》第一期）

6. 喬治•伯納德•蕭（1985 － 1950），英國愛爾蘭劇作家、倫敦政治經濟學院的聯合創始人之一，於 1925 年獲得諾貝爾文學獎。著有《聖女貞德》、《賣花女》等。

我的幾個房東

——倫敦回憶之二

初到倫敦，經艾溫士教授的介紹，住在了離「城」有十多英里的一個人家裡。房主人是兩位老姑娘。大姑娘有點傻氣，腿上常鬧濕氣，所以身心都不大有用。家務統由妹妹操持，她勤苦誠實，且受過相當的教育。

她們的父親是開麵包房的，死後，把麵包房給了兒子，給二女一人一處小房子。她們賣出一所，把錢存在銀行生息。其餘的一所，就由她們合住。妹妹本可以去作，也真作過，家庭教師。可是因為姐姐需人照管，所以不出去作事，而把樓上的兩間屋子租給單身的男人，進些租金。這給妹妹許多工作，她得給大家作早餐晚飯，得上街買東西，得收拾房間，得給大家洗小衣裳，得記賬。這些，已足使任何一個女子累得喘不過氣來。可是她於這些工作外，還得答覆朋友的信，讀一兩段聖經，和作些針線。

她這種勤苦忠誠，倒還不是我所佩服的。我真佩服她那點獨立的精神。她的哥開著麵包房，到耶誕節才送給妹妹一塊大雞蛋糕！她決不去求他的幫助，就是對那一塊大雞蛋糕，她也馬上還禮，送給她哥一點有用的小物件。當我快回國時去看她，她的背已很彎，髮也有些白的了。

自然，這種獨立的精神是由資本主義的社會制度逼出來的，可是，我到底不能不佩服她。

在她那裡住過一冬，我搬到倫敦的西部去。這回是與一個叫艾支頓的合租一層樓。所以事實上我所要說的是這個艾支頓——稱他為二房東都勉強一些——而不是真正的房東。我與他一氣在那裡住了三年。

這個人的父親是牧師，他自己可不信宗教。當他很年輕的時候，他和一個女子由家中逃出來，在倫敦結了婚，生了三四個小孩。他有相當的聰明，好讀書。專就文字方面上說，他會拉丁文，希臘文，德文，法文，程度都不壞。英文，他寫得非常的漂亮。他作過一兩本講教育的書，即使內容上不怎樣，他的文字之美是公認的事實。我願意同他住在一處，差不多是為學些地道好英文。在大戰時，他去投軍。因為心臟弱，報不上名。他硬擠了進去。見到了軍官，憑他的談吐與學識，自然不會被叉去帳外。一來二去，他升到中校，差不多等於中國的旅長的。

戰後，他拿了一筆不小的遺散費，回到倫敦，重整舊業，他又去教書。為充實學識，還到過維也納聽弗洛衣德[1]的心理學。後來就在牛津的補習學校教書。這個學校是為工人們預備的，彷彿有點像國內的暑期學校，不過目的不在補習升學的功課。作這種學校的教員，自然沒有什麼地位，可是實利上並不壞：一年只作半年的事，薪水也並不很低。這個，大概是他的黃金「時代」。以身分言，中校；以學識言，有著作；以生活言，有個清閒舒服的事情。

也正是在這個時候，他和一位美國女子發生了戀愛。她出自名家，有碩士的學位。來倫敦遊玩，遇上了他。她的學識正好補足他的，她是學經濟的；他在補習學校演講關於經濟的問題，她就給他預備稿子。

他的夫人告了。離婚案剛一提到法廳，補習學校便免了他的職。這種案子在牛津與劍橋還是鬧不得的！離婚案成立，他得到自由，但須按月供給夫人一些錢。

在我遇到他的時候，他正極狼狽。自己沒有事，除了夫婦的花銷，還得供給原配。幸而碩士找到了事，兩份兒家都由她支持著。他空有學問，找不到事。可是兩家的感情漸漸的改善，兩位夫人見了面，他每月給第一位夫人送錢也是親自去，他的女兒也肯來找他。這個，可救不了窮。窮，他還很會花錢。作過幾年軍官，他揮

1. 現通譯佛洛伊德（1856 – 1939），奧地利心理學家、精神分析學家、哲學家。

霍慣了。錢一到他手裡便不會老實。他愛買書，愛吸好煙，有時候還得喝一盅。我在東方學院[2]遇見了他，他到那裡學華語；不知他怎麼弄到手裡幾鎊錢。便出了這個主意。見到我，他說彼此交換知識，我多教他些中文，他教我些英文，豈不甚好？為學習的方便，頂好是住在一處，假若我出房錢，他就供給我飯食。我點了頭，他便找了房。

艾支頓夫人真可憐。她早晨起來，便得作好早飯。吃完，她急忙去作工，拼命的追公共汽車；永遠不等車站穩就跳上去，有時把腿碰得紫裡篙青。五點下工，又得給我們作晚飯。她的烹調本事不算高明，我倆一有點不愛吃的表示，她便立刻淚在眼眶裡轉。有時候，艾支頓賣了一本舊書或一張畫，手中攥著點錢，笑著請我們出去吃一頓。有時候我看她太疲乏了，就請他倆吃頓中國飯。在這種時節，她喜歡得像小孩子似的。

他的朋友多數和他的情形差不多。我還記得幾位：有一位是個年輕的工人，談吐很好，可是時常失業，一點也不是他的錯兒，怎奈工廠時開時閉。他自然的是個社會主義者，每逢來看艾支頓，他倆便粗著脖子紅著臉的爭辯。艾支頓也很有口才，不過與其說他是為政治主張而爭辯，還不如說是為爭辯而爭辯。還有一位小老頭也

2. 倫敦大學亞非學院的原稱，設立於1916年，為研究亞州與非洲等地的人文及社會科學的學術機構。

常來，他頂可愛。德文，義大利文，西班牙文，他都能讀能寫能講，但是找不到事作；閒著沒事，他只為一家磁磚廠吆喝買賣，拿一點扣頭[3]。另一位老者，常上我們這一帶來給人家擦玻璃，也是我們的朋友。這個老頭是位博士。趕上我們在家，他便一邊擦著玻璃，一邊和我們討論文學與哲學。孔子的哲學，泰戈爾的詩，他都讀過，不用說西方的作家了。

只提這麼三位吧，在他們的身上使我感到工商資本主義的社會的崩潰與罪惡。他們都有知識，有能力，可是被那個社會制度捆住了手，使他們抓不到麵包。成千論萬的人是這樣，而且有遠不及他們三個的！找個事情真比登天還難！

艾支頓一直閒了三年。我們那層樓的租約是三年為限。住滿了，房東要加租，我們就分離開，因為再找那樣便宜，和恰好夠三個人住的房子，是大不容易的。雖然不在一塊兒住了，可是還時常見面。艾支頓只要手裡有夠看電影的錢，便立刻打電話請我去看電影。即使一個禮拜，他的手中徹底的空空如也，他也會約我到家裡去吃一頓飯。自然，我去的時候也老給他們買些東西。這一點上，他不像普通的英國人，他好請朋友，也很坦然的接受朋友的約請與饋贈。有許多地方，他都帶出點浪漫勁兒，但他到底是個英國人，不能完全放棄紳士的氣派。

3. 買賣中介紹人從中賺取的報酬。

直到我回國的時際，他才找到了事——在一家大書局裡作顧問，薦舉大陸上與美國的書籍，經書局核准，他再找人去翻譯或——若是美國的書——出英國版。我離開英國後，聽說他已被那個書局聘為編輯員。

離開他們夫婦，我住了半年的公寓，不便細說；房東與房客除了交租金時見一面，沒有一點別的關係。在公寓裡，晚飯得出去吃，既費錢，又麻煩，所以我又去找房間。這回是在倫敦南部找到一間房子，房東是老夫婦，帶著個女兒。

這個老頭兒——達爾曼先生——是幹什麼的，至今我還不清楚。一來我只在那兒住了半年，二來英國人不喜歡談私事，三來達爾曼先生不愛說話，所以我始終沒得機會打聽。偶爾由老夫婦談話中聽到一兩句，彷彿他是木器行的，專給人家設計作家具。他身邊常帶著尺。但是我不敢說肯定的話。

半年的工夫，我聽熟了他三段話——他不大愛說話，但是一高興就離不開這三段，像留聲機片似的，永遠不改。第一段是貴族巴來，由非洲弄來的鑽石，一小鐵筒一小鐵筒的！每一塊上都有個記號！第二段是他作過兩次陪審員，非常的光榮！第三段是大戰時，一個傷兵沒能給一個軍官行禮，被軍官打了一拳。及至看明了那是個傷兵，軍官跑得比兔子還快；不然的話，非教街上的給打死不可！

除了這三段而外，假若他還有什麼說的，便是重述《晨報》上的消息與意見。凡是《晨報》所說的都對！

這個老頭兒是地道英國的小市民，有房，有點積蓄，勤苦，乾淨，什麼也不知道，只曉得自己的工作是神聖的，英國人是世界上最好的人。

達爾曼太太是女性的達爾曼先生，她的意見不但得自《晨報》，而且是由達爾曼先生口中念出的那幾段《晨報》，她沒工夫自己去看報。

達爾曼姑娘只看《晨報》上的廣告。有一回，或者是因為看我老拿著本書，她向我借一本小說。隨手的我給了她一本威爾思的幽默故事。念了一段，她的臉都氣紫了！我趕緊出去在報攤上給她找了本六個便士的羅曼司[4]，內容大概是一個女招待嫁了個男招待，後來才發現這個男招待是位伯爵的承繼人。這本小書使她對我又有了笑臉。

她沒事作，所以在分類廣告上登了一小段廣告——教授跳舞。她的技術如何，我不曉得，不過她聲明願減收半費教給我的時候，我沒出聲。把知識變成金錢，是她，和一切小市民的格言。

她有點苦悶，沒有男朋友約她出去玩耍，往往吃完晚飯便假裝頭疼，跑到樓上

4. 英語 romance 的音譯。指富有浪漫色彩的故事。

去睡覺。婚姻問題在那經濟不景氣的國度裡，真是個沒法辦的問題。我看她恐怕要窩在家裡！「房東太太的女兒」往往成為留學生的夫人，這是留什麼外史一類小說的好材料；其實，裡面的意義並不止是留學生的荒唐呀。

（載一九三六年十二月《西風》第四期）

東方學院

——留英回憶之三

從一九二四的秋天，到一九二九的夏天，我一直的在倫敦住了五年。除了暑假寒假和春假中，我有時候離開倫敦幾天，到鄉間或別的城市去遊玩，其餘的時間就都銷磨在這個大城裡。我的工作不許我到別處去，就是在假期裡，我還有時候得到學校去。我的錢也不許我隨意的去到各處跑，英國的旅館與火車票價都不很便宜。

我工作的地方是東方學院，倫敦大學的各學院之一。這裡，教授遠東近東和非洲的一切語言文字。重要的語言都成為獨立的學系，如中國語，阿拉伯語等；在語言之外還講授文學哲學什麼的。次要的語言，就只設一個固定的講師，不成學系，如日本語；假如有人要特意的請求講授日本的文學或哲學等，也就由這個講師包辦。不甚重要的語言，便連固定的講師也不設，而是有了學生再臨時去請教員，按鐘點計算報酬。譬如有人要學蒙古語文或非洲的非英屬的某地語文，便是這麼辦。自然，這裡所謂的重要與不重要，是多少與英國的政治，軍事，商業等相關聯的。

在學系裡，大概的都是有一位教授，和兩位講師。教授差不多全是英國人；兩位講師總是一個英國人，和一個外國人——這就是說，中國語文系有一位中國講師，阿拉伯語文系有一位阿拉伯人作講師。這是三位固定的教員，其餘的多是臨時請來的，比如中國語文系裡，有時候於固定的講師外，還有好幾位臨時的教員，假若趕到有學生要學中國某一種方言的話；這系裡的教授與固定講師都是說官話的，那麼要是有人想學廈門話或紹興話，就非去臨時請人來教不可。

這裡的教授也就是倫敦大學的教授。這裡的講師可不都是倫敦大學的講師。以我自己說，我的聘書是東方學院發的，所以我只算學院裡的講師，和大學不發生關係。那些英國講師多數的是大學的講師，這倒不一定是因為英國講師的學問怎樣的好，而是一種資格問題：有了大學講師的資格，他們好有升格的希望，由講師而副教授而教授。教授既全是英國人，如前面所說過的，那麼外國人得到了大學的講師資格也沒有多大用處。況且有許多部分，根本不成為學系，沒有教授，自然得到大學講師的資格也不會有什麼發展。在這裡，看出英國人的偏見來。以梵文，古希伯來文，阿拉伯文等說，英國的人才並不弱於大陸上的各國；至於遠東語文與學術的研究，英國顯然的追不上德國或法國。設若英國人願意，他們很可以用較低的薪水去到德法等國聘請較好的教授。可是他們不肯。他們的教授必須是英國人，不管學問怎樣。就我所知道的，這個學院裡的中國語文學系的教授，還沒有一位真正有點學問的。這在學術上是吃了虧，可是英國人自有英國人的辦法，決不會聽別人的。幸而呢，別的學系真有幾位好的教授與講師，好歹一背拉，這個學院的教員大致的還算說得過去。況且，於各系的主任教授而外，還有幾位學者來講專門的學問，像印度的古代律法，巴比侖的古代美術等等，把這學院的聲價也提高了不少。在這些教員之外，另有位音韻學專家，教給一切學生以發音與辨音的訓練與技巧，以增加學習語言的效率。這倒是個很好的辦法。

大概的說，此處的教授們並不像牛津或劍橋的教授們那樣只每年給學生們一個有系統的講演，而是每天與講師們一樣的教功課。這就必須說一說此處的學生了。到這裡來的學生，幾乎沒有任何的限制。以年齡說，有的是七十歲的老夫或老太婆，有的是十幾歲的小男孩或女孩。只要交上學費，便能入學。於是，一人學一樣，很少有兩個學生恰巧學一樣東西的。拿中國語文系說吧，當我在那兒的時候，學生中就有兩位七十多歲的老人：一位老人是專學中國字，不大管它們都念作什麼，所以他指定要英國的講師教他。另一位老人指定要跟我學，因為他非常注重發音；他對語言很有研究，古希臘，拉丁，希伯來，他都會，到七十多歲了，他要聽聽華語是什麼味兒；學了些日子華語，他又選上了日語。這兩個老人都很用功，頭髮雖白，心卻不笨。這一對老人而外，還有許多學生：有的學言語，有的念書，有的要在倫敦大學得學位而來預備論文，有的念元曲，有的念《漢書》，有的是要往中國去，所以先來學幾句話，有的是已在中國住過十年八年而想深造……總而言之，他們學的功課不同，程度不同，上課的時間不同，所要的教師也不同。這樣，一個人一班，教授與兩個講師便一天忙到晚了。這些學生中最小的一個才十二歲。

因此，教授與講師都沒法開一定的課程，而是兵來將擋，學生要學什麼，他們就得教什麼；學院當局最怕教師們說：「這我可教不了。」於是，教授與講師就很不易當。還拿中國語文系說吧，有一回，一個英國醫生要求教他點中國醫學。我不肯教，教授也瞪了眼。結果呢，還是由教授和他對付了一個學期。我很佩服教授這點對付勁兒；我也準知道，假若他不肯敷衍這個醫生，大概院長那兒就更難對付。由這一點來說，我很喜歡這個學院的辦法，來者不拒，一人一班，完全聽學生的。不過，要這樣辦，教員可得真多，一系裡只有兩三個人，而想使個個學生滿意，是作不到的。

成班上課的也有：軍人與銀行裡的練習生。軍人有時候一來就是一撥兒，這一撥兒分成幾組，三個學中文，兩個學日文，四個學土耳其文……既是同時來的，所以可以成班。這是最好的學生。他們都是小軍官，又差不多都是世家出身，所以很有規矩，而且很用功。他們學會了一種語言，不管用得著與否，只要考試及格，在餉銀上就有好處。據說會一種語言的，可以每年多關一百鎊錢。他們在英國學一年中文，然後就可以派到中國來。到了中國，他們繼續用功，而後回到英國受試驗。試驗及格便加薪俸了。我幫助考過他們，考題很不容易，言語，要能和中國人說話；文字，要能讀大報紙上的社論與新聞，和能將中國的操典[1]與公文譯成英文。學中文的如是，學別種語文的也如是。厲害！英國的秘密偵探是著名的，軍隊中就有這麼多，這麼好的人才呀：和哪一國交戰，他們就有會哪一國言語文字的軍官。我認得一個年輕的軍官，他已考及格過四種言語的初級試驗，才二十三歲！想打倒帝國主義麼，啊，得先充實自己的學問與知識，否則喊啞了嗓子只有自己難受而已。

最壞的學生是銀行的練習生們。這些都是中等人家的子弟——不然也進不到銀行去——可是沒有軍人那樣的規矩與紀律，他們來學語言，只為馬馬虎虎混個資格，考試一過，馬上就把「你有錢，我吃飯，」忘掉。考試及格，他們就有被調用

1. 有關軍事操作與演練的典範性規定。

到東方來的希望，只是希望，並不保准。即使真被派遣到東方來，如新加坡，香港，上海，等處，他們早知道滿可以不說一句東方語言而把事全辦了。他們是來到這個學院預備資格，不是預備言語，所以不好好的學習。教員們都不喜歡教他們，他們也看不起教員，特別是外國教員。沒有比英國中等人家的二十上下歲的少年再討厭的了，他們有英國人一切的討厭，而英國人所有的好處他們還沒有學到，因為他們是正在剛要由孩子變成大人的時候，所以比大人更討厭。

班次這麼多，功課這麼複雜，不能不算是累活了。可是有一樣好處：他們排功課表總設法使每個教員空閒半天。星期六下午照例沒有課，再加上每週當中休息半天，合起來每一星期就有兩天的休息。再說呢，一年分為三學期，每學期只上十個星期的課，一年倒可以有五個月的假日，還算不壞。不過，假期中可還有學生願意上課；學生願意，先生自然也得願意，所以我不能在假期中一氣離開倫敦許多天。這可也有好處，假期中上課，學費便歸先生要。

學院裡有個很不錯的圖書館，專藏關於東方學術的書籍，樓上還有些中國書。學生在上課前，下課後，不是在休息室裡，便是到圖書館去，因為此外別無去處。這裡沒有運動場等等的設備，學生們只好到圖書館去看書，或在休息室裡吸煙，沒別的事可作。學生既多數的是一人一班，而且上課的時間不同，所以不會有什麼團體與運動。每一學期至多也不過有一次茶話會而已。這個會總是在圖書館裡開，全校的人都被約請。沒有演說，沒有任何儀式，只有茶點，隨意的吃。在開這個會的時候，學生才有彼此接談的機會，老幼男女聚在一起，一邊吃茶一邊談話。這才看出來，學生並不少；平日一個人一班，此刻才看到成群的學生。

假期內，學院裡清靜極了，只有圖書館還開著，讀書的人可也並不甚多。我的《老張的哲學》，《趙子曰》，與《二馬》，大部分是在這裡寫的，因為這裡清靜啊。那時候，學院是在倫敦城裡。四外有好幾個火車站，按說必定很亂，可是在學院裡並聽不到什麼聲音。圖書館靠街，可是正對著一塊空地，有些花木，像個小公園。讀完了書，到這個小公園去坐一下，倒也方便。現在，據說這個學院已搬到大學裡去，圖書館與課室——一個友人來信這麼說——相距很遠，所以館裡更清靜了。哼，希望多喒有機會再到倫敦去，再在這圖書館裡寫上兩本小說！

（載一九三七年三月《西風》第七期）

英國人與貓狗

——萬物之靈的朋友

英國人愛花草，愛貓狗。由一個中國人看呢，愛花草是理之當然，自要有錢有閒，種些花草幾乎可與藏些圖書相提並論，都是可以用「雅」字去形容的事。就是無錢無閒的，到了春天也免不掉花幾個銅板買上一兩小盆蝴蝶花什麼的，或者把白菜腦袋塞在土中，到時候也會開上幾朵小十字花兒。在詩裡，讚美花草的地方要比訣頌美人的地方多得多，而梅蘭竹菊等等都有一定的品格，彷彿比人還高潔可愛可敬，有點近乎一種什麼神明似的在通俗的文藝裡，講到花神的地方也很不少，愛花的人每每在死後就被花仙迎到天上的植物園去，這點荒唐，荒唐得很可愛。雖然這裡還是含著與敬財神就得元寶一樣的實利念頭，可到底顯著另有股子勁兒，和財迷大有不同；我自己就不反對被花娘娘們接到天上去玩玩。

所以，看見英國人的愛花草，我們並不覺得奇怪，反倒是覺得有點慚愧，他們的花是那麼多呀！在熱鬧的買賣街上，自然沒有種花草的地方了，可是還能看到賣

「花插」的女人，和許多鮮花鋪。稍講究一些的飯鋪酒館自然要擺鮮花了。其他的鋪戶中也往往擺著一兩瓶花，四五十歲的掌櫃們在肩下插著一朵玫瑰或虞美人也是常有的事。趕到一走到住宅區，看吧，差不多家家有些花，園地不大，可收拾得怪好，這兒一片鬱金香，那兒一片玫瑰，門道上還往往搭著木架，爬著那單片的薔薇，開滿了花，就和圖畫裡似的。越到鄉下越好看，草是那麼綠，花是那麼鮮，空氣是那麼香，一個中國人也有點慚愧了。五六月間，趕上晴暖的天，到鄉下去走走，真是件有造化的事，處處都像公園。

一提到貓狗和其他的牲口，我們便不這麼起勁了。中國學生往往給英國朋友送去一束鮮花，惹得他們非常的歡喜。可是，也往往因為討厭他們的貓狗而招得他們撇了嘴。中國人對於貓狗牛馬，一般的說，是以「人為萬物靈」為基礎而直呼牠們作畜類的。正人君子呢，看見有人愛動物，總不免說聲「聲色狗馬」，「玩物喪志」。一般的中等人呢，養貓養狗原為捉老鼠與看家，並不須賞牠們個好臉兒。那使著牲口的苦人呢，鞭子在手，急了就發威，又困於經濟，牠們的食水待遇活該得按著啞吧畜生辦理，於是大概的說，中國的牲口實在有點倒楣，太監懷中的小吧狗，與闊寡婦椅子上的小白貓，自然是碰巧了的例外。畜類倒楣，已經看慣，所以法律上也沒有什麼規定；虐待丫頭與媳婦本還正大光明，啞吧畜生更無處訴委屈去；黑驢告狀也並沒陳告牠自己的事。再說，秦檜與曹操這輩子為人作歹，下輩便投胎豬狗，吃點啞吧虧才正合適。這樣，就難怪我們覺得英國人對貓狗愛得有些過火了。說真的，他們確是有點過火，不過，要從貓狗自己看呢，也許就不這麼說了吧？狗食人食，而有些人卻沒飯吃，自然也不能算是公平，但是普遍的有一種愛物的仁慈，也或者無礙於禮教吧！

英國人的愛動物，真可以說是普遍的。有人說，這是英國人的海賊本性還沒有蛻淨，所以總拿狗馬當作朋友似的對待。據我看，這點賊性倒怪可愛；至少狗馬是可以同情這句話的。無事可作的小姐與老太婆自然要弄條小狗玩玩了——對於這種小狗，無論牠長得多麼不順眼，你可就是別說不可愛呀！——就是賣煤的煤黑子，與送牛奶的人，也都非常愛惜他們的馬。你想不到拉煤車的馬會那麼馴順、體面、乾淨。煤黑子本人遠不如他的馬漂亮，他好像是以他的馬當作他的光榮。煤車被叫住了，無論是老幼男女，跟煤黑子耍過幾句話，差不多總是以這匹馬作中心。有的過去拍拍馬脖子，有的過去吻一下，有的給拿出根胡蘿蔔來給牠吃。他們看見一匹馬就彷彿外婆看見外孫子似的，眼中能笑出一朵花兒來。英國人平常總是拉著長臉，像頂著一腦門子官司，假若你打算看看他們也有個善心，也和藹可愛，請你注意當他們立在一匹馬或拉著條狗的時候。每到春天，這些拉車的馬也有比賽的機會。看吧，煤黑子弄了瓶擦銅油，一邊走一邊擦馬身上的銅活呀。馬鬃上也掛上彩子或用各色的繩兒梳上辮子，真是體面！這麼看重他們的馬，當然的在平日是不會給氣受的，而且載重也有一定的限度，即便有狠心的人，法律也不許他任意欺侮牲口。想起北平的煤車，當雨天陷在泥中，煤黑子用支車棍往馬身上楞，真令人喊「生在禮教之邦的馬喲！」

貓在動物裡算是最富獨立性的了，牠高興呢就來趴在你懷中，囉哩囉嗦的不知道念著什麼。牠要是不高興，任憑你說什麼，牠也不答理。可是，英國人家裡的貓並不因此而少受一些優待。早晚他們還是給牠魚吃，牛奶喝，到家主旅行去的時候，還要把牠寄放到「托貓所」去，花不少的錢去餵養著；趕到旅行回來，便急忙把貓接回來，乖乖寶貝的叫著。及至老貓不吃飯，或把小貓摔了腿，便找醫生去拔牙、接腿，一家子都忙亂著，彷彿有了什麼了不得的事。

狗呢，就更不用說，天生來的會討人喜歡，作走狗，自然會吃好的喝好的。小哈吧狗們，在冬天，得穿上背心；出門時，得抱著；臨睡的時候，還得吃塊糖。電影院、戲館，禁止狗們出入，可是這種小狗會「走私」，趴在老太婆的袖裡或衣中，便也去看電影聽戲，有時候一高興便叫幾聲，招得老太婆頭上冒汗。大狗雖不這麼嬌，可也很過得去。腳上偶一不慎粘上一點路上的柏油，便立刻到狗醫院去給套上一隻小靴子，傷風咳嗽也須吃藥，事兒多了去啦。可是，牠們也真是可愛，有的會送小兒去上學，有的會給主人叼著東西，有的會耍幾套玩藝，白天不咬人，晚上可挺厲害。你得聽英國人們去說狗的故事，那比人類的歷史還熱鬧有趣。人家、獵戶、軍隊、員警所、牧羊人，都養狗，都愛狗。狗種也真多，大的、小的、寬的、細的、長毛的、短毛的，每種都有一定的尺寸，一定的長度，買來的時候還帶著家譜，理直氣壯，一點不含糊！那真正入譜的，身價往往值一千鎊錢！

年年各處都有賽貓會、賽狗會。參與比賽的貓狗自然必定都有些來歷，就是那沒資格入會的也都肥胖、精神。這就不能不想起中國的狗了，在北平，在天津，在許多大城市裡，去看看那些狗，天下最醜的東西！骨瘦如柴，一天到晚連尾巴也不敢撅起來一回，太可憐了，人還沒有飯吃，似乎不必先為狗發愁吧，那麼，我只好替牠們禱告，下輩子不要再投胎到這兒來了！

簡直沒有一個英國人不愛馬。那些個作賽馬用的，不用說了，自然是老有許多人伺候著；就是那平常的馬，無論是拉車的，還是耕地的，也都很體面。有一張卡通，記得，畫的是「馬之將來」，將來的軍隊有飛機坦克車去衝殺陷陣，馬隊自然要消滅了；將來的運輸與車輛也用不著騾馬們去拖拉，於是馬怎麼辦呢？這張卡通——英國人畫的——上說，牠們就變成了貓狗：客廳裡該爬著貓，將來是爬著匹馬；老太婆上街該拉著狗，將來便牽著匹騾子。這未必成為事實，可是足見他們是怎樣的捨不得騾馬了。

除了貓狗騾馬，他們對於牛羊雞豬也都很愛惜，這是要到鄉間才可以看見的。有一回到鄉間去看了朋友，他的祖父是個農夫，養著許多豬與雞。老人的雞都有名字，叫哪個，哪個就跑來。老人最得意的是他的那些肥豬，真是乾淨可愛。可是，有一天下了雨，肥豬們都下了泥塘，弄得滿身是稀泥；把老人差點氣壞了。總而言之，他們對牲口們是盡到力量去愛護，即使是為殺了吃肉的，反正在牠們活著的時候總不受委屈。中國有許多人提倡吃素禁屠，可是往往寺院裡放生的牲口皮包不住骨，別處的畜類就更不必說了。好死不如賴活著，是我們特有的哲學，可也真夠殘忍的。

對於魚鳥鴿蟲，英國人不如我們會養會玩，養這些玩藝的也就很少。賣貓狗的鋪子裡不錯也賣鸚䳇、小兔、小龜和碧玉鳥什麼的，可是養鳥的並不懂教給牠們怎樣的叫成套數。據說，他們在老年間也鬥雞鬥鵪鶉，現在已被禁止，因為太殘忍。我們似乎也該把鬥蟋蟀什麼的禁止了吧？也不是怎麼的，我總以為小時候愛鬥蟋蟀，長大了也必愛去看槍斃人，沒有實地的測驗過，此說或不能成立；再說，還許是一點婦人之仁，根本要不得呢。

（載一九三七年六月一日《西風》第十期）

山東印象

一些印象

壹

到濟南來，這是頭一遭。擠出車站，汗流如漿，把一點小傷風也治好了，或者說擠跑了；沒秩序的社會能治傷風，可見事兒沒絕對的好壞；那麼，「相對論」大概就是這麼琢磨出來的吧？

挑選一輛馬車。「挑選」在這兒是必要的。馬車確是不少輛，可是稍有聰明的人便會由觀察而疑惑，到底那裡有多少匹馬是應當雇八個腳夫抬回家去？有多少匹可以勉強負拉人的責任？自然，剛下火車，決無意去替人家抬馬，雖然這是善舉之一；那麼，找能拉車與人的馬自是急需。然而這絕對不是容易的事兒，因為：第一，那僅有的幾匹頗帶「馬」的精神的馬，已早被手急眼快的主顧雇了去。第二，那些「略」帶「馬氣」的馬，本來可以將就，哪怕是只請牠拉著行李──天下還有比「行李」這個字再不順耳，不得人心，惹人頭皮疼的？而我和趕車的在轅子兩邊擔任扶持，指導，勸告，鼓勵，（如還不走）拳打腳踢之責呢。這憑良心說，大概不能不算善於應付環境，具是東方文化的妙處吧？可是，「馬」的問題剛要解決，「車」的問題早又來到：即使馬能走三里五里，堅持到底不摔跟頭；或者不幸跌了一跤，而能爬起來再接再厲；那車，那車，那車，是否能裝著行李而車底兒不嘩啦啦掉下去呢？又一個問題，確乎成問題！假使走到中途，車底嘩啦啦，還是我扛著行李（趕車的當然不負這個責任），在馬旁同行呢，還是叫馬背著行李，我再背著馬呢？自然是，三人行必有我師，陪著御者與馬走它一程，也是有趣的事；可是，花了錢雇車，而自扛行李，單為證明「三人行必有我師」，是否有點發瘋？至於馬背行李，我再負馬，事屬非常，頗有古代故事中巨人的風度，是！可有一層，我要是被壓而死，那馬是否能把行李送到學校去？我不算什麼，行李是不能隨便掉失的！不為行李，起初又何必雇車呢？小資產階級的邏輯，不錯；但到底是邏輯呀！第三，別看馬與車各有問題，馬與車合起來而成的「馬車」是整個的問題，敢情還有驚人的問題呢——車價。一開首我便得罪了一位趕車的，我正在向那些馬國之鬼，和那堆車之骨骼發呆之際，我的行李突然被一位御者搶去了。我並沒生氣，反倒感謝他的熱心張羅。當他把行李往車上一放的時候，一點不冤人，我確乎聽見嘩啦一聲響，確乎看見連車帶馬向左右搖動者三次，向前後進退者三次。「行啊？」我低聲的問御者。「行？」他十足的瞪了我一眼。「行？從濟南走到德國去都行！」我不好意思再懷疑他，只好以他的話作我的信仰，心裡想：「有信仰便什麼也不怕！」為平他的氣，趕快問：「到——大學，多少錢？」他說了一個數兒。我心平氣和的說：「我並不是要買貴馬與尊車。」心裡還想：「假如弄這麼一份財產，將來不幸死了，遺囑上給誰承受呢？」正在這麼想，也不知怎的，我的行李好像被魔鬼附體，全由車中飛出來了。再一看，那怒氣衝天的御者一揚鞭，那瘦病之馬一掀後蹄，便軋著我的皮箱跑過去。皮箱一點也沒壞，只是上邊落著一小塊車輪上的膠皮；為避免麻煩，我也沒敢叫回御者告訴他，萬一他叫「我」賠償呢！同時，心中頗不自在，怨自己「以貌取馬」，哪知人家居然能掀起後蹄而跑數步之遙呢。

幸而濟青來了，帶來一輛馬車。這輛車和車站上的那些差不多。馬是白色的，雖然事實上並不見得真白，可是用「白馬之白」的抽象觀念想起來，到底不是黑的，黃的，更不能說一定準是灰色的。馬的身上不見得肥，因此也很老實。韁，鞍，肚帶，處處有麻繩幫忙維繫，更顯示馬之穩練馴良。車是黑色的，配起白馬，本歸黑白分明，相得益彰；可是不知濟南的太陽光為何這等特別，叫黑白的相配，更顯得暗淡灰喪。

行李，濟青和我，全上了車。趕車的把鞭兒一揚，吆喝了一聲，車沒有動。我心裡說：「馬大概是睡著了。馬是人們最好的朋友，多少帶點哲學性，睡一會兒是常有的事。」趕車的又喊了一聲，車微動。只動了一動，就又停住；而那匹馬確是走出好幾步遠。趕車的不喊了，反把馬拉回來。他好像老太婆縫補襪子似的，在馬的周身上下細膩而安穩的找那些麻繩的接頭，慢慢的一個一個的接好，大概有三十多分鐘吧，馬與車又發生了關係。又是一聲喊，這回馬是毫無可疑的拉著車走了。倒叫我懷疑：馬能拉著車走，是否一個奇蹟呢？

一路之上，總算順當。左輪的皮帶掉了兩次，隨掉隨安上，少費些時間，無關重要。馬打了三個前失，把我的鼻子碰在車窗上一次，好在沒受傷。跟濟青頂了兩回牛兒[1]，因為我們倆是對面坐著的，可是頂牛兒更顯著親熱；設若沒有這個機會，兩個三四十的老小夥子，又焉肯腦門頂腦門的玩耍呢。因此，到了大學的時候，我摹仿著西洋少女，在瘦馬臉上吻了一下，表示感謝他叫我們得以頂牛的善意。

貳

上次談到濟南的馬車，現在該談洋車。

1. 北京話，表示頭部相撞，或互相衝突、僵持不下的狀態。

濟南的洋車並沒有什麼特異的地方。坐在洋車上的味道可確是與眾不同。要領略這個味道，頂好先檢看濟南的道路一番；不然，屈罵了車夫，或誣衊濟南洋車構造不良，都不足使人心服。

檢看道路的時候，請注意，要先看胡同裡的；西門外確有寬而平的馬路一條，但不能算作國粹。假如這檢查的工作是在夜裡，請別忘了拿個燈籠，踏一腳黑泥事小，把腳腕拐折至少也不甚舒服。

胡同中的路，差不多是中間墊石，兩旁鋪土的。土，在一個中國城市裡，自然是黑而細膩，晴日飛揚，陰雨和泥的，沒什麼奇怪。提起那些石塊，只好說一言難盡吧。假如你是個地質學家，你不難想到：這些石是否古代地層變動之時，整批的由地下翻上來，直至今日，始終原封沒動；不然，怎能那樣不平呢？但是，你若是個考古家，當然張開大嘴哈哈笑，濟南真會保存古物哇！看，看哪一塊石頭沒有多少年的歷史！社會上一切都變了，只有你們這群老石還在這兒鎮壓著濟南的風水！

浪漫派的文人也一定喜愛這些石路，因為塊塊石頭帶著慷慨不平的氣味，且滿有幽默。假如第一塊屈了你的腳尖，哼，剛一邁步，第二塊便會咬住你的腳後跟。左腿不幸被石窪囚住，留神吧，右腿會緊跟著滑溜出多遠，早有一塊中間隆起，而膩滑的等著你呢。這樣，左右前後，處處是埋伏，有變化；假如哪位浪漫派寫家走過一程，要是幸而不暈過去，一定會得到不少寫傳奇的啟示。

無論是誰，請不要穿新鞋。鞋堅固呢，腳必磨破。腳結實呢，鞋上必來個窟窿。二者必居其一。那些小腳姑娘太太們，怎能不一步一跌，真使人糊塗而驚異！

在這種路上坐汽車，咱沒這經驗，不能說是舒服與否。只看見過汽車中的人們，接二連三的往前躥，頗似練習三級跳遠。推小車子也沒有經驗，只能理想到：設若我去推一回，我敢保險，不是我——多半是我——就是小車子，一定有一個碎了的。

洋車，咱坐過。從一上車說吧。車夫拿起「把」來，也許是往前走，也許是往後退，那全憑石頭叫他怎樣他便得怎樣。濟南的車夫是沒有自由意志的。石頭有時一高興，也許叫左輪活動，而把右輪抓住不放；這樣，滿有把坐車的翻到下面去，而叫車坐一會兒人的希望。

坐車的姿式也請留心研究一番。你要是充正氣君子，挺著脖子正著身，好啦：為維持脖子的挺立，下車以後，你不變成歪脖兒柳就算萬幸。你越往直裡挺，它們越左右的篩搖；濟南的石路專愛打倒挺脖子，顯正氣的人們！反之，你要是縮著脖子，懈鬆著勁兒，請要留神，車子忽高忽低之際，你也許有鬼神暗佑還在車上，也許完全搖出車外，臉與道旁黑土相吻。從經驗中看，最好的辦法是不挺不縮，帶著彈性。像百碼決賽預備好，專候槍聲時的態度，最為相宜。一點不鬆懈，一點不忽略，隨高就高，隨低就低，車左亦左，車右亦右，車起須如據鞍而立，車落應如鯉魚入水。這樣，雖然麻煩一些，可是實在安全，而且練習慣了，以後可以不暈船。

坐車的時候也大有研究的必要，最適宜坐車的時候是犯腸胃閉塞病之際。不用吃泄藥，只須在飯前，喝點開水，去坐半小時上下的洋車，其效如神。飯後坐車是最冒險的事，接連坐過三天，設若不生胃病，也得長盲腸炎。要是胃口像林黛玉那麼弱的人，以完全不坐車為是，因沒有一個時間是相宜的。

末了，人們都說濟南洋車的價錢太貴，動不動就是兩三毛錢。但是，假如你自己去在這種石路上拉車，給你五塊大洋，你幹得了幹不了？

參

由前兩段看來，好像我不大喜歡濟南似的。不，不，有大不然者！有幽默的人愛「看」，看了，能不發笑嗎？天下可有幾件事，幾件東西，叫你看完而不發笑的？不信，閉上一隻眼，看你自己的鼻子，你不笑才怪；先不用說別的。有的人看什麼也不笑，也對呀，喜悲劇的人不替古人落淚不痛快，因為他好「覺」；設身處地的那麼一「覺」；世界上的事兒便少有不叫淚腺要動作動作的。噢，原來如此！

濟南有許多好的事兒，隨便說幾種吧：蔥好，這是公認的吧，不是我造謠生事。聽說，猶太人少有得肺病的，因為吃魚吃的多；山東人是不是因為多嚼大蔥而不患肺病呢？這倒值得調查一下，好叫吃完蔥的士女不必說話怪含羞的用手掩著嘴；假如調查結果真是山西河南廣東因肺病而死的比山東多著七八十來個（一年多七八十，一萬年要多若干？），而其主因確是因為口中的蔥味使肺病菌倒退四十里。

在小曲兒裡，時常用蔥尖比美婦人的手指，這自然是春蔥，決不會是山東的老蔥，設若美婦人的十指都和老蔥一般兒粗（您曉得山東老蔥的直徑是多少寸），一旦婦女革命，打倒男人，一個嘴巴子還不把男人的半個臉打飛！這決不是濟南的老蔥不美，不是。蔥花自然沒有什麼美麗，蔥葉也比不上蒲葉那樣挺秀，竹葉那樣清勁，連蒜葉也比不上，因為蒜葉至少可以假充水仙。不要花，不看葉，單看蔥白兒，你便覺得蔥的偉麗了。看運動家，別看他或她的臉，要先看那兩條完美的腿，看蔥亦然。（運動家注意。這裡一點污染的意思沒有，我自己的腿比蒜苗還細，焉敢攀高比諸蔥哉！）濟南的蔥白起碼有三尺來長吧：粗呢，總比我的手腕粗著一兩圈兒

——有願看我的手腕者，請納參觀費大洋二角。這還不算什麼，最美是那個晶亮，含著水，細潤，純潔的白顏色。這個純潔的白色好像只有看見過古代希臘女神的乳房者才能明白其中的奧妙，鮮，白，帶著滋養生命的乳漿！這個白色叫你捨不得吃它，而拿在手中顛著，讚歎著，好像對於宇宙的偉大有所領悟。由不得把它一層層的剝開，每一層落下來，都好似油酥餅的折疊；這個油酥餅可不是「人」手烙成的。一層層上的長直紋兒，一絲不亂的，比畫圖用的白絹還美麗。看見這些紋兒，再看看饃饃，你非多吃半斤饃饃不可。人們常說——帶著諷刺的意識——山東人吃的多，是不知蔥之美者也！

反對吃蔥的人們總是說：蔥雖好，可是味道有不得人心之處。其實這是一面之詞，假若大家都吃蔥，而且時常開個「吃蔥競賽會」，第一名贈以重二十斤金杯一個，你看還敢有人反對否！

記得，在新加坡的時候，街上有賣柘蓮[2]者，味臭無比，可是土人和華人久住南洋者都嗜之若命。並且聽說，英國維克陶利亞女皇[3]吃過一切果品，只是沒有嘗過柘蓮，引為憾事。濟南的蔥，老實的講，實在沒有奇怪味道，而且確是甜津津的。假如你不信呢，吃一棵嘗嘗。

2. 即榴槤。
3. 現通譯維多利亞女王。

蔥以外，濟南還有許多好東西、好事兒，等下次再說。

肆

濟南的秋天是詩境的。設若你的幻想中有個中古的老城，有睡著了的大城樓，有狹窄的古石路，有寬厚的石城牆，環城流著一道清溪，倒映著山影，岸上蹲著紅袍綠褲的小妞兒。你的幻想中要是這麼個境界，那便是濟南。設若你幻想不出——許多人是不會幻想的——請到濟南來看看吧。

請你在秋天來。那城，那河，那古路，那山影，是終年給你預備著的。可是，加上濟南的秋色，濟南由古樸的畫境轉入靜美的詩境中了。這個詩意的秋光秋色是濟南獨有的。上帝把夏天的藝術賜給瑞士，把春天的賜給西湖，秋和冬的全賜給了濟南。秋和冬是不好分開的，秋睡熟了一點便是冬，上帝不願意把它忽然喚醒，所以作個整人情，連秋帶冬全給了濟南。

詩的境界中必須有山有水。那麼，請看濟南吧。那顏色不同，方向不同，高矮不同的山，在秋色中便越發的不同了。以顏色說吧，山腰中的松樹是青黑的，加上秋陽的斜射，那片青黑便多出些比灰色深，比黑色淺的顏色，把旁邊的黃草蓋成一層灰中透黃的陰影。山腳是鑲著各色條子的，一層層的，有的黃，有的灰，有的綠，有的似乎是藕荷色兒。山頂上的色兒也隨著太陽的轉移而不同。山頂的顏色不同還不重要，山腰中的顏色不同才真叫人想作幾句詩。山腰中的顏色是永遠在那兒變動，特別是在秋天，那陽光能夠忽然清涼一會兒，忽然又溫暖一會兒，這個變動並不激烈，可是山上的顏色覺得出這個變化，而立刻隨著變換。忽然黃色更真了一些，忽然又暗了一些，忽然像有層看不見的薄霧在那兒流動，忽然像有股細風替「自然」調合著彩色，輕輕的抹上一層各色俱全而全是淡美的色道兒。有這樣的山，再配上那藍的天，晴暖的陽光；藍的像要由藍變綠了，可又沒完全綠了；晴暖得要發燥了，可是有點涼風，正和詩一樣的溫柔；這便是濟南的秋。況且因為顏色的不同，那山的高低也更顯然了。高的更高了些，低的更低了些，山的棱角曲線在晴空中更真了，更分明了，更瘦硬了。看山頂上那個塔！

再看水。以量說，以質說，以形式說，哪兒的水能比濟南？有泉——到處是泉——有河，有湖，這是由形式上分。不管是泉是河是湖，全是那麼清，全是那麼甜，哎呀，濟南是「自然」的 Sweet heart 吧？大明湖夏日的蓮花，城河的綠柳，自然是美好的了。可是看水，是要看秋水的。濟南有秋山，又有秋水，這個秋才算個秋，因為秋神是在濟南住家的。先不用說別的，只說水中的綠藻吧。那份兒綠色，除了上帝心中的綠色，恐怕沒有別的東西能比擬的。這種鮮綠全借著水的清澄顯露出來，好像美人借著鏡子鑒賞自己的美。是的，這些綠藻是自己享受那水的甜美呢，不是為誰看的。它們知道它們那點綠的心事，它們終年在那兒吻著水皮，做著綠色的香夢。淘氣的鴨子，用黃金的腳掌碰它們一兩下。浣女的影兒，吻它們的綠葉一兩下。只有這個，是它們的香甜的煩惱。羨慕死詩人呀！

在秋天，水和藍天一樣的清涼。天上微微有些白雲，水上微微有些波皺。天水之間，全是清明，溫暖的空氣，帶著一點桂花的香味。山影兒也更真了。秋山秋水虛幻的吻著。山兒不動，水兒微響。那中古的老城，帶著這片秋色秋聲，是濟南，是詩。

要知濟南的冬日如何，且聽下回分解。

伍

上次說了濟南的秋天，這回該說冬天。

對於一個在北平住慣的人，像我，冬天要是不刮大風，便是奇蹟；濟南的冬天是沒有風聲的。對於一個剛由倫敦回來的，像我，冬天要能看得見日光，便是怪事；濟南的冬天是響晴的。自然，在熱帶的地方，日光是永遠那麼毒，響亮的天氣反有點叫人害怕。可是，在北中國的冬天，而能有溫晴的天氣，濟南真得算個寶地。

設若單單是有陽光，那也算不了出奇。請閉上眼想：一個老城，有山有水，全在藍天下很暖和安適的睡著；只等春風來把他們喚醒，這是不是個理想的境界？

小山整把濟南圍了個圈兒，只有北邊缺著點口兒，這一圈小山在冬天特別可愛，好像是把濟南放在一個小搖籃裡，它們全安靜不動的低聲的說：你們放心吧，這兒準保暖和。真的，濟南的人們在冬天是面上含笑的。他們一看那些小山，心中便覺得有了著落，有了依靠。他們由天上看到山上，便不覺的想起：明天也許就是春天了吧？這樣的溫暖，今天夜裡山草也許就綠起來吧？就是這點幻想不能一時實現，他們也並不著急，因為有這樣慈善的冬天，幹啥還希望別的呢。

最妙的是下點小雪呀。看吧，山上的矮松越發的青黑，樹尖上頂著一髻兒白花，像些小日本看護婦。山尖全白了，給藍天鑲上一道銀邊。山坡上有的地方雪厚點，有的地方草色還露著，這樣，一道兒白，一道兒暗黃，給山們穿上一件帶水紋的花衣；看著看著，這件花衣好像被風兒吹動，叫你希望看見一點更美的山的肌膚。等到快日落的時候，微黃的陽光斜射在山腰上，那點薄雪好像忽然害了羞，微微露出點粉色。就是下小雪吧，濟南是受不住大雪的，那些小山太秀氣。

古老的濟南，城內那麼狹窄，城外又那麼寬敞，山坡上臥著些小村莊，小村莊的房頂上臥著點雪，對，這是張小水墨畫，或者是唐代的名手畫的吧。

那水呢，不但不結冰，反倒在綠藻上冒著點熱氣。水藻真綠，把終年貯蓄的綠色全拿出來了。天兒越晴，水藻越綠，就憑這些綠的精神，水也不忍得凍上；況且那長枝的垂柳還要在水裡照個影兒呢。看吧，由澄清的河水慢慢往上看吧，空中，半空中，天上，自上而下全是那麼清亮，那麼藍汪汪的，整個的是塊空靈的藍水晶。這塊水晶裡，包著紅屋頂，黃草山，像地毯上的小團花的小灰色樹影；這就是冬天的濟南。

樹雖然沒有葉兒，鳥兒可並不偷懶，看在日光下張著翅叫的百靈們。山東人是百靈鳥的崇拜者，濟南是百靈的國。家家處處聽得到牠們的歌唱；自然，小黃鳥兒也不少，而且在百靈國內也很努力的唱。還有山喜鵲呢，成群的在樹上啼，扯著淺藍的尾巴飛。樹上雖沒有葉，有這些羽翎裝飾著，也倒有點像西洋美女。坐在河岸上，看著牠們在空中飛，聽著溪水活活的流，要睡了，這是有催眠力的；不信你就試試；睡吧，決凍不著你。

要知後事如何，我自己也不知道。

陸

到了齊大[4]，暑假還未曾完。除了太陽要落的時候，校園裡輕易不見一個人影。那幾條白石凳，上面有楓樹給張著傘，便成了我的臨時書房。手裡拿著本書，並不見得念；念地上的樹影，比讀書還有趣。我看著：細碎的綠影，夾著些小黃圈，不定都是圓的，葉兒稀的地方，光也有時候透出七棱八角的一小塊。小黑驢似的螞蟻，單喜歡在這些光圈上慌手忙腳的來往過。那邊的白石凳上，也印著細碎的綠影，還落著個小藍蝴蝶，抿著翅兒，好像要睡。一點風兒，把綠影兒吹醉，散亂起來；小藍蝶醒了懶懶的飛，似乎是作著夢飛呢；飛了不遠，落不了，抱住黃蜀菊的蕊兒。看著，老大半天，小蝶兒又飛了，來了個楞頭磕腦的馬蜂。

真靜。往南看，千佛山懶懶的倚著一些白雲，一聲不出。往北看，圍子牆根有時過一兩個小驢，微微有點鈴聲。往東西看，只看見樓牆上的爬山虎。葉兒微動，像豎起的兩面綠浪。往下看，四下都是綠草。往上看，看見幾個紅的樓尖。全不動。

4. 齊魯大學簡稱。

綠的，紅的，上上下下的，像一張畫，顏色固定，可是越看越好看。只有辦公處的大鐘的針兒，偷偷的移動，好似惟恐怕叫光陰知道似的，那麼偷偷的動，從樹隙裡偶爾看見一個小女孩，花衣裳特別花哨，突然把這一片靜的景物全刺激了一下；花兒也更紅，葉兒也更綠了似的；好像她的花衣裳要帶這一群顏色跳舞起來。小女孩看不見了，又安靜起來。槐樹上輕輕落下個豆瓣綠的小蟲，在空中懸著，其餘的全不動了。

園中就是缺少一點水呀！連小麻雀也似乎很關心這個，時常用小眼睛往四下找；假如園中，就是有一道小溪吧，那要多麼出色。溪裡再有些各色的魚，有些荷花！哪怕是有個噴水池呢，水聲，和著楓葉的輕響，在石臺上睡一刻鐘，要作出什麼有聲有色有香味的夢！花木夠了，只缺一點水。

短松牆覺得有點死板，好在發著一些松香；若是上面繞著些密羅松，開著些血紅的小花，也許能減少一些死板氣兒。園外的幾行洋槐很體面，似乎缺少一些小白石凳。可是繼而一想，沒有石凳也好，校園的全景，就妙在只有花木，沒有多少人工作的點綴，磚砌的花池咧，綠竹籬咧，全沒有；這樣，沒有人的時候，才真像沒有人，連一點人工經營的痕跡也看不出；換句話說，這才不俗氣。

啊，又快到夏天了！把去年的光景又想起來；也許是盼望快放暑假吧。快放暑假吧！把這個整個的校園，還交給蜂蝶與我吧！太自私了，誰說不是！可是我能念著樹影，給諸位作首不十分好，也還說得過去的詩呢。

學校南邊那塊瓜地，想起來叫口中出甜水；但是懶得動；在石凳上等著吧，等太陽落了，再去買幾個瓜吧。自然，這還是去年的話；今年那塊地還種瓜嗎？管他種瓜還是種豆呢，反正白石凳還在那裡，爬山虎也又綠起來；只等玫瑰開呀！玫瑰開，吃粽子，下雨，晴天，楓樹底上，白石凳上，小藍蝴蝶，綠槐樹蟲，哈，夢！再溫習溫習那個夢吧。

柒

有詩為證，對，印象是要有詩為證的；不然，那印象必是多少帶點土氣的。我想寫「春夜」，多麼美的題目！想起這個題目，我自然的想作詩了。可是，不是個詩人，怎辦呢；這似乎要「抓瞎」[5]——用個毫無詩味的詞兒。新詩吧？太難；腦中雖有幾堆「呀，噢，唉，嘍」和那俊美的「；」，和那珠淚滾滾的「！」。但是，沒有別的玩藝，怎能把這些寶貝綴上去呢？此路不通！舊詩？又太死板，而且至少

5. 比喻做事無條理或毫無頭緒。

有十幾年沒動那些七庚八蒸的東西了；不免出醜。

到底硬聯成一首七律，一首不及六十分的七律；心中已高興非常，有勝於無，好歹不論，正合我的基本哲學。好，再作七首，共合八首；即使沒一首「通」的吧，「量」也足驚人不是？中國地大物博，一人能寫八首春夜，呀！

唉！濕膝病又犯了，兩膝僵腫，精神不振，終日茫然，飯且不思，何暇作詩，只有大喊拉倒，予無能為矣！只湊了三首，再也湊不出。

想另作一篇散文吧，又到了交稿子的時候；況且精神不好，其影響於詩與散文一也；散了吧，好歹的那三首送進去，愛要不要；我就是這個主意！反正無論怎說，我是有詩為證：

（一）

多少春光輕易去？無言花鳥夜如秋。
東風似夢微添醉，小月知心只照愁！
柳樣詩思情入影，火般桃色豔成羞。
誰家玉笛三更後？山倚疏星人倚樓。

（二）

一片閒情詩境裡，柳風淡淡柝聲涼。

山腰月少青松黑，籬畔光多玉李黃。

心靜漸知春似海，花深每覺影生香。

何時買得田千頃，遍種梧桐與海棠！

（三）

且莫貪眠減卻狂，春宵月色不平常！

碧桃幾樹開蝴蝶，紫燕聯肩夢海棠。

花比詩多憐夜短，柳如人瘦為情長。

年來潦倒漂萍似，慣也東風道暖涼。

得看這三大首！五十年之後，準保有許多人給作注解——好詩是不需注解的。

我的評注者，一定說我是資本家，或是窮而傾向資本主義者，因為在第二首裡，有「何時買得田千頃」之語。好，我先自己作點注吧：我的意思是買山地呀，不是買一千頃良田，全種上花木，而叫農民餓死，不是。比如千佛山兩旁的禿山，要全種上海棠，那要多麼美，這才是我的夢想。這不怨我說話不清，是律詩自身的彆扭；一句非七個字不可，我怎能忽然來句八個九個字的呢？

得了，從此再不受這個罪；《一些印象》也不再續。暑假中好好休息，把腿養好，能加入將來遠東運動會的五百哩競走，得個第一，那才算英雄好漢；謅幾句不准多於七個字一句的詩，算得什麼！

（原載一九三〇年十月、十一月，一九三一年二月、三月、四月、五月、六月《齊大月刊》第一卷第一、二、四、五、六、七、八期）

非正式的公園

（濟南通信）

濟南的公園似乎沒有引動我描寫它的力量，雖然我還想寫那麼一兩句；現在我要寫的地方，雖不是公園，可是確比公園強的多，所以——非正式的公園；關於那正式的公園，只好，雖然還想寫那麼一兩句，待之將來。

這個地方便是齊魯大學，專從風景上看。齊大在濟南的南關外，空氣自然比城裡的新鮮，這已得到成個公園的最要條件。花木多，又有了成個公園的資格。確是有許多人到那裡玩，意思是拿它當作——非正式的公園。

逛這個非正式的公園以夏天為最好。春天花多，秋天樹葉美，但是只在夏天才有「景」，冬天沒有什麼特色。

當夏天，進了校門便看見一座綠樓，樓前一大片綠草地，樓的四周全是綠樹，綠樹的尖上浮著一兩個山峰，因為綠樹太密了，所以看不見樹後的房子與山腰，使你猜不到綠蔭後邊還有什麼；深密偉大，你不由的深吸一口氣。綠樓？真的，「爬山虎」的深綠肥大的葉一層一層的把樓蓋滿，只露著幾個白邊的窗戶；每陣小風，使那層層的綠葉掀動，橫著豎著都動得有規律，一片壁立的綠浪。

往裡走吧，沿著草地——草地邊上不少的小藍花呢——到了那綠蔭深處。這裡都是楓樹，樹下四條潔白的石凳，圍著一片花池。花池裡雖沒有珍花異草，可是也有可觀；況且往北有一條花徑，全是小紅玫瑰。花徑的北端有兩大片洋葵，深綠葉，淺紅花；這兩片花的後面又有一座樓，門前的白石階欄像享受這片鮮花的神龕。樓的高處，從綠槐的密葉的間隙裡看到，有一個大時辰鐘。

往東西看，西邊是一進校門便看見的那座樓的側面與後面，與這座樓平行，花池東邊還有一座；這兩座樓的側面山牆，也都是綠的。花徑的南端是白石的禮堂，堂前開滿了百日紅，壁上也被綠蔓爬勻。那兩座樓後，兩大片草地，平坦，深綠，像張綠毯。這兩塊草地的南端，又有兩座樓，四周圍薔薇作成短牆。設若你坐在石凳上，無論往哪邊看，視線所及不是紅花，便是綠葉；就是往上下看吧：下面是綠草，紅花，與樹影；上面是綠楓樹葉。往平裡看，有時從樹隙花間看見女郎的一兩把小白傘，有時看男人的白大衫。傘上衫上時時落上些綠的葉影。人不多，因為放暑假了。

拐過禮堂，你看見南面的群山，綠的。山前的田，綠的。一個綠海，山是那些高的綠浪。

禮堂的左右，東西兩條綠徑，樹陰很密，幾乎見不著陽光。順著這綠徑走，不論是往西往東，你看見些小的樓房，每處有個小花園。園牆都是矮松做的。

春天的花多，特別是丁香和玫瑰，但是綠得不到家。秋天的紅葉美，可是草變黃了。冬天樹葉落淨，在園中便看見了山的大部分，又欠深遠的意味。只有夏天，一切顏色消沉在綠的中間，由地上一直綠到樹上浮著的綠山峰，成功以綠為主色的一景。

（原載一九三二年七月《華年》第一卷第十二期）

趵突泉的欣賞

（濟南通信）

千佛山、大明湖和趵突泉，是濟南的三大名勝。現在單講趵突泉。

在西門外的橋上，便看見一溪活水，清淺，鮮潔，由南向北的流著。這就是由趵突泉流出來的。設若沒有這泉，濟南定會丟失了一半的美。但是泉的所在地並不是我們理想中的一個美景。這又是個中國人的征服自然的辦法，那就是說，凡是自然的恩賜交到中國人手裡就會把它弄得醜陋不堪。這塊地方已經成了個市場。南門外是一片喊聲，幾陣臭氣，從賣大碗麵條與肉包子的棚子裡出來。進了門有個小院，差不多是四方的。這裡，「一毛錢四塊！」和「兩毛錢一雙！」的喊聲，與外面的「吃來」聯成一片。一座假山，奇醜；穿過山洞，接聯不斷的棚子與地攤，東洋布，東洋磁，東洋玩具，東洋……加勁的表示著中國人怎樣熱烈的「不」抵制劣貨。這裡很不易走過去，鄉下人一群跟著一群的來提倡日貨，把路塞住。他們沒有例外的全張著嘴，蔥味回射。沒有例外的全買一件東西還三次價，走開又回來摸索四五次。

小腳婦女更了不得，你往左躲，她往左扭；你往右躲，她往右扭，反正不許你痛快的過去。

到了泉池，北岸上一座神殿，南西東三面全是唱鼓書的茶棚，唱的多半是梨花大鼓[1]，一聲「喲」要拉長幾分鐘，猛聽頗像產科醫院的病室。除了茶棚還是日貨攤子，說點別的吧！

泉太好了。泉池差不多見方，三個泉口偏西，北邊便是條小溪流向西門去。看那三個大泉，一年四季，晝夜不停，老那麼翻滾。你立定呆呆的看三分鐘，你便覺出自然的偉大，使你不敢再正眼去看。永遠那麼純潔，永遠那麼活潑，永遠那麼鮮明，冒，冒，冒，永不疲乏，永不退縮，只是自然有這樣的力量！冬天更好，泉上起了一片熱氣，白而輕軟，在深綠的長草藻上飄蕩著，使你不由的想起一種似乎神秘的境界。

池邊還有小泉呢：有的像大魚吐水，極輕快的上來一串水泡；有的像一串明珠，走到中途又歪下去，真像一串珍珠在水裡斜放著；有的半天才上來一個泡，大，扁一點，慢慢的，有姿態的，搖動上來；碎了；看，又來了一個！有的好幾串小碎珠一齊擠上來，像一朵攢整齊的珠花，雪白。有的……這比那大泉還更有味。

1. 山東大鼓又稱「犁鏵大鼓」、「梨花大鼓」，起源於山東農村，原使用書鼓加上農具碎片擊拍，後改為鐵片、銅片，並用三弦、四弦伴奏，一人演唱或二人對唱。山東大鼓曲調纏綿婉轉，解放後有所改革。

新近為增加河水的水量，又下了六根鐵管，做成六個泉眼，水流得也很旺，但是我還是愛那原來的三個。

看完了泉，再往北走，經過一些貨攤，便出了北門。

前年冬天一把大火把泉池南邊的棚子都燒了。有機會改造了！造成一個公園，各處安著噴水管！東邊作個游泳池！有許多人這樣的盼望。可是，席棚又搭好了，漸次改成了木板棚；鄉下人只知道趵突泉，把攤子移到「商場」去（就離趵突泉幾步）買賣就受損失了；於是「商場」四大皆空，還叫趵突泉作日貨銷售場；也許有道理。

（原載一九三二年八月《華年》第一卷第十七期）

小麻雀

雨後，院裡來了個麻雀，剛長全了羽毛。牠在院裡跳，有時飛一下，不過是由地上飛到花盆沿上，或由花盆上飛下來。看牠這麼飛了兩三次，我看出來：牠並不會飛得再高一些，牠的左翅的幾根長翎擰在一處，有一根特別的長，似乎要脫落下來。我試著往前湊，牠跳一跳，可是又停住，看著我，小黑豆眼帶出點要親近我又不完全信任的神氣。我想到了：這是個熟鳥，也許是自幼便養在籠中的。所以牠不十分怕人。可是牠的左翅也許是被養著牠的或別個孩子給扯壞，所以牠愛人，又不完全信任。想到這個，我忽然的很難過。一個飛禽失去翅膀是多麼可憐。這個小鳥離了人恐怕不會活，可是人又那麼狠心，傷了牠的翎羽。牠被人毀壞了，而還想依靠人，多麼可憐！牠的眼帶出進退為難的神情，雖然只是那麼個小而不美的小鳥，牠的舉動與表情可露出極大的委屈與為難。牠是要保全牠那點生命，而不曉得如何是好。對牠自己與人都沒有信心，而又願找到些倚靠。牠跳一跳，停一停，看著我，又不敢過來。我想拿幾個飯粒誘牠前來，又不敢離開，我怕小貓來撲牠。可是小貓並沒在院裡，我很快的跑進廚房，抓來了幾個飯粒。及至我回來，小鳥已不見了。我向外院跑去，小貓在影壁前的花盆旁蹲著呢。我忙去驅逐牠，牠只一撲，把小鳥擒住！被人養慣的小麻雀，連掙扎都不會，尾與爪在貓嘴旁搭拉著，和死去差不多。

瞧著小鳥，貓一頭跑進廚房，又一頭跑到西屋。我不敢緊追，怕牠更咬緊了，可又不能不追。雖然看不見小鳥的頭部，我還沒忘了那個眼神。那個預知生命危險的眼神。那個眼神與我的好心中間隔著一隻小白貓。來回跑了幾次，我不追了。追上也沒用了，我想，小鳥至少已半死了。貓又進了廚房，我楞了一會兒，趕緊的又追了去；那兩個黑豆眼彷彿在我心內睜著呢。

進了廚房，貓在一條鐵筒——冬天升火通煙用的，春天拆下來便放在廚房的牆角——旁蹲著呢。小鳥已不見了。鐵筒的下端未完全扣在地上，開著一個不小的縫兒小貓用腳往裡探。我的希望回來了，小鳥沒死。小貓本來才四個來月大，還沒捉住過老鼠，或者還不會殺生，只是叼著小鳥玩一玩。正在這麼想，小鳥，忽然出來了，貓倒像嚇了一跳，往後躲了躲。小鳥的樣子，我一眼便看清了，登時使我要閉上了眼。小鳥幾乎是蹲著，胸離地很近，像人害肚痛蹲在地上那樣。牠身上並沒血。身子可似乎是蜷在一塊，非常的短。頭低著，小嘴指著地。那兩個黑眼珠！非常的黑，非常的大，不看什麼，就那麼頂黑頂大的楞著。牠只有那麼一點活氣，都在眼裡，像是等著貓再撲牠，牠沒力量反抗或逃避；又像是等著貓赦免了牠，或是來個救星。生與死都在這倆眼裡，而並不是清醒的。牠是糊塗了，昏迷了；不然為什麼由鐵筒中出來呢？可是，雖然昏迷，到底有那麼一點說不清的，生命根源的，希望。這個希望使牠注視著地上，等著，等著生或死。牠怕得非常的忠誠，完全把自己交給了一線的希望，一點也不動。像把生命要從兩眼中流出，牠不叫，不動。

小貓沒再撲牠，只試著用小腳碰牠。牠隨著擊碰傾側，頭不動，眼不動，還呆呆的注視著地上。但求牠能活著，牠就決不反抗。可是並非全無勇氣，牠是在貓的面前不動！我輕輕的過去，把貓抓住。將貓放在門外，小鳥還沒動。我雙手把牠捧起來。牠確是沒受了多大的傷，雖然胸上落了點毛。牠看了我一眼！

我沒主意：把牠放了吧，牠準是死！養著牠吧，家中沒有籠子。我捧著牠好像世上一切生命都在我的掌中似的，我不知怎樣好。小鳥不動，蜷著身，兩眼還那麼黑，等著！楞了好久，我把牠捧到臥室裡，放在桌子上，看著牠，牠又楞了半天，忽然頭向左右歪了歪，用牠的黑眼飄了一下；又不動了，可是身子長出來一些，還低頭看著，似乎明白了點什麼。

（載一九三四年十月《文學評論》第一卷第二期）

春風

濟南與青島是多麼不相同的地方呢！一個設若比作穿肥袖馬褂的老先生，那一個便應當是摩登的少女。可是這兩處不無相似之點。拿氣候說吧，濟南的夏天可以熱死人，而青島是有名的避暑所在；冬天，濟南也比青島冷。但是，兩地的春秋頗有點相同。濟南到春天多風，青島也是這樣；濟南的秋天是長而晴美，青島亦然。

對於秋天，我不知應愛哪裡的：濟南的秋是在山上，青島的是海邊。濟南是抱在小山裡的；到了秋天，小山上的草色在黃綠之間，松是綠的，別的樹葉差不多都是紅與黃的。就是那沒樹木的山上，也增多了顏色——日影、草色、石層，三者能配合出種種的條紋，種種的影色。配上那光暖的藍空，我覺得一種舒適安全，只想在山坡上似睡非睡的躺著，躺到永遠。青島的山——雖然怪秀美——不能與海相抗，秋海的波還是春樣的綠，可是被清涼的藍空給開拓出老遠，平日看不見的小島清楚的點在帆外。這遠到天邊的綠水使我不願思想而不得不思想；一種無目的的思慮，要思慮而心中反倒空虛了些。濟南的秋給我安全之感，青島的秋引起我甜美的悲哀。我不知應當愛哪個。

兩地的春可都被風給吹毀了。所謂春風，似乎應當溫柔，輕吻著柳枝，微微吹皺了水面，偷偷的傳送花香，同情的輕輕掀起禽鳥的羽毛。濟南與青島的春風都太粗猛。濟南的風每每在丁香海棠開花的時候把天刮黃，什麼也看不見，連花都埋在黃暗中，青島的風少一些沙土，可是狡猾，在已很暖的時節忽然來一陣或一天的冷風，把一切都送回冬天去，棉衣不敢脫，花兒不敢開，海邊翻著愁浪。

兩地的風都有時候整天整夜的刮。春夜的微風送來雁叫，使人似乎多些希望。整夜的大風，門響窗戶動，使人不英雄的把頭埋在被子裡；即使無害，也似乎不應該如此。對於我，特別覺得難堪。我生在北方，聽慣了風，可也最怕風。聽是聽慣了，因為聽慣才知道那個難受勁兒。它老使我坐臥不安，心中遊遊摸摸的，幹什麼不好，不幹什麼也不好。它常常打斷我的希望：聽見風響，我懶得出門，覺得寒冷，心中渺茫。春天彷彿應當有生氣，應當有花草，這樣的野風幾乎是不可原諒的！我倒不是個弱不禁風的人，雖然身體不很足壯。我能受苦，只是受不住風。別種的苦處，多少是在一個地方，多少有個原因，多少可以設法減除；對風是幹沒辦法。總不在一個地方，到處隨時使我的腦子晃動，像怒海上的船。它使我說不出為什麼苦痛，而且沒法子避免。它自由的刮，我死受著苦。我不能和風去講理或吵架。單單在春天刮這樣的風！可是跟誰講理去呢？蘇杭的春天應當沒有這不得人心的風吧？我不準知道，而希望如此。好有個地方去「避風」呀！

（載一九三五年三月二十四日《益世報》「益世小品」第一期）

小動物們

鳥獸們自由的生活著，未必比被人豢養著更快樂。據調查鳥類生活的專門家說，鳥啼絕不是為使人愛聽，更不是以歌唱自娛，而是占據獵取食物的地盤的示威；鳥類的生活是非常的艱苦。獸類的互相殘食是更顯然的。這樣，看見籠中的鳥，或柙中的虎，而替牠們傷心，實在可以不必。可是，也似乎不必替牠們高興；被人養著，也未盡舒服。生命彷彿是老在魔鬼與荒海的夾間兒，怎樣也不好。

我很愛小動物們。我的「愛」只是我自己覺得如此；到底對被愛的有什麼好處，不敢說。牠們是這樣受我的恩養好呢，還是自由的活著好呢？也不敢說。把養小動物們看成一種事實，我才敢說些關於牠們的話。下面的述說，那麼，只是為述說而述說。

先說鴿子。我的幼時，家中很貧。說出「貧」來，為是聲明我並養不起鴿子；鴿子是種費錢的活玩藝兒。可是，我的兩位姐丈都喜歡玩鴿子，所以我知道其中的一點兒故典。我沒事兒就到兩家去看鴿，也不短隨著姐丈們到鴿市去玩；他們都比我大著二十多歲。我的經驗既是這樣來的，而且是幼時的事，恐怕說得不能很完到了；有好多鴿子名已想不起來了。

鴿的名樣很多。以顏色說，大概應以灰、白、黑、紫為基本色兒。可是全灰全白全黑全紫的並不值錢。全灰的是樓鴿，院中撒些米就會來一群；物是以缺者為貴，樓鴿太普羅。有一種比樓鴿小，灰色也淺一些的，才是真正的「灰」；但也並不很貴重。全白的，大概就叫「白」吧，我記不清了。全黑的叫黑兒，全紫的叫紫箭，也叫豬血。

豬血們因為羽色單調，所以不值錢，這就容易想到值錢的必是雜色的。雜色的種類多極了，就我所知道的——並且為清楚起見——可以分作下列的四大類：點子、烏、環、玉翅。點子是白身腔，只在頭上有手指肚大的一塊黑，或紫；尾是隨著頭上那個點兒，黑或紫。這叫作黑點子和紫點子。烏與點子相近，不過是頭上的黑或紫延長到肩與胸部。這叫黑烏或紫烏。這種又有黑翅的或紫翅的，名鐵翅烏或銅翅烏——這比單是烏又貴重一些。還有一種，只有黑頭或紫頭，而尾是白的，叫作黑烏頭或紫烏頭；比烏的價錢要賤一些。剛才說過了，烏的頭部的黑或紫毛是後齊肩，前及胸的。假若黑或紫毛只是由頭頂到肩部，而前面仍是白的，這便叫作老虎帽，因為很像廿年前通行的風帽；這種確是非常的好看，因而價錢也就很高。在民國初年，興了一陣子藍烏和藍烏頭，頭尾如烏，而是灰藍色兒的。這種並不好看，出了一陣子鋒頭也就拉倒了。

環，簡單的很：全白而項上有一黑圈者叫墨環；反之，全黑而項上有白圈者是玉環。此外有紫環，全白而項上有一紫環。「環」這種鴿似乎永遠不大高貴。大概可以這麼說，白尾的鴿是不易與黑尾或紫尾的相抗，因為白尾的飛起來不大美。

玉翅是白翅邊的。全灰而有兩白翅是灰玉翅；還有黑玉翅、紫玉翅。所謂白翅，有個講究：翅上的白翎是左七右八。能夠這樣，飛起來才正好，白邊兒不過寬，也不過窄。能生成就這樣的，自然很少，所以鴿販常常作假，硬插上一兩根，或拔去些，是常有的事。這類中又有變種：玉翅而有白尾的，比如一隻黑鴿而有左七右八的白翅翎，同時又是白尾，便叫作三塊玉。灰的、紫的，也能這樣。要是連頭也是白的呢便叫作四塊玉了。四塊玉是較比有些價值的。

在這四大類之外，還有許多雜色的鴿。如鶴袖，如麻背，都有些價值，可不怎麼十分名貴。在北平，差不多是以上述的四大類為主。新種隨時有，也能時興一陣，可都不如這四類重要與長遠。

就這四大類說，紫的老比別的顏色高貴。紫色兒不容易長到好處，太深了就遭豬血之誚，太淺了又黃不唧的寒酸。況且還容易長「花了」呢，特別是在尾巴上，翎的末端往往露出白來，像一塊癬似的，把個尾巴就毀了。

紫以下便是黑，其次為灰。可是灰色如只是一點，如灰頭、灰環，便又可貴了。

這些鴿中，以點子和烏為「古典的」。牠們的價值似乎永遠不變，雖然普通，可是老是鴿群之主。這麼說吧，飛起四十隻鴿，其中有過半的點子和烏，而雜以別種，便好看。反之，則不好看。要是這四十隻都是點子，或都是烏，或點子與烏，便能有頂好的陣容。你幾乎不能飛四十隻環或玉翅。想想看吧：點子是全身雪白，而有個黑或紫的尾，飛起來像一群玲瓏的白鷗；及至一翻身呢，那黑或紫的尾給這輕潔的白衣一個色彩深厚的裙兒，既輕妙而又厚重。假若是太陽在西邊，而東方有些黑雲，那就太美了：白翅在黑雲下自然分外的白了；一斜身兒呢，黑尾或紫尾——最好是紫尾——迎著陽光閃起一些金光來！點子如是，烏也如是。白尾巴的，無論長得多麼體面，飛起來沒這種美妙，要不怎麼不大值錢呢。鐵翅烏或銅翅烏飛起來特別的好看，像一朵花，當中一塊白，前後左右都鑲著黑或紫，牠使人覺得安閒舒適。可是銅翅烏幾乎永遠不飛，飛不起，賤的也得幾十塊錢一對兒吧。玩鴿子是滿天飛洋錢的事兒，洋錢飛起去是不如在手裡牢靠的。

可是，鴿子的講究兒不專在飛，正如女子出頭露臉不專仗著能跑五十米。牠得長得俊。先說頭吧，平頭或峰頭（峰讀如鳳；也許就是鳳，而不是峰，）便決定了身價的高低。所謂峰頭或鳳頭的，是在頭上有一撮立著的毛；平頭是光葫蘆。自然鳳頭的是更美，也更貴。峰——或鳳——不許有雜毛，黑便全黑，紫便全紫，攙著白的便不夠派兒。牠得大，而且要像個荷包似的向裡包包著。鴿販常把峰的雜毛剔去，而且把不像荷包的收拾得像荷包。這樣收拾好的峰，就怕鴿子洗澡，因為那好看的頭飾是用膠粘的。

頭最怕雞頭，沒有腦杓兒，楞頭磕腦的不好看。頭須像算盤子兒，圓忽忽的，豐滿。這樣的頭，再加上個好峰，便是標準美了。

眼，得先說眼皮。紅眼皮的如害著眼病，當然不美。所以要強的鴿子得長白眼皮。寬寬的白眼皮，使眼睛顯著大而有神。眼珠也有講究，豆眼、隔棱眼，都是要不得的。可惜我離開鴿子們已念多年，形容不上來豆眼等是什麼樣子了；有機會到北平去住幾天，我還能把牠們想起來，到鴿市去兩趟就行了。

嘴也很要緊。無論長得多麼體面的鴿，來個長嘴，就算完了事。要不怎麼，有的鴿雖然很缺少，而總不能名貴呢；因為這種根本沒有短嘴的。鴿得有短嘴！厚厚實實的，小墩子嘴，才好看。

頭部以外，就得論羽毛如何了。羽毛的深淺，色的支配，都有一定的。老虎帽的帽長到何處，虎頭的黑或紫毛應到胸部的何處，都不能隨便。出一個好鴿與出一個美人都是歷史的光榮。

身的大小，隨鴿而異。羽毛單調一些的，像紫箭等，自然是越大越蠢，所以以短小玲瓏為貴。像點子與烏什麼的，個子大一點也不礙事。不過，嘴兒短，長得嬌秀，自然不會發展得很粗大了，所以美麗的鴿往往是小個兒。

小個子的，長嘴兒的，可也有用處。大個子的身強力壯翅子硬，能飛，能尾上戴鴿鈴，所以牠們是空中的主力軍。別的鴿子好看，可供地上玩賞；這些老粗兒們是飛起來才見本事，故爾也還被人愛。長翅兒也有用，孵小鴿子是牠們的事：牠們的嘴長，「噴」得好——小鴿不會自己吃東西，得由老鴿嘴對嘴的「噴」。再說呢，噴的時候，老的胸部羽毛便糙了；誰也不肯這麼犧牲好鴿。好鴿下的蛋，總被人拿來交與醜鴿去孵，醜鴿本來不值錢，身上糙舊一點也沒關係。要作鴿就得美呀，不然便很苦了。

有的醜鴿，彷彿知道自己的相貌不揚，便長點特別的本事以與美鴿競爭。有力氣戴大鴿鈴便是一例。可是有力氣還不怎樣新奇，所以有的能在空中翻跟頭。會翻跟頭的鴿在與朋友們一塊飛起的時候，能飛著飛著便離群而翻幾個跟頭，然後再飛上去加入鴿群，然後又獨自翻下來。這很好看，假若牠是白色的，就好像由藍空中落下一團雪來似的。這種鴿的身體很小，面貌可不見得美。牠有個標幟，即在項上有一小撮毛兒，倒長著。這一撮倒毛兒好像老在那兒說：「你瞧，我會翻跟頭！」這種鴿還有個特點，腳上有毛兒，像諸葛亮的羽扇似的。一走，便撲嗒撲嗒的，很有神氣。不會翻跟頭的可也有時候長著毛腳。這類鴿多半是全灰全白或全黑的。羽毛不佳，可是有本事呢。

為養毛腳鴿，須蓋灰頂的房，不要瓦。因為瓦的棱兒往往傷了毛腳而流出血來。哎呀！我說「先說鴿子」，已經三千多字了，還沒說完！好吧，下回接著說鴿子吧，假若有人愛聽。我的題目《小動物們》，似乎也有加上個「鴿」的必要了。

（載一九三五年三月《人間世》第二十四期）

小動物們（鴿）續

養鴿正如養魚，養鳥，要受許多的辛苦。「不苦不樂」，算是說對了。不對，養魚，養鳥較比養鴿還和平一些；養鴿是鬥氣的事兒。是，養鳥也有時候慪氣，可鳥兒究竟是在籠子裡，跟別的鳥沒有直接的接觸。鴿子是滿天飛的。張家的也飛，李家的也飛，飛到一處而裹亂了是必不可免的。這就得打架。因此，玩別的小玩藝用不著法律，養鴿便得有。這些法律雖不是國家頒布的，可是在玩鴿的人們中間得遵守著。比如說吧，我開始養鴿子，我就得和四鄰的「鴿家」們開談判。交情好的呢，可以規定：彼此誰也不要誰的鴿；假若我的鴿被友家裹了去，他還給我送回來；我對他也這樣。這就免去許多戰爭。假若兩家說不來呢，那就對不起了，誰得著是誰的，戰爭可就無可避免了。有這樣的敵人，養鴿等於鬥氣。你不飛，我也不飛；你的飛起來，我的也馬上飛起來，跟你「撞」！「撞」很過癮，兩個鴿陣混成一團，合而復分，分而復合；一會兒我「拉過」你的來，一會兒你又「拉過」我的去，如看拔河一樣起勁。誰要是能「得過」一隻來，落在自己的房上，便設法用糧食引誘下來，算作自己的戰勝品。可是，俘虜是在房上，時時可以飛去；我可就下了毒手，用弩打下來，假若俘虜不受引誘而要逃走。打可得有個分寸，手法要好，講究恰好打在——用泥彈——鴿的肩頭上。肩頭受傷，沒有性命的危險，可是失了飛翔的能力。於是滾下房來，我用網接住；將養幾天，便能好過來。手法笨的，彈中胸部，便一命嗚呼；或是彈子虛發，把鴿驚走，是謂洩氣。

「撞」實過癮，可也彆扭，我沒法訓練新鴿與小鴿了。新鴿與小鴿必須有相當的訓練才認識自己的家，與見陣不迷頭。那麼，我每放起鴿去，敵人也必調動人馬，那我簡直沒有訓練新軍的機會；大膽放出生手，準保叫人家給拉了去。於是，我得早早的起，斂旗息鼓的一聲不出的去操練新軍。敵人也會早起呀，這才真叫慪氣！得設法說和了，要不然簡直得出人命了。

哼，說和卻不容易。比如我只有三十隻能征慣戰的鴿，而敵人有八十隻，他才不和我開和平會議呢。沒辦法，乾脆搬家吧。對這樣的敵人，萬幸我得過他一隻來，我必定拿到鴿市去賣；不為錢，為是羞辱他。他也準知道我必到鴿市去，而托鴿販或旁人把那隻買回去，他自己沒臉來和我過話。

即使沒這種戰爭，養鴿也非養氣之道；鴿時時使你心跳。這麼說吧，我有點事要出門，剛走到巷口，見天上有隻鴿，飛得兩翅已疲，或是驚惶不定，顯係飛迷了頭；我不能漏這個空，馬上飛跑回家，放起我的鴿來裹住這隻寶貝。有天大的事也得放下。其實得到手中，也許是隻最老醜的糟貨，可是多少是個幸頭，不能輕易放過。養鴿的人是「滿天飛洋錢，兩腳踩狗屎」，因為老仰首走路也。

訓練幼鴿也是很難放心的事，特別是經自己的手孵出來的。頭幾次飛，簡直沒把握，有時候眼看著你自己家中孵出的幼鴿，飛到別家去，其傷心不亞於丟失了兒女。

最難堪的是鬧「鴉虎子」。「鴉虎子」是一種小鷹，秋冬之際來駐北平，專欺侮鴿子。在這個時節，養鴿的把鴿鈴都撤下來，以免鴉虎聞聲而來，在放鴿以前，要登高一望，看空中有無此物。及至鴿已飛起，而神氣不對，忽高忽低，不正經著飛，便應馬上「墊」起一隻，使大家落下，以免危險；大概遠處有了那個東西。不幸而鴉虎已到，那只有跺腳，而無辦法。鴉虎子捉鴿的方法是把鴿群「托」到頂高，高得幾乎像燕子那麼小了，牠才繞上去，單捉一隻。牠不忙，在鴿群下打旋，鴿們只好往高處飛了。越飛越高，越飛越乏；然後鴉虎猛的往高處一鑽，鴿已失魂，緊跟著牠往下一「砸」，群鴿屁滾尿流，一直的往下掉。可是鴉虎比牠們快。於是空中落下一些羽毛，牠捉住一隻，找清靜地方去享受。其餘的幸得逃命，不擇地而落，不定都落到哪裡去呢！幸而有幾隻碰運氣落在家中的房上，亦只顧喘息，如呆如癡，非常的可憐。這個，從始至終，養鴿的是目不敢瞬的看著；只是看著，一點辦法沒有！鴉虎已走，養鴿的還得等著，等著失落的鴿們回來。一會兒飛回來一隻，又待一會兒又回來一隻。可是等來等去，未必都能回來，因驚破了膽的鴿是很容易被別家得去的。檢點殘軍，自歎晦氣，堂堂七尺之軀會幹不過個小小的鴉虎子！

普通的飛法是每天飛三次，每飛一次叫作「一翅兒」。三次的支配大概是每日的早晚中三時，這隨天氣的冷暖而變動。夏日太熱，早晚為宜，午間即不放鴿；冬日自然以午間為宜，因為暖和些。夏天的鴿陣最好看，高處較涼一些，鴿喜高飛；而且沒有鴉虎什麼的，鴿飛得也穩；鴉虎是到別處去避暑了。每要飛一翅兒，是以長竿——竿頭拴些碎布或雞毛——一揮，鴿即飛起。飛起的都是熟鴿，不怕與別家的「撞」。其中最強者，尾繫鴿鈴，為全軍奏樂。飛起來，先擦著房，而後漸次高升，以家中為中心來回的旋轉。鴿不在多少，飛起來講究尾彩配合的好，「盤兒」——即鴿陣——要密，彼此的距離短而旋轉得一致。這樣有盤兒有精神，悅目。盤兒大而鬆懈，東一個西一個的亂飛，則招人譏誚。當盤兒飛到相當的時間，則當把生鴿或幼鴿擲於房上，盤兒見此，則往下飛。如欲訓練生鴿或幼鴿，即當盤兒下落之際續入，隨盤兒飛轉幾圈，就一齊落於房上，以免丟失。以一鴿或二鴿擲於房上，招盤兒下來，叫做「墊」。

老鴿不限於隨盤兒飛，有時被主人攜到十數里之外去放，仍能飛回來。有時候賣出去，過一兩月還能找到了老家。

養鴿的人家，房脊上擺琉璃瓦兩三塊，一黃二綠，或二綠一黃，以作標幟。鴿們記得這個顏色與擺法，即不往生地方落。

新鴿買來，用線攏住翅兒，以防飛走。過幾天，把翅兒鬆開些，使能打撲嚕而不能高飛，擲之房上，使牠認識環境。再過幾天，看鴿性是強烈還是溫柔而決定鬆綁的早晚。老鴿綁的日久，幼鴿綁的期短。鬆綁以後，就可以試著訓練了。

鴿食很簡單，通常都用高粱。到換毛的時候或極冷的時候才加些料豆兒。每天餵鴿最好有一定的次數。

住處也不須怎麼講究，普通的是用葦紮成個棚子，棚裡再砌起窩來，每一窩放一草筐，夠一對鴿住的。最要緊的是要乾燥和安全。窩門不結實，或砌的不好，黃鼠狼就會半夜來偷鴿吃。窩乾燥清潔，鴿不易得病；如得起病來，傳染的很快，那可了不得。

該說鴿市。

對於鴿的食水，我沒詳說，因為在重要的點上大家雖差不多，可是每人都有自己的手法，不能完全相同；既是玩嗎，個人總設法證明自己的方法最好。談到鴿市，規矩可就是普通的了，示奇立異是行不通的。

在我幼時，天天有鴿市。我記得好像是這樣：逢一五是在護國寺的後身，二六是在北新橋，三是土地廟，四是花市，七八是西城車兒胡同，九十是隆福寺外。每逢一五，是否在護國寺後身，我不敢說準了；想了半天，也想不起來。

鴿販是每天必上市的。他們大約可分三種：第一種是闊手，只簡單的拿著一個鴿籠，專買賣中上等的鴿子。第二種，挑著好幾個籠，好歹不論，有利就買就賣。第三種是專買破鴿，雛鴿與鴿蛋——送到飯莊當菜用，我最不喜歡這第三種，鴿子一到他們手裡就算無望了。頂可憐是雛鴿，羽毛還沒長全，可是已能叫人看出是不成材料的貨，便入了死籠。雛鴿哆嗦著，被別的鴿壓在籠底上，極細弱的叫著！再過幾點鐘便成了盤中的菜了。

此外，還有一種暗中作買賣而不叫別人知道的，這好像是票友使黑杵，雖已拿錢而不明言。這種人可不甚多。

養鴿的人到市上去，若是賣鴿，便也是提籠。若是去買鴿，既不知準能買到與否，自然不必拿著籠去。只去賣一二隻鴿，或是買到一二隻，既未提籠，就用手絹捆著鴿。

買鴿的時候，不見得準買一對。家中有隻雄的，沒有伴兒，便去買隻雌的；或者相反。因此，賣鴿的總說「公兒歡，母兒消」。所謂「歡」者，就是公鴿正想擇配，見著雌的便咕咕的叫著追求。所謂「消」者，是雌鴿正想出嫁，有公鴿向她求愛，她就點頭接受。買到歡公或消母，拿到家中即能馬上結婚，不必費事。歡與消可以——若是有籠——當面試驗。可是市上的鴿未必雄的都歡，雌的都消。況且有時兩雄或兩雌放在一處而充作一對兒賣。這可就得看買主的眼睛了。你本想去買一隻歡公，而市上沒有；可是有一隻，雖不歡，但是合你的意。那麼，也就得買這一隻；現在不歡，過幾天也許就歡起來。你怎麼知道那是個公的呢？為買公鴿而去，卻買了隻母的回來，豈不窩囊得慌！市上是不甚講道德的，沒眼睛的就要受騙。

看鴿是這樣的：把鴿拿在左手中，攏著鴿的翅與腿，用右手去托一托鴿的胸。鴿在此時，如瞪眼，即是公；眨眼的，即是母。頭大的是公，頭小的是母。除辨別公母，鴿在手中也能覺出挺拔與否。真正的行家，拿起鴿來，還能看出鴿的血統正不正來，有的鴿，外表很好，而來路不正，將來下蛋孵窩，未必還能出好鴿。這個，我可不大深知；我沒有多少經驗。

看完了頭部，要用手捋一捋鴿翅，看翅活動與否，有力沒有，與是否有傷——有的鴿是被弩彈打過而翅子僵硬不靈的。對於峰，尾，都要吹一吹，細看看；恐怕是假作的。都看好了，才講價錢。半日之中，鴿受罪不少。所以真正好鴿，如鴿市上去賣，便放在籠內，只准看，不准動手。這顯著硬氣，可是鴿子的身分得真高；假如弄隻破鴿而這麼辦，必會被人當笑話說。還有呢，好鴿保養的好，身上有一層白霜，像葡萄霜兒那樣好看，經手一摸，便把霜兒蹭了去；所以不許動手。可是好鴿上市，即使不許人動，在籠中究竟要受損失，尾巴是最易磨壞的。所以要出手好鴿往往把買主請到家中來看，根本不到市上去。因此，市上實在見不著什麼值錢的鴿子。

關於鴿，我想起這麼些兒來，離詳盡還遠得很呢。就是這一點，恐怕還有說錯了的地方；二十多年前的事是不易老記得很清楚的。

現在，糧食貴，有閒的人也少了，恐怕就還有養鴿的也不似先前那樣講究了。可是，這也沒什麼可惜。我只是為述說而述說，倒不提倡什麼國鳥，國鴿的。

（載一九三五年四月《人間世》第二十六期）

想北平

設若讓我寫一本小說，以北平作背景，我不至於害怕，因為我可以撿著我知道的寫，而躲開我所不知道的。讓我單擺浮擱的講一套北平，我沒辦法。北平的地方那麼大，事情那麼多，我知道的真覺太少了，雖然我生在那裡，一直到廿七歲才離開。以名勝說，我沒到過陶然亭，這多可笑！以此類推，我所知道的那點只是「我的北平」，而我的北平大概等於牛的一毛。

可是，我真愛北平。這個愛幾乎是要說而說不出的。我愛我的母親。怎樣愛？我說不出。在我想作一件討她老人家喜歡的時候，我獨自微微的笑著；在我想到她的健康而不放心的時候，我欲落淚。言語是不夠表現我的心情的，只有獨自微笑或落淚才足以把內心揭露在外面一些來。我之愛北平也近乎這個。誇獎這個古城的某一點是容易的，可是那就把北平看得太小了。我所愛的北平不是枝枝節節的一些什麼，而是整個兒與我的心靈相粘合的一段歷史，一大塊地方，多少風景名勝，從雨後什剎海的蜻蜓一直到我夢裡的玉泉山的塔影，都積湊到一塊，每一小的事件中有個我，我的每一思念中有個北平，這只有說不出而已。

真願成為詩人，把一切好聽好看的字都浸在自己的心血裡，像杜鵑似的啼出北平的俊偉。啊！我不是詩人！我將永遠道不出我的愛，一種像由音樂與圖畫所引起的愛。這不但是辜負了北平，也對不住我自己，因為我的最初的知識與印象都得自北平，它是在我的血裡，我的性格與脾氣裡有許多地方是這古城所賜給的。我不能愛上海與天津，因為我心中有個北平。可是我說不出來！

倫敦，巴黎，羅馬與堪司坦丁堡[1]，曾被稱為歐洲的四大「歷史的都城」。我知道一些倫敦的情形；巴黎與羅馬只是到過而已；堪司坦丁堡根本沒有去過。就倫敦，巴黎，羅馬來說，巴黎更近似北平——雖然「近似」兩字要拉扯得很遠——不過，假使讓我「家住巴黎」，我一定會和沒有家一樣的感到寂苦。巴黎，據我看，還太熱鬧。自然，那裡也有空曠靜寂的地方，可是又未免太曠，不像北平那樣既複雜而又有個邊際，使我能摸著——那長著紅酸棗的老城牆！面向著積水潭，背後是城牆，坐在石上看水中的小蝌蚪或葦葉上的嫩蜻蜓，我可以快樂的坐一天，心中完全安適，無所求也無可怕，像小兒安睡在搖籃裡。是的，北平也有熱鬧的地方，但是它和太極拳相似，動中有靜。巴黎有許多地方使人疲乏，所以咖啡與酒是必要的，

1. 現譯君士坦丁堡，舊土耳其首都伊斯坦堡的舊稱。

以便刺激；在北平，有溫和的香片茶就夠了。

論說巴黎的布置已比倫敦羅馬勻調的多了，可是比上北平還差點事兒。北平在人為之中顯出自然，幾乎是什麼地方既不擠得慌，又不太僻靜：最小的胡同裡的房子也有院子與樹；最空曠的地方也離買賣街與住宅區不遠。這種分配法可以算——在我的經驗中——天下第一了。北平的好處不在處處設備得完全，而在它處處有空兒，可以使人自由的喘氣；不在有好些美麗的建築，而在建築的四周都有空閒的地方，使它們成為美景。每一個城樓，每一個牌樓，都可以從老遠就看見。況且在街上還可以看見北山與西山呢！

好學的，愛古物的，人們自然喜歡北平，因為這裡書多古物多。我不好學，也沒錢買古物。對於物質上，我卻喜愛北平的花多菜多果子多。花草是種費錢的玩藝，可是此地的「草花兒」很便宜，而且家家有院子，可以花不多的錢而種一院子花，即使算不了什麼，可是到底可愛呀。牆上的牽牛，牆根的靠山竹與草茉莉，是多麼省錢省事而也足以招來蝴蝶呀！至於青菜，白菜，扁豆，毛豆角，黃瓜，菠菜等等，大多數是直接由城外擔來而送到家門口的。雨後，韭菜葉上還往往帶著雨時濺起的泥點。青菜攤子上的紅紅綠綠幾乎有詩似的美麗。果子有不少是由西山與北山來的，西山的沙果，海棠，北山的黑棗，柿子，進了城還帶著一層白霜兒呀！哼，美國的橘子包著紙；遇到北平的帶霜兒的玉李，還不愧殺！

是的，北平是個都城，而能有好多自己產生的花，菜，水果，這就使人更接近了自然。從它裡面說，它沒有像倫敦的那些成天冒煙的工廠；從外面說，它緊連著園林，菜圃與農村。採菊東籬下，在這裡，確是可以悠然見南山的；大概把「南」字變個「西」或「北」，也沒有多少了不得的吧。像我這樣的一個貧寒的人，或者只有在北平能享受一點清福了。

好，不再說了吧；要落淚了，真想念北平呀！

（載一九三六年六月十六日《宇宙風》第十九期特大號「北平特輯」）

大明湖之春

北方的春本來就不長，還往往被狂風給七手八腳的刮了走。濟南的桃李丁香與海棠什麼的，差不多年年被黃風吹得一乾二淨，地暗天昏，落花與黃沙捲在一處，再睜眼時，春已過去了！記得有一回，正是丁香乍開的時候，也就是下午兩三點鐘吧，屋中就非點燈不可了；風是一陣比一陣大，天色由灰而黃，而深黃，而黑黃，而漆黑，黑得可怕。第二天去看院中的兩株紫丁香，花已像煮過一回，嫩葉幾乎全破了！濟南的秋冬，風倒很少，大概都留在春天刮呢。

有這樣的風在這兒等著，濟南簡直可以說沒有春天；那麼，大明湖之春更無從說起。

濟南的三大名勝，名字都起得好：千佛山，趵突泉，大明湖，都多麼響亮好聽！一聽到「大明湖」這三個字，便聯想到春光明媚和湖光山色等等，而心中浮現出一幅美景來。事實上，可是，它既不大，又不明，也不湖。

湖中現在已不是一片清水，而是用壩劃開的多少塊「地」。「地」外留著幾條溝，遊艇沿溝而行，即是逛湖。水田不需要多麼深的水，所以水黑而不清；也不要急流，所以水定而無波。東一塊蓮，西一塊蒲，土壩擋住了水，蒲葦又遮住了蓮，一望無景，只見高高低低的「莊稼」。艇行溝內，如穿高粱地然，熱氣騰騰，碰巧了還臭氣烘烘。夏天總算還好，假若水不太臭，多少總能聞到一些荷香，而且必能看到些綠葉兒。春天，則下有黑湯，旁有破爛的土壩；風又那麼野，綠柳新蒲東倒西歪，恰似掙命。所以，它既不大，又不明，也不湖。

話雖如此，這個湖到底得算個名勝。湖之不大與不明，都因為湖已不湖。假若能把「地」都收回，拆開土壩，挖深了湖身，它當然可以馬上既大且明起來：湖面原本不小，而濟南又有的是清涼的泉水呀。這個，也許一時作不到。不過，即使作不到這一步，就現狀而言，它還應當算作名勝。北方的城市，要找有這麼一片水的，真是好不容易了。千佛山滿可以不算數兒，配作個名勝與否簡直沒多大關係。因為山在北方不是什麼難找的東西呀。水，可太難找了。濟南城內據說有七十二泉，城外有河，可是還非有個湖不可。泉，池，河，湖，四者俱備，這才顯出濟南的特色與可貴。它是北方惟一的「水城」，這個湖是少不得的。設若我們遊湖時，只見溝而不見湖，請到高處去看看吧，比如在千佛山上往北眺望，則見城北灰綠的一片

——大明湖；城外，華鵲二山夾著彎彎的一道灰亮光兒——黃河。這才明白了濟南的不凡，不但有水，而且是這樣多呀。

況且，湖景若無可觀，湖中的出產可是很名貴呀。懂得什麼叫作美的人或者不如懂得什麼好吃的人多吧，遊過蘇州的往往只記得此地的點心，逛過西湖的提起來便念道那裡的龍井茶，藕粉與蓴菜什麼的，吃到肚子裡的也許比一過眼的美景更容易記住，那麼大明湖的蒲菜，茭白，白花藕，還真許是它馳名天下的重要原因呢。不論怎麼說吧，這些東西既都是水產，多少總帶著些南國風味；在夏天，青菜挑子上帶著一束束的大白蓮花出賣，在北方大概只有濟南能這麼「闊氣」。

我寫過一本小說——《大明湖》——在一二八與商務印書館一同被火燒掉了[1]。記得我描寫過一段大明湖的秋景，詞句全想不起來了，只記得是什麼什麼秋。桑子中[2]先生給我畫過一張油畫，也畫的是大明湖之秋，現在還在我的屋中掛著。我寫的，他畫的，都是大明湖，而且都是大明湖之秋，這裡大概有點意思。對了，只是在秋天，大明湖才有些美呀。濟南的四季，惟有秋天最好，晴暖無風，處處明朗。這時候，請到城牆上走走，俯視秋湖，敗柳殘荷，水準如鏡；惟其是秋色，所以連那些殘破的土壩也似乎正與一切景物配合：土壩上偶爾有一兩截斷藕，或一些黃葉

1. 一·二八事變，又稱淞滬戰爭，日本稱第一次上海事變，多處上海建築被戰火焚毀，包含商務印書館。
2. 桑子中，民國畫家，1906 年出生於山東。曾於山東民國日報主編《海岱畫刊》，曾任四川國立六中四分校（原濟南一中）的圖畫教員，抗日戰爭勝利後任四川美術學院教授兼圖書館館長。曾出版《桑子中畫集》由老舍作序。

的野蔓，配著三五枝蘆花，確是有些畫意。「莊稼」已都收了，湖顯著大了許多，大了當然也就顯著明。不僅是湖寬水淨，顯著明美，抬頭向南看，半黃的千佛山就在面前，開元寺那邊的「橛子」——大概是個塔吧——靜靜的立在山頭上。往北看，城外的河水很清，菜畦中還生著短短的綠葉。往南往北，往東往西，看吧，處處空闊明朗，有山有湖，有城有河，到這時候，我們真得到個「明」字了。桑先生那張畫便是在北城牆上畫的，湖邊只有幾株秋柳，湖中只有一隻遊艇，水作灰藍色，柳葉兒半黃。湖外，他畫上了千佛山；湖光山色，聯成一幅秋圖，明朗，素淨，柳梢上似乎吹著點不大能覺出來的微風。

對不起，題目是大明湖之春，我卻說了大明湖之秋，可誰教亢德先生[2]出錯了題呢！

（載一九三七年三月《宇宙風》第三十七期）

3. 陶亢德（1908－1983），字哲庵，筆名徒然、哲庵、室暗等。通曉多種語言，曾任多本刊物編輯。

五月的青島

因為青島的節氣晚，所以櫻花照例是在四月下旬才能盛開。櫻花一開，青島的風霧也擋不住草木的生長了。海棠，丁香，桃，梨，蘋果，藤蘿，杜鵑，都爭著開放，牆角路邊也都有了嫩綠的葉兒。五月的島上，到處花香，一清早便聽見賣花聲。公園裡自然無須說了，小蝴蝶花與桂竹香們都在綠草地上用它們的嬌豔的顏色結成十字，或繡成幾團；那短短的綠樹籬上也開著一層白花，似綠枝上掛了一層春雪。就是路上兩旁的人家也少不得有些花草：圍牆既矮，藤蘿往往順著牆把花穗兒懸在院外，散出一街的香氣：那雙櫻，丁香，都能在牆外看到，雙櫻的明豔與丁香的素麗，真是足以使人眼明神爽。

山上有了綠色，嫩綠，所以把松柏們比得發黑了一些。谷中不但填滿了綠色，而且頗有些野花，有一種似紫荊而色兒略略發藍的，折來很好插瓶。

青島的人怎能忘下海呢。不過，說也奇怪，五月的海就彷彿特別的綠，特別的可愛，也許是因為人們心裡痛快吧？看一眼路旁的綠葉，再看一眼海，真的，這才明白了什麼叫作「春深似海」。綠，鮮綠，淺綠，深綠，黃綠，灰綠，各種的綠色，聯接著，交錯著，變化著，波動著，一直綠到天邊，綠到山腳，綠到漁帆的外邊去。風不涼，浪不高，船緩緩的走，燕低低的飛，街上的花香與海上的鹹味混到一處，浪漾在空中，水在面前，而綠意無限，可不是，春深似海！歡喜，要狂歌，要跳入水中去，可是只能默默無言，心好像飛到天邊上那將將能看到的小島上去，一閉眼彷彿還看見一些桃花。人面桃花相映紅，必定是在那小島上。

這時候，遇上風與霧便還須穿上棉衣，可是有一天忽然響晴，夾衣就正合適。但無論怎說吧，人們反正都放了心——不會大冷了，不會。婦女們最先知道這個，早早的就穿出俐落的新裝，而且決定不再脫下去。海岸上，微風吹動少女們的髮與衣，何必再去到電影園中找那有畫意的景兒呢！這裡是初春淺夏的合響，風裡帶著春寒，而花草山水又似初夏，意在春而景如夏，姑娘們總先走一步，迎上前去，跟花們競爭一下，女性的偉大幾乎不是頹廢詩人所能明白的。

人似乎隨著花草都復活了，學生們特別的忙：換制服，開運動會，到嶗山丹山旅行，服勞役。本地的學生忙，別處的學生也來參觀，幾個，幾十，幾百，打著旗子來了，又成著隊走開，男的，女的，先生，學生，都累得滿頭是汗，而仍不住的向那大海丟眼。學生以外，該數小孩最快活，笨重的衣服脫去，可以到公園跑跑了；一冬天不見猴子了，現在又帶著花生去餵猴子，看鹿。拾花瓣，在草地上打滾；媽媽說了，過幾天還有大紅櫻桃吃呢！

馬車都新油飾過，馬雖依然清瘦，而車輛體面了許多，好作一夏天的買賣呀。新油過的馬車穿過街心，那專作夏天的生意的咖啡館，酒館，旅社，飲冰室，也找來油漆匠，掃去灰塵，油飾一新。油漆匠在交手上忙，路旁也增多了由各處來的舞女。預備呀，忙碌呀，都紅著眼等著那避暑的外國戰艦與各處的闊人。多浴場上有了人影與小艇，生意便比花草還茂盛呀。到那時候，青島幾乎不屬於青島的人了，誰的錢多誰更威風，汽車的眼是不會看山水的。

那麼，且讓我們自己儘量的欣賞五月的青島吧！

（載一九三七年六月十六日《宇宙風》第四十三期）

幽默短章

自傳難寫

自古道：今兒個晚上脫了鞋，不知明日穿不穿；天有不測的風雲啊！為留名千古，似應早早寫下自傳；自己不傳，而等別人偏勞，談何容易！以我自己說吧，眼看就快四十了，萬一在最近的將來有個山高水遠，還沒寫下自傳，豈不是大大的一個缺憾？！

可是，說起來就有點難受。自傳不難哪，自要有好材料。材料好辦；「好材料」，哼，難！自傳的頭一章是不是應當敘說家庭族系等等？自然是。人由何處生，水從哪兒來，總得說個分明。依寫傳的慣例說，得略述五千年前的祖宗是純粹「國種」，然後詳道上三輩的官銜，功德，與著作。至少也得來個「清封大夫」的父親，與「出自名門」的母親。沒有這麼適合體裁的雙親，寫出去豈不叫人笑掉門牙！您看，這一招兒就把咱撅個對頭彎；咱沒有這種父母，而且準知道五千年前的祖宗不見得比我高明。好意思大書特書「清封普羅大夫」，與「出自不名之門」麼？就是有這個勇氣，也危險呀：普羅大夫之子共黨耳，推出斬首，豈不糟了？！英雄不怕出身低，可也得先變成英雄啊。漢劉邦是小小的亭長，淮陰侯也討過飯吃，可是人家都成了英雄，自然有人捧場喝彩。咱是不是英雄？對鏡審查，不大像！

自傳的頭一章根本沒著落。

再說第二章吧。這兒應說怎麼降生：怎麼在胎中多住了三個多月，怎麼產房裡鬧妖精，怎麼天上落星星，怎麼生下來啼聲如豹，怎麼左手拿著塊現洋……我細問過母親，這些事一概沒有。母親只說：生下來奶不足，常貼吃糕乾——所以到如今還有時候一陣陣的發糊塗。

第二章又可以休矣。

第三章得說幼年入學的光景嘍。「幼懷大志，寡言笑，囊螢刺股……」這多麼好聽！可是咱呢，不記得有過大志，而是見別人吃糖餡燒餅就饞得慌——到如今也沒完全改掉。翹課的事倒不常幹。而挨手板與罰跪說起來似乎並不光榮。第三章，即使勉強寫出，也不體面。

沒有前三章，只好由第四章寫了，先不管有這樣的書沒有。這一章應寫青春時期。更難下筆。假如專為洩氣，又何必自傳；當然得吹騰著點兒。事情就奇怪，想吹都吹不起來。人家牛頓先生看蘋果落地就想起那麼多典故來，我看見蘋果落地

——不，不等它落地就摘下來往嘴裡送。青春時期如此，現在也沒長進多少，不但沒作過驚天動地的事，而且沒有存過驚天動地的心。偶爾大喊一聲，天並不驚；跺地兩腳，地也不動。第四章又是糖心的炸彈，沒響兒！

以下就不用說了，傷心！

自傳呢，下世再說。好在馬上為善，或者還不太晚，多積點陰功，下輩子咱也生在貴族之家，專是自傳的第一章就能寫八萬字。氣死無數小布爾喬亞[1]。等著吧，這個事是急不得的。

（載一九三四年一月《大眾畫報》第三期）

1. 法語 bourgeoisie 的音譯，意思是資產階級。

考而不死是為神

考試制度是一切制度裡最好的，它能把人支使得不像人了，而把腦子嚴格的分成若干小塊塊。一塊裝歷史，一塊裝化學，一塊……

比如早半天考代數，下午考歷史，在午飯的前後你得把腦子放在兩個抽屜裡，中間連一點縫子也沒有才行。設若你把X＋Y和一八二八弄到一處，或者找唐朝的指數，你的分數恐怕是要在二十上下。你要曉得，狀元得來個一百分呀。得這麼著：上午，你的一切得是代數，彷彿連你是黃帝的子孫，和姓字名誰，全根本不曉得。你就像剛由方程式裡鑽出來，全身的血脈都是X和Y。趕到剛一交卷，你立刻成了歷史，向來沒聽說過代數是什麼。亞力山大，秦始皇等就是你的愛人，連他們的生日是某年某月某時都知道。代數與歷史千萬別聯宗，也別默想二者的有無關係，你是赴考呀，赴考的期間你別自居為人，你是個會吐代數，吐歷史的機器。

這樣考下去，你把各樣功課都吐個不大離，好了，你可以現原形了；睡上一天一夜，醒來一切茫然，代數歷史化學諸般武藝通通忘掉，你這才想起「妹妹我愛你」。這是種蛇脫皮的工作，舊皮脫盡才能自由；不然，你這條蛇不會得到文憑，就是你愛妹妹，妹妹也不愛你，準的。

最難的是考作文。在化學與物理中間，忽然叫你「人生於世」。你的腦子本來已分成若干小塊，分得四四方方，清清楚楚，忽然來了個沒有準地方的東西，東撲撲個空，西撲撲個空，除了出汗沒有合適的辦法。你的心已冷兩三天，忽然叫你拿出情緒作用，要痛快淋漓，慷慨激昂，假如題目是「愛國論」，或「天下興亡匹夫有責」；你的心要是不跳吧，筆下便無血無淚；跳吧，下午還考物理呢。把定律們都跳出去，或是跳個亂七八糟，愛國是愛了，而定律一亂則沒有人替你整理，怎辦？幸而不是愛國論，是山中消夏記，心無須跳了。可是，得有詩意呀。彷彿考完代數你更文雅了似的！假如你能逃出這一關去，你便大有希望了，夠分不夠的，反正你死不了了。被「人生於世」憋死，不是什麼稀罕的事。

說回來，考試制度還是最好的制度。被考死的自然無須再提。假若考而不死，你放膽活下去吧，這已明明告訴你，你是十世童男轉身。

（載一九三四年七月一日《論語》第四十四期）

小病

大病往往離死太近，一想便寒心，總以不患為是。即使承認病死比殺頭活埋剝皮等死法光榮些，到底好死不如歹活著。半死不活的味道使蓋世的英雄淚下如雨呀。拿死嚇唬任何生物是不人道的。大病專會這麼嚇唬人，理當回避，假若不能掃除淨盡。

可是小病便當另作一說了。山上的和尚思凡，比城裡的學生要厲害許多。同樣，楚霸王不害病則沒得可說，一病便了不得。生活是種律動，須有光有影，有左有右，有晴有雨；滋味就含在這變而不猛的曲折裡。微微暗些，然後再明起來，則暗得有趣，而明乃更明；且不至明過了度，忽然燒斷，如百燭電燈泡然。這個，照直了說，便是小病的作用。常患些小病是必要的。

所謂小病，是在兩種小藥的能力圈內，阿司匹林與清瘟解毒丸是也。這兩種藥所不治的病，頂好快去請大夫，或者立下遺囑，備下棺材，也無所不可，咱們現在講的是自己能當大夫的「小」病。這種小病，平均每個半月犯一次就挺合適。一年四季，平均犯八次小病，大概不會再患什麼重病了。自然也有愛患完小病再患大病的人，那是個人的自由，不在話下。

咱們說的這類小病很有趣。健康是幸福；生活要趣味。所以應當講說一番：

小病可以增高個人的身分。不管一家大小是靠你吃飯，還是你白吃他們，日久天長，大家總對你冷淡。假若你是掙錢的，你越盡責，人們越挑眼，好像你是條黃狗，見誰都得連忙擺尾；一尾沒擺到，即使不便明言，也暗中唾你幾口。不大離的你必得病一回，必得！早晨起來，哎呀，頭疼！買清瘟解毒丸去，還有阿司匹林嗎？不在乎要什麼，要的是這個聲勢，狗的地位提高了不知多少。連懂點事的孩子也要閉眼想想了——這棵樹可是倒不得呀！你在這時節可以發散發散狗的苦悶了，衛生的要術。你若是個白吃飯的，這個方法也一樣靈驗。特別是媽媽與老嫂子，一見你真需要阿司匹林，她們會知道你沒得到你所應得的尊敬，必能設法安慰你：去聽聽戲，或帶著孩子們看電影去吧？她們誠意的向你商量，本來你的病是吃小藥餅或看電影都可以治好的，可是你的身分高多了呢。在朋友中，社會中，光景也與此略同。

此外，小病兩日而能自己治好，是種精神的勝利。人就是別投降給大夫。無論國醫西醫，一律招惹不得。頭疼而去找西醫，他因不能斷症——你的病本來不算什麼——一定囑告你住院，而後詳加檢驗，發現了你的小腳指頭不是好東西，非割去不可。十天之後，頭疼確是好了，可是足指剩了九個。國醫文明一些，不提小腳指頭這一層，而說你氣虛，一開便開二十味藥，他越摸不清你的脈，越多開藥，意在把病嚇跑。就是不找大夫。預防大病來臨，時時以小病發散之，而小病自己會治，這就等於「吃了蘿蔔喝熱茶，氣得大夫滿街爬！」

有宜注意者：不當害這種病時，別害。頭疼，大則足以失去一個王位，小則能惹出是非。設個小比方：長官約你陪客，你說頭疼不去，其結果有不易消化者。怎樣利用小病，須在全部生活藝術中搜求出來。看清機會，而後一想像，乃由無病而有病，利莫大焉。

這個，從實際上看，社會上只有一部分人能享受，差不多是一種雅好的奢侈。可是，在一個理想國裡，人人應該有這個自由與享受。自然，在理想國內也許有更好的辦法；不過，什麼辦法也不及這個浪漫，這是小品病。

（載一九三四年七月五日《人間世》第七期）

暑中雜談二則

壹、簷滴

冰雹，狂風，炮火，自然是可怕的。不過，有些東西原不足畏，卻也會欺侮人，比如簷滴。大雨的時候，簷溜急流，我們自會躲在屋內，不受它們的澆灌。趕到雨已停止，特別是天上出了虹彩的時候，總要到院中看看。你出去吧，剛把腳放在階上，不偏不斜，一個簷滴準敲在你的頭頂上。正在髮旋那塊，因為那兒露著的頭髮多一些。賈波林[1]在影戲裡才用酒瓶打人那塊，簷滴也會這一招，而且不必是在影戲裡。設若你把脖伸長了些，簷滴就更得手：你要是瘦子，它準落在脖子正中那個骨頭上，濺起無數的水星；你要是胖子，它必會滴在那個肉褶上，而後往左右流，成一道小河，擦都費事。這自然不疼不癢，可是叫人彆扭。它欺侮人。你以為雨已過去好久，可以平安無事了，哼，偏有那麼一滴等著你呢！晚出來一步，或早出來一步，都可以沒事；它使你相信了命運，活該挨這一下敲，挨完了敲，還是沒地方訴冤。你不能罵房簷一頓；也不能打那滴水，它是在你的脖子上。你沒辦法。

1. 指默劇演員卓別林。賈波林為天津話的音譯法。

貳、留聲機

北方一年只有幾天連陰，好像個節令似的過著。院中或院外有了不易得的積水，小孩，甚至於大人，都要去蹚一蹚；摔在泥塘裡也是有的。門外賣果子的特別的要大價，街上的洋車很少而奇貴，連醫院裡也冷冷清清的，下大雨病也得休息。家裡須過陰天，什麼老太太鬥個紙牌，什麼大姑娘用鳳仙花泥染染指甲，什麼小胖小子要煮些毛豆角兒。這都很有趣。可也有時候不盡這樣和平，「陰天打孩子，閒著也是閒著」，就是雨戰的一種。講到摩登的事兒，留聲機是陰天的驕子，既是沒事可作，《小放牛》唱一百遍也不算多；唱片又不是蘑菇，下陣雨就往外長新的，只好翻過來掉過去的唱那所有的幾片。這是種享受，也是種懲罰──《小放牛》唱到一百遍也能使人想起上吊，不是嗎？

二姐借來個留聲機，只有五張戲片。頭一天還怪好，一家大小都哼唧著，很有個禮樂之邦的情調。第二天就有咧嘴的了，「換個樣兒行不行？」可是也還沒有打起來，要不怎說音樂足以陶養性情呢。第三天──雨更大了──時局可不妙，有起誓的了。但留聲機依舊的轉著，有的人想把歌兒背過來，一張連唱二三十次，並且是把耳朵放在機旁，惟恐走了一點音。起誓的和學歌的就不能不打起來了。據近鄰王老太太看呢，打起來也比再唱強，到底是換換樣兒呀。

一起打，差點把留聲機碰掉下來，雖然沒碰掉，也不怎麼把那個「節音機」給碰動了，針兒碰到「慢」那邊去。我也不曉得這個小針叫什麼，反正就是那個使唱片加快或減速度的玩藝，大概你比我明白。我家裡對於摩登事兒太落伍。我還算是曉得這個針兒——不管它姓什麼吧——的作用。二姐連這個都不知道。第四天，雨大邪了，一陣一個海，幹什麼去呢？還得唱。機器轉開了，聲音像憋住氣的牛，不唱，慢慢的；片子不轉，晃悠。上了一片，了有半點多鐘，大家都落了淚。二姐不叫再唱了：「別唱了，等晴天再說吧。陰天返潮，連話匣子都皮了[2]！」於是留聲機暫行休息。我沒那個工夫告訴他們撥撥那個針，不願意再打架。

（載一九三四年九月一日《論語》第四十八期）

2. 皮了，北平語，指物體受潮軟化。

讀書

若是學者才准念書，我就什麼也不要說了。大概書不是專為學者預備的；那麼，我可要多嘴了。

從我一生下來直到如今，沒人盼望我成個學者；我永遠喜歡服從多數人的意見。可是我愛念書。

書的種類很多，能和我有交情的可很少。我有決定念什麼的全權；自幼兒我就會翹課，楞挨板子也不肯說我愛《三字經》和《百家姓》。對，《三字經》便可以代表一類——這類書，據我看，頂好在判了無期徒刑以後去念，反正活著也沒多大味兒。這類書可真不少，不知道為什麼；也許是犯無期徒刑罪的太多；要不然便是太少——我自己就常想殺些寫這類書的人。我可是還沒殺過一個，一來是因為——我才明白過來——寫這樣書的人敢情有好些已經死了，比如寫《尚書》的那位李二哥。二來是因為現在還有些人專愛念這類書，我不便得罪人太多了。頂好，我看是不管別人；我不愛念的就不動好了。好在，我爸爸沒希望我成個學者。

第二類書也與咱無緣：書上滿是公式，沒有一個「然而」和「所以」。據說，這類書裡藏著打開宇宙秘密的小金鑰匙。我倒久想明白點真理，如地是圓的之類；可是這種書彆扭，它老瞪著我。書不老老實實的當本書，瞪人幹嗎呀？我不能受這個氣！有一回，一位朋友給我一本《相對論原理》，他說：明白這個就什麼都明白了。我下了決心去念這本寶貝書。讀了兩個「配紙」[1]，我遇上了一個公式。我跟它「相對」了兩點多鐘！往後邊一看，公式還多了去啦！我知道和它們「相對」下去，它們也許不在乎，我還活著不呢？

可是我對這類書，老有點敬意。這類書和第一類有些不同，我看得出。第一類書不是沒法懂，而是懂了以後使我更糊塗。以我現在的理解力——比上我七歲的時候，我現在滿可以作聖人了——我能明白「人之初，性本善」。明白完了，緊跟著就糊塗了；昨兒個晚上，我還挨了小女兒——玫瑰唇的小天使——一個嘴巴。我知道這個小天使性本不善，她才兩歲。第二類書根本就看不懂，可是人家的紙上沒印著一句廢話；懂不懂的，人家不鬧玄虛，它瞪我，或者我是該瞪。我的心這麼一軟，便把它好好放在書架上；好打好散，別太傷了和氣。

這要說到第三類書了。其實這不該算一類；就這麼算吧，順嘴。這類書是這樣

1. 英語 page 的音譯。

的：名氣挺大，念過的人總不肯說它壞，沒念過的人老怪害羞的說將要念。譬如說《元曲》，太炎[2]「先生」的文章，羅馬的悲劇，辛克萊[3]的小說，《大公報》——不知是哪兒出版的一本書——都算在這類裡，這些書我也都拿起來過，隨手便又放下了。這裡還就屬那本《大公報》有點勁。我不害羞，永遠不說將要念。好些書的廣告與威風是很大的，我只能承認那些廣告作得不錯，誰管它威風不威風呢。

「類」還多著呢，不便再說；有上面的三項也就足以證明我怎樣的不高明了。該說讀的方法。

怎樣讀書，在這裡，是個自決的問題；我說我的，沒勉強誰跟我學。第一，我讀書沒系統。借著什麼，買著什麼，遇著什麼，就讀什麼。不懂的放下，使我糊塗的放下，沒趣味的放下，不客氣。我不能叫書管著我。

第二，讀得很快，而不記住。書要都叫我記住，還要書幹嗎？書應該記住自己。對我，最討厭的發問是：「那個典故是哪兒的呢？」「那句書是怎麼來著？」我永不回答這樣的考問，即使我記得。我又不是印刷器養的，管你這一套！

讀得快，因為我有時候跳過幾頁去。不合我的意，我就練習跳遠。書要是不服

2. 章太炎（1986 － 1936），浙江杭州人，清末民初的思想家、史學家，民族主義革命者，中華民國國語設計者。原名學乘，字枚乘，後改名炳麟。因幕顧絳（顧炎武）的為人，加之反清意識濃烈，改名為絳，號太炎，世人常稱為「太炎先生」。
3. 小厄普頓·辛克萊（1978 － 1968），美國著名左翼作家。著有《屠場》等。

氣的話，來跳我呀！看偵探小說的時候，我先看最後的幾頁，省事。

第三，讀完一本書，沒有批評，誰也不告訴。一告訴就糟：「嘿，你讀《啼笑因緣》[4]？」要大家都不讀《啼笑因緣》，人家寫它幹嗎呢？一批評就糟：「尊家這點意見？」我不惹氣。讀完一本書再打通兒架，不上算。我有我的愛與不愛，存在我自己心裡。我愛念什麼就念，有什麼心得我自己知道，這是種享受，雖然顯得自私一點。

再說呢，我讀書似乎只要求一點靈感。「印象甚佳」便是好書，我沒工夫去細細分析它，所以根本便不能批評。「印象甚佳」有時候並不是全書的，而是書中的一段最入我的味；因為這一段使我對這全書有了好感；其實這一段的美或者正足以破壞了全體的美，但是我不去管；有一段叫我喜歡兩天的，我就感謝不盡。因此，設若我真去批評，大概是高明不了。

第四，我不讀自己的書，不願談論自己的書。「兒子是自己的好」，我還不曉得，因為自己還沒有過兒子。有個小女兒，女兒能不能代表兒子，就不得而知。「老婆是別人的好」，我也不敢加以擁護，特別是在家裡。但是我準知道，書是別人的好。別人的書自然未必都好，可是至少給我一點我不知道的東西。自己的，一提都

4. 張恨水所著，長篇小說，講述 1920 年代軍閥割據的北京，一名青年與一位歌女的故事。

頭疼！自己的書，和自己的運氣，好像永遠是一對兒累贅。

第五，哼，算了吧。

（載一九三四年十二月《太白》第一卷第七期）

落花生

我是個謙卑的人。但是，口袋裡裝上四個銅板的落花生，一邊走一邊吃，我開始覺得比秦始皇還驕傲。假若有人問我：「你要是作了皇上，你怎麼享受呢？」簡直的不必思索，我就答得出：「派四個大臣拿著兩塊錢的銅子，愛買多少花生吃就買多少！」

什麼東西都有個幸與不幸。不知道為什麼瓜子比花生的名氣大。你說，憑良心說，瓜子有什麼吃頭？它夾你的舌頭，塞你的牙，激起你的怒氣——因為一咬就碎；就是幸而沒碎，也不過是那麼小小的一片，不解餓，沒味道，勞民傷財，布爾喬亞[1]！你看落花生：大大方方的，淺白麻子，細腰，曲線美。這還只是看外貌。弄開看：一胎兒兩個或者三個粉紅的胖小子。脫去粉紅的衫兒，象牙色的豆瓣一對對的抱著，上邊兒還結著吻。那個光滑，那個水靈，那個香噴噴的，碰到牙上那個乾鬆酥軟！白嘴吃也好，就酒喝也好，放在舌上當檳榔含著也好。寫文章的時候，三四個花生可以代替一支香煙，而且有益無損。

1. 法語 bourgeoisie 的音譯，意思是資產階級。

種類還多呢：大花生，小花生，大花生米，小花生米，糖餞的，炒的，煮的，炸的，各有各的風味，而都好吃。下雨陰天，煮上些小花生，放點鹽；來四兩玫瑰露；夠作好幾首詩的。瓜子可給詩的靈感？冬夜，早早的躺在被窩裡，看著《水滸》，枕旁放著些花生米；花生米的香味，在舌上，在鼻尖；被窩裡的暖氣，武松打虎……這便是天國！冬天在路上，刮著冷風，或下著雪，袋裡有些花生使你心中有了主兒；掏出一個來，剝了，慌忙往口中送，閉著嘴嚼，風或雪立刻不那麼厲害了。況且，一個二十歲以上的人肯神仙似的，無憂無慮的，隨隨便便的，在街上一邊走一邊吃花生，這個人將來要是作了宰相或度支部尚書，他是不會有官僚氣與貪財的。他若是作了皇上，必是樸儉溫和直爽天真的一位皇上，沒錯。吃瓜子的照例不在街上走著吃，所以我不給他保這個險。

至於家中要是有小孩兒，花生簡直比什麼也重要。不但可以吃，而且能拿它們玩。夾在耳唇上當環子，幾個小姑娘就能辦很大的一回喜事。小男孩若找不著玻璃球兒，花生也可以當彈兒。玩法還多著呢。玩了之後，剝開再吃，也還不髒。兩個大子兒的花生可以玩半天；給他們些瓜子試試。

論樣子，論味道，栗子其實滿有勢派兒。可是它沒有落花生那點家常的「自己」

勁兒。栗子跟人沒有交情，彷彿是。核桃也不行，榛子就更顯著疏遠。落花生在哪裡都有人緣，自天子以至庶人都跟它是朋友；這不容易。

在英國，花生叫作「猴豆」——Monkey nuts。人們到動物園去才帶上一包，去餵猴子。花生在這個國裡真不算很光榮，可是我親眼看見去餵猴子的人——小孩就更不用提了——偷偷的也往自己口中送這猴豆。花生和蘋果好像一樣的有點魔力，假如你知道蘋果的典故；我這兒確是用著典故。

美國吃花生的不限於猴子。我記得有位美國姑娘，在到中國來的時候，把幾隻皮箱的空處都填滿了花生，大概湊起來總夠十來斤吧，怕是到中國吃不著這種寶物。美國姑娘都這樣重看花生，可見它確是有價值；按照哥倫比亞的哲學博士的辯證法看，這當然沒有誤兒。

花生大概還跟婚禮有點關係，一時我可想不起來是怎麼個辦法了；不是新娘子在轎裡吃花生，不是；反正是什麼什麼春吧——你可曉得這個典故？其實花轎裡真放上一包花生米，新娘子未必不一邊落淚一邊嚼著。

（載一九三五年一月二十日《漫畫生活》第五期）

忙

近來忙得出奇。恍忽之間，彷彿看見一狗，一馬，或一驢，其身段神情頗似我自己；人獸不分，忙之罪也！

每想隨遇而安，貧而無諂，忙而不怨。無諂已經作到；無論如何不能歡迎忙。

這並非想偷懶。真理是這樣：凡真正工作，雖流汗如漿，亦不覺苦。反之，凡自己不喜作，而不能不作，作了又沒什麼好處者，都使人覺得忙，且忙得頭疼。想當初，蘇格拉底終日奔忙，而忙得從容，結果成了聖人；聖人為真理而忙，故不手慌腳亂。即以我自己說，前年寫《離婚》的時候，本想由六月初動筆，八月十五交卷。及至拿起筆來，天氣熱得老在九十度以上[1]，心中暗說不好。可是寫成兩段以後，雖腕下墊吃墨紙以吸汗珠，已不覺得怎樣難受了。「七」月十五日居然把十二萬字寫完！因為我愛這種工作喲！我非聖人，也知道真忙與瞎忙之別矣。

所謂真忙，如寫情書，如種自己的地，如發現九尾彗星，如在靈感下寫詩作畫，雖廢寢忘食，亦無所苦。這是真正的工作，只有這種工作才能產生偉大的東西與文

1. 此處溫度單位為華氏溫度。

化。人在這樣忙的時候，把自己已忘掉，眼看的是工作，心想的是工作，做夢夢的是工作，便無暇計及利害金錢等等了；心被工作充滿，同時也被工作洗淨，於是手腳越忙，心中越安怡，不久即成聖人矣。情書往往成為真正的文學，正在情理之中。

所謂瞎忙，表面上看來是熱鬧非常，其實呢它使人麻木，使文化退落，因為忙得沒意義，大家並不願作那些事，而不敢不作；不作就沒飯吃。在這種忙亂情形中，人們像機器般的工作，忙完了一飽一睡，或且未必一飽一睡，而半飽半睡。這裡，只有奴隸，沒有自由人；奴隸不會產生好的文化。這種忙亂把人的心殺死，而身體也不見得能健美。它使人恨工作，使人設盡方法去偷油兒。我現在就是這樣，一天到晚在那兒作事，全是我不愛作的。我不能不去作，因為眼前有個飯碗；多咱我手腳不動，那個飯碗便拍的一聲碎在地上！我得努力呀，原來是為那個飯碗的完整，多麼高偉的目標呀！試觀今日之世界，還不是個飯碗文明！

因此，我羨慕蘇格拉底，而恨他的時代。蘇格拉底之所以能忙成個聖人，正因為他的社會裡有許多奴隸。奴隸們為蘇格拉底作工，而蘇格拉底們乃得忙其所樂意忙者。這不公道！在一個理想的文化中，必能人人工作，而且樂意工作，即便不能完全自由，至少他也不完全被責任壓得翻不過身來，他能把眼睛從飯碗移開一會兒，而不至立刻拍的一聲打個粉碎。在這樣的社會裡，大家才會真忙，而忙得有趣，有成績。在這裡，懶是一種懲罰；三天不作事會叫人瘋了；想想看，靈感來了，詩已在肚中翻滾，而三天不准他寫出來，或連哼哼都不許！懶，在現在的社會裡，是必然的結果，而且不比忙壞；忙出來的是什麼？那麼，懶又有什麼不可以呢？

世界上必有那麼一天，人類把忙從工作中趕出去，人家都曉得，都覺得，工作的快樂，而越忙越高興；懶還不僅是一種羞恥，而是根本就受不了的。自然，我是看不到那樣的社會了；我只能在忙得——瞎忙——要哭的時候這麼希望一下吧。

（載一九三五年六月三十日《益世報》「益世小品」第十五期）

鬼與狐

我所見過的鬼都是鼻眼俱全，帶著腿兒，白天在街上的。夜裡出來活動的鬼，還未曾遇到過；不是他們的過錯，而是因為我不敢走黑道兒。平均的說，我總是晚上九點後十點前睡覺，鬼們還未曾出來；一睜眼就又天亮了，據說鬼們是在雞鳴以前回家休息的。所以我老與鬼們兩不照面，向無交往。即使有時候鬼在半夜扒著窗戶看看我，我向來是睡得如死狗一般，大概他們也不大好意思驚動我。據我推測，鬼的拿手戲是在嚇唬人；那麼，我夜間不醒，他也就沒辦法。就是他想一口冷氣把我吹死，到底未能先使我的頭髮立起如刺蝟的樣子，他大概是不會過癮的。

假若黑夜的鬼可以躲避，白天的鬼倒真沒法兒防備。我不能白天也老睡覺。只要我一上街，總得遇上他。有時候在家中靜坐，他會找上門來。夜裡的鬼並不這樣討人嫌。還有呢，夜間的鬼有種種奇裝異服與怪臉面，使人一見就知道鬼來了，如披散著頭髮，吐著舌頭，走道兒沒聲音，和駕著陰風等等。這些特異的標幟使人先有個準備，能打呢就和他開仗，如若個子太高或樣子太可怕呢，咱就給他表演個二百米或一英里競走，雖然他也許打破我的紀錄，而跑到前面去，可是到底我有個希望。白天的鬼，哼，比夜間的要厲害著多少倍，簡直不知多少倍。第一，他不吐舌頭，也不打旋風；他只在你不留神的時候，腳底下一絆，你準得躺下。他的樣子一點也不見得比我難看，十之八九是胖胖的，一肚子鬼胎。他要能嚇唬你，自然是見面就「虎」一氣了；可是一般的說，他不「虎」，而是嬉皮笑臉的討人喜歡，等你中了他的計策之後，你才覺出他比棺材板還硬還涼。他與夜鬼的分別是這樣：夜鬼拿人當人待，他至多不過希望拉個替身；白日鬼根本不拿人當人，你只是他的詭計中的一個環節，你永遠逃不出他的圈兒。夜鬼大概多少有點委屈，所以白臉紅舌頭的出出惡氣，這情有可原。白日鬼什麼委屈也沒有，他乾脆要占別人的便宜。夜鬼不講什麼道德，因為他曉得自己是鬼；白日鬼很講道德，嘴裡講，心裡是男盜女娼一應俱全。更厲害的是他比夜鬼的心眼多，他知道怎樣有組織，用大家的勢力擺下迷魂大陣，把他所要收拾的一一的捉進陣去。在夜鬼的歷史裡，很少有大頭鬼、吊死鬼等等聯合起來作大規模運動的。白日鬼可就兩樣了，他們永遠有團體，有計劃，使你躲開這個，躲不開那個，早晚得落在他們的手中。夜鬼因為勢力孤單，他知道怎樣不專憑勢力，而有時也去找個清官，如包老爺之流，訴訴委屈，而從法律上雪冤報仇。白日鬼不講這一套，世上的包老爺多數死在他們的手裡，更不用說別人了。這種鬼的存在似乎專為害人，就是害不死人，也把人氣死。他們什麼也曉得，只是不曉得怎樣不討厭。他們的心眼很複雜，很快，很柔軟——像塊皮糖似的怎揉怎合適，怎方便怎去。他們沒有半點火氣，地道的純陰，心涼得像塊冰似的，口中叼著大呂宋煙。

這種無處無時不討厭的鬼似乎該有個名稱，我想「不知死的鬼」就很恰當。這種鬼雖具有人形，而心肺則似乎不與人心人肺的標本一樣。他在頂小的利益上看出天大的甜頭，在極黑暗的地方看出美，找到享樂。他吃，他唱，他交媾，他不知道死。這種玩藝們把世界弄成了鬼的世界，有地獄的黑暗，而無其嚴肅。

鬼之外，應當說到狐。在狐的歷史裡，似乎女權很高，千年白狐總是變成妖豔的小娘子——可惜就是有時候露出點小尾巴。雖然有時候狐也變成白髮老翁，可是究竟是老翁，少壯的男狐精就不大聽說。因此，鬼若是可怕，狐便可怕而又可喜，往往使人捨不得她。她浪漫。

因為浪漫，狐似乎有點傻氣，至少比「不知死的鬼」傻多了。修煉了千年或更長的時間才能化為人形，不刻苦的繼續下工夫，卻偏偏為愛情而犧牲，以至被張天師的張手雷打個粉碎，其愚不可及也。況且所愛的往往不是有汽車高樓的癡胖子，而是風流年少的窮書生；這太不上算了，要按著世上女鬼的邏輯說。

狐的手段也不高明。對於得惡他們的人，只會給飯鍋裡扔把沙子，或把茶壺茶碗放在廁所裡去。這種辦法太幼稚，只能惱人而不叫人真怕他們。於是人們請來高僧或捉妖的老道，門前掛上符咒，老少狐仙便即刻搬家。在這一點上，狐遠不及鬼，更不及白日的鬼。鬼會在半夜三更叫喚幾聲，就把人嚇得藏在被窩裡出白毛汗，至少得燒點紙錢安慰安慰冤魂。至於那白日鬼就更厲害了，他會不動聲色的，跟你一塊吃喝的功夫，把你送到陰間去，到了陰間你還不知道是怎回事呢。

我以為說鬼說狐的故事與文藝大概多數的是為造成一種恐怖，故意的供給一種人為的哆嗦，好使心中空洞的人有些一想就顫抖的東西——神經的冷水浴。在這個目的以外，也許還有時候含著點教訓，如鬼狐的報恩等等。不論是怎樣吧，寫這樣故事的人大概都是為避免著人事，因為人事中的陰險詭詐遠非鬼所能及；鬼的能力與心計太有限了，所以鬼事倒比較的容易寫一些。至於鬼狐報恩一類的事，也許是求之人世而不可得，乃轉而求諸鬼狐吧。

（載一九三六年七月一日《論語》第九十一期）

習慣

不管別位，以我自己說，思想是比習慣容易變動的。每讀一本書，聽一套議論，甚至看一回電影，都能使我的腦子轉一下。腦子的轉法像是螺絲釘，雖然是轉，卻也往前進。所以，每轉一回，思想不僅變動，而且多少有點進步。記得小的時候，有一陣子很想當「黃天霸」[1]。每逢四顧無人，便掏出瓦塊或碎磚，回頭輕喊：看鏢！有一天，把醋瓶也這樣出了手，幾乎挨了頓打。這是聽《五女七貞》[2]的結果。及至後來讀了托爾斯泰[3]等人的作品，就是看楊小樓[4]扮演的「黃天霸」，也不會再扔醋瓶了。你看，這不僅是思想老在變動，而好歹的還高了一二分呢。

習慣可不能這樣。拿吸煙說吧，讀什麼，看什麼，聽什麼，都吸著煙。圖書館裡不准吸煙，乾脆就不去。書裡告訴我，吸煙有害，於是想戒煙，可是想完了，照樣的點上一支。醫院裡陳列著「煙肺」也看見過，頗覺恐慌，我也是有肺動物啊！這點嗜好都去不掉，連肺也對不起呀，怎能成為英雄呢？！思想很高偉了；及至吃過飯，高偉的思想又隨著藍煙上了天。有的時候確是堅決，半天兒不動些小白紙卷，

1. 指小說《施公案》內的人物。
2. 《五女七貞：十二俠女》，講述清朝康熙年間的傳奇故事。
3. 列夫·尼古拉耶維奇·托爾斯泰（1828 － 1910），俄國小說家、哲學家、政治思想家，亦是非暴力的基督教無政府主義者和教育改革家。著有《戰爭與和平》、《安娜·卡列尼娜》等。
4. 楊小樓（1878 － 1938），名三元，譜名嘉訓，出生於北京，為京劇武生一代宗師。

而且自號為理智的人——對面是習慣的人。後來也不是怎麼一股勁，連吸三支，合著並未吃虧。肺也許又黑了許多，可是心還跳著，大概一時還不至於死，這很足自慰。什麼都這樣。按說一個自居「摩登」的人，總該常常攜著夫人在街上走走了。我也這麼想過，可是做不到。大家一看，我就毛咕[5]，「你慢慢走著，咱們家裡見吧！」把夫人落在後邊，我自己邁開了大步。什麼「尖頭曼」[6]「方頭曼」的，不管這一套。雖然這麼說，到底覺得差一點。從此再不去雙雙走街。

明知電影比京戲文明些，明知京戲的鑼鼓專會供給頭疼，可是嘉寶[7]或紅髮女郎總勝不過楊小樓去。鑼鼓使人頭疼得舒服，彷彿是。同樣，冰激淩[8]，咖啡，青島洗海澡，美國桔子，都使我搖頭。酸梅湯，香片茶，裕德池，肥城桃，老有種知己的好感。這與提倡國貨無關，而是自幼兒養成的習慣。年紀雖然不大，可是我的幼年還趕上了野蠻時代。那時候連皇上都不坐汽車，可想見那是多麼野蠻了。

跳舞是多麼文明的事呢，我也沒份兒。人家印度青年與日本青年，在巴黎或倫敦看見跳舞，都講究饞得咽唾沫。有一次，在艾丁堡，跳舞場拒絕印度學生進去，有幾位差點上了吊。還有一次在海船上舉行跳舞會，一個日本青年氣得直哭，因為沒人招呼他去跳。有人管這種好熱鬧叫作猴子的摹仿，我倒並不這麼想。在我的腦

5. 方言，因有所疑懼而驚慌之意。
6. 英語 Gentleman 的音譯。
7. 原名葛麗泰·路易莎·古斯塔夫森（Greta Lovisa Gustafsson），瑞典裔美國女電影明星，於36歲時退出演藝界隱居。演出作品《急流》、《聖潔女》、《茶花女》等。
8. 英語 ice cream 的音譯，或譯冰淇淋。

子裡，我看這並不成什麼問題，跳不能叫印度登時獨立[9]，也不能叫日本滅亡。不跳呢，更不會就怎樣了不得。可是我不跳。一個人吃飽了沒事，獨自跳跳，還倒怪好。叫我和位女郎來回的拉扯，無論說什麼也來不及。看著就不順眼，不用說真去跳了。這和吃冰激凌一樣，我沒有這個胃口。舌頭一涼，馬上聯想到瀉肚，其實心裡準知道並沒危險。

還有吃西餐呢。乾淨，有一定的分量，好消化，這些我全知道。不過吃完西餐要不補充上一碗餛飩兩個燒餅，總覺得怪委屈的。吃了帶血的牛肉，喝涼水，我一定跑肚[10]。想像的作用。這就沒有辦法了，想像真會叫肚子山響！

對於朋友，我永遠愛交老粗兒。長髮的詩人，洋裝的女郎，打微高爾夫的男性女性，咬言咂字的學者，滿跟我沒緣。看不慣。老粗兒的言談舉止是咱自幼聽慣看慣的。一看見長髮詩人，我老是要告訴他先去理髮；即使我十二分佩服他的詩才，他那些長髮使我堵的慌。家兄永遠到「推剃兩從便」的地方去「剃」，亮堂堂的很悅目。女子也剪髮，在理論上我極同意，可是看著彆扭。問我女子該梳什麼「頭」，我也答不出，我總以為女性應留著頭髮。我的母親，我的大姐，不都是世界上最好的女人麼？她們都沒剪髮。

9. 當時的印度受英國殖民。
10. 腹瀉的俗稱。

行難知易，有如是者。

（載一九三四年九月五日《人間世》第十一期）

老牛破車

我怎樣寫《老張的哲學》

七月七剛過去，老牛破車的故事不知又被說過多少次；小兒女們似睡非睡的聽著；也許還沒有聽完，已經在夢裡飛上天河去了；第二天晚上再聽，自然還是怪美的。但是我這個老牛破車，卻與「天河配」沒什麼關係，至多也不過是迎時當令的取個題目而已；即使說我貼「謊報」，我也犯不上生氣。最合適的標題似乎應當是「創作的經驗」，或是「創作十本」，因為我要說的都是關係過去幾年中寫作的經驗，而截至今日，我恰恰發表過十本作品。是的，這倆題目都好。可是，比上老牛破車，它們顯然的缺乏點兒詩意。再一說呢，所謂創作，經驗，等等都比老牛多著一些「吹」；謙虛是不必要的，但好吹也總得算個毛病。那末，咱們還是老牛破車吧。

除了在學校裡練習作文作詩，直到我發表《老張的哲學》以前，我沒寫過什麼預備去發表的東西，也沒有那份兒願望。不錯，我在南開中學教書的時候曾在校刊上發表過一篇小說；可是那不過是為充個數兒，連「國文教員當然會寫一氣」的驕傲也沒有。我一向愛文學，要不然也當不上國文教員；但憑良心說，我教國文只為吃飯；教國文不過是且戰且走，騎馬找馬；我的志願是在作事——那時候我頗自信有些作事的能力，有機會也許能作作國務總理什麼的。我愛文學，正如我愛小貓小狗，並沒有什麼精到的研究，也不希望成為專家。設若我繼續著教國文，說不定二年以後也許被學校辭退；這雖然不足使我傷心，可是萬一當時補不上國務總理的缺，總該有點不方便。無論怎說吧，一直到我活了二十七歲的時候，我作夢也沒想到我可以寫點東西去發表。這也就是我到如今還不自居為「寫家」的原因，現在我還希望去作事，哪怕先作幾年部長呢，也能將就。

二十七歲出國。為學英文，所以念小說，可是還沒想起來寫作。到異鄉的新鮮勁兒漸漸消失，半年後開始感覺寂寞，也就常常想家。從十四歲就不住在家裡，此處所謂「想家」實在是想在國內所知道的一切。那些事既都是過去的，想起來便像一些圖畫，大概那色彩不甚濃厚的根本就想不起來了。這些圖畫常在心中來往，每每在讀小說的時候使我忘了讀的是什麼，而呆呆的憶及自己的過去。小說中是些圖畫，記憶中也是些圖畫，為什麼不可以把自己的圖畫用文字畫下來呢？我想拿筆了。

但是，在拿筆以前，我總得有些畫稿子呀。那時候我還不知道世上有小說作法這類的書，怎辦呢？對中國的小說我讀過唐人小說和《儒林外史》[1]什麼的，對外國小說我才念了不多，而且是東一本西一本，有的是名家的著作，有的是女招待嫁皇太子的夢話。後來居上，新讀過的自然有更大的勢力，我決定不取中國小說的形式，可是對外國小說我知道的並不多，想選擇也無從選擇起。好吧，隨便寫吧，管它像樣不像樣，反正我又不想發表。況且呢，我剛讀了Nicholas Nickleby（《尼考拉斯·尼柯爾貝》）[2]和Pickwick Papers（《匹克威克外傳》）[3]等雜亂無章的作品，更足以使我大膽放野；寫就好，管它什麼。這就決定了那想起便使我害羞的《老張的哲學》的形式。

形式是這樣決定的；內容呢，在人物與事實上我想起什麼就寫什麼，簡直沒有個中心；這是初買來攝影機的辦法，到處照像，熱鬧就好，誰管它歪七扭八，哪叫作取光選景！浮在記憶上的那些有色彩的人與事都隨手取來，沒等把它們安置好，又去另拉一批，人擠著人，事挨著事，全喘不過氣來。這一本中的人與事，假如擱在今天寫，實在夠寫十本的。

在思想上，那時候我覺得自己很高明，所以毫不客氣的叫作「哲學」。哲學！現在我認明白了自己：假如我有點長處的話，必定不在思想上。我的感情老走在理

1. 中國清代章回諷刺小說，作者吳敬梓，描寫清代康雍乾時期的科舉文人。
2. 查爾斯·約翰·赫芬姆·狄更斯所著，一部幽默和教育小說。
3. 查爾斯·約翰·赫芬姆·狄更斯的代表作之一，1836 年出版。

智前面，我能是個熱心的朋友，而不能給人以高明的建議。感情使我的心跳得快，因而不加思索便把最普通的、浮淺的見解拿過來，作為我判斷一切的準則。在一方面，這使我的筆下常常帶些感情；在另一方面，我的見解總是平凡。自然，有許多人以為文藝中感情比理智更重要，可是感情不會給人以遠見；它能使人落淚，眼淚可有時候是非常不值錢的。故意引人落淚只足招人討厭。憑著一點浮淺的感情而大發議論，和醉鬼借著點酒力瞎叨叨大概差不很多。我吃了這個虧，但在十年前我並不這麼想。

假若我專靠著感情，也許我能寫出有相當偉大的悲劇，可是我不徹底；我一方面用感情咂摸世事的滋味，一方面我又管束著感情，不完全以自己的愛憎判斷。這種矛盾是出於我個人的性格與環境。我自幼便是個窮人，在性格上又深受我母親的影響——她是個愣挨餓也不肯求人的，同時對別人又是很義氣的女人。窮，使我好罵世；剛強，使我容易以個人的感情與主張去判斷別人；義氣，使我對別人有點同情心。有了這點分析，就很容易明白為什麼我要笑罵，而又不趕盡殺絕。我失了諷刺，而得到幽默。據說，幽默中是有同情的。我恨壞人，可是壞人也有好處；我愛好人，而好人也有缺點。「窮人的狡猾也是正義」，還是我近來的發現；在十年前我只知道一半恨一半笑的去看世界。

有人說，《老張的哲學》並不幽默，而是討厭。我不完全承認，也不完全否認這個。有的人天生的不懂幽默；一個人一個脾氣，無須再說什麼。有的人急於救世救國救文學，痛恨幽默；這是師出有名，除了太專制一些，尚無大毛病。不過這兩種人說我討厭，我不便為自己辯護，可也不便馬上抽自己幾個嘴巴。有的人理會得幽默，而覺得我太過火，以至於討厭。我承認這個。前面說過了，我初寫小說，只為寫著玩玩，並不懂何為技巧，哪叫控制。我信口開河，抓住一點，死不放手，誇大了還要誇大，而且津津自喜，以為自己的筆下跳脫暢肆。討厭？當然的。

大概最討厭的地方是那半白半文的文字。以文字耍俏本來是最容易流於耍貧嘴的，可是這個誘惑不易躲避；一個局面或事實可笑，自然而然在描寫的時候便順手加上了招笑的文字，以助成那誇張的陳述。適可而止，好不容易。在發表過兩三本小說後，我才明白了真正有力的文字——即使是幽默的——並不在乎多說廢話。雖然如此，在實際上我可是還不能完全除掉那個老毛病。寫作是多麼難的事呢，我只能說我還在練習；過勿憚改，或者能有些進益；拍著胸膛說，「我這是傑作呀！」我永遠不敢，連想一想也不敢。「努力」不過足以使自己少紅兩次臉而已。

夠了，關於《老張的哲學》怎樣成形的不要再說了。

寫成此書，大概費了一年的工夫。閒著就寫點，有事便把它放在一旁，所以濟濟拉拉的延長到一年；若是一氣寫下，本來不需要這麼多的時間。寫的時候是用三個便士一本的作文簿，鋼筆橫書，寫得不甚整齊。這些小事足以證明我沒有大吹大擂的通電全國——我在著作；還是那句話，我只是寫著玩。寫完了，許地山兄來到倫敦；一塊兒談得沒有什麼好題目了，我就掏出小本給他念兩段。他沒給我什麼批評，只顧了笑。後來，他說寄到國內去吧。我倒還沒有這個勇氣；即使寄去，也得先修改一下。可是他既不告訴我哪點應當改正，我自然聞不見自己的腳臭；於是馬馬虎虎就寄給了鄭西諦兄[4]——並沒掛號，就那麼捲了一捲扔在郵局。兩三個月後，《小說月報》居然把它登載出來，我到中國飯館吃了頓「雜碎」，作為犒賞三軍。

欲知後事如何，且聽下回分解。

（原載一九三五年九月十六日《宇宙風》第一期　按：本輯的注釋從《老舍全集》第十六卷（人民文學出版社一九九九年一月第一版））

4. 鄭振鐸（1898 – 1958），字西諦，中國作家、文史學家、政治家，中國民主促進會發起人之一。

我怎樣寫《趙子曰》

我只知道《老張的哲學》在《小說月報》上發表了，和登完之後由文學研究會出單行本。至於它得了什麼樣的批評，是好是壞，怎麼好和怎麼壞，我可是一點不曉得。朋友們來信有時提到它，只是提到而已，並非批評；就是有批評，也不過三言兩語。寫信問他們，見到什麼批評沒有，有的忘記回答這一點，有的說看到了一眼而未能把所見到的保存起來，更不要說給我寄來了。我完全是在黑暗中。

不過呢，自己的作品用鉛字印出來總是件快事，我自然也覺得高興。《趙子曰》便是這點高興的結果，也可以說《趙子曰》是「老張」的尾巴。自然，這兩本東西在結構上，人物上，事實上，都有顯然的不同；可是在精神上實在是一貫的。沒有「老張」，絕不會有「老趙」。「老張」給「老趙」開出了路子來。在當時，我既沒有多少寫作經驗；又沒有什麼指導批評，我還沒見到「老張」的許多短處。它既被印出來了，一定是很不錯，我想。怎麼不錯呢？這很容易找出；找自己的好處還不容易麼！我知道「老張」很可笑，很生動；好了，照樣再寫一本就是了。於是我就開始寫《趙子曰》。

材料自然得換一換：「老張」是講些中年人們，那麼這次該換些年輕的了。寫法可是不用改，把心中記得的人與事編排到一處就行。「老張」是揭發社會上那些我所知道的人與事，「老趙」是描寫一群學生。不管是誰與什麼吧，反正要寫得好笑好玩；一回吃出甜頭，當然想再吃；所以這兩本東西是同窩的一對小動物。

可是，這並不完全正確。怎麼說呢？「老張」中的人多半是我親眼看見的，其中的事多半是我親身參加過的；因此，書中的人與事才那麼擁擠紛亂；專憑想像是不會來得這麼方便的。這自然不是說，此書中的人物都可以一一的指出，「老張」是誰誰，「老李」是某某。不，絕不是！所謂「真」，不過是大致的說，人與事都有個影子，而不是與我所寫的完全一樣。它是我記憶中的一個百貨店，換了東家與字號，即使還賣那些舊貨，也另經擺列過了。其中頂壞的角色也許長得像我所最敬愛的人；就是叫我自己去分析，恐怕也沒法作到一個蘿蔔一個坑兒。不論怎樣吧，為省事起見，我們暫且籠統的說「老張」中的人與事多半是真實的。趕到寫《趙子曰》的時節，本想還照方抓一劑，可是材料並不這麼方便了。所以只換換材料的話不完全正確。這就是說：在動機上相同，而在執行時因事實的困難使它們不一樣了。

在寫「老張」以前，我已作過六年事，接觸的多半是與我年歲相同的中年人。我雖沒想到去寫小說，可是時機一到，這六年中的經驗自然是極有用的。這成全了「老張」，但委屈了《趙子曰》，因為我在一方面離開學生生活已六七年，而在另一方面這六七年中的學生已和我作學生時候的情形大不相同了，即使我還清楚地記得自己的學校生活也無補於事。「五四」[1]把我與「學生」隔開。我看見了五四運動，而沒在這個運動裡面，我已作了事。是的，我差不多老沒和教育事業斷緣，可是到底對於這個大運動是個旁觀者。看戲的無論如何也不能完全明白演戲的，所以《趙子曰》之所以為《趙子曰》，一半是因為我立意要幽默，一半是因為我是個看戲的。我在「招待學員」的公寓裡住過，我也極同情於學生們的熱烈與活動，可是我不能完全把自己當作個學生，於是我在解放與自由的聲浪中，在嚴重而混亂的場面中，找到了笑料，看出了縫子。在今天想起來，我之立在五四運動外面使我的思想吃了極大的虧，《趙子曰》便是個明證，它不鼓舞，而在輕搔新人物的癢癢肉！

有了這點說明，就曉得這兩本書的所以不同了。「老張」中事實多，想像少；《趙子曰》中想像多，事實少。「老張」中縱有極討厭的地方，究竟是與真實相距不遠；有時候把一件很好的事描寫得不堪，那多半是文字的毛病；文字把我拉了

1. 1915 年中日簽訂《對華二十一條要求》至 1926 年北伐戰爭期間，中國青年學生提起的批判華夏傳統文化，追隨「德先生」（民主）、「賽先生」（科學）的一系列運動，稱五四運動。

走，我收不住腳。至於《趙子曰》，簡直沒多少事實，而只有些可笑的體態，像些滑稽舞。小學生看了能跳著腳笑，它的長處止於此！我並不是幽默完又後悔；真的，真正的幽默確不是這樣，現在我知道了，雖然還是眼高手低。

此中的人物只有一兩位有個真的影子，多數的是臨時想起來的；好的壞的都是理想的，而且是個中年人的理想，雖然我那時候還未到三十歲。我自幼貧窮，作事又很早，我的理想永遠不和目前的事實相距很遠，假如使我設想一個地上樂園，大概也和那初民的滿地流蜜，河裡都是鮮魚的夢差不多。貧人的空想大概離不開肉餡饅頭，我就是如此。明乎此，才能明白我為什麼有說有笑，好諷刺而並沒有絕高的見解。因為窮，所以作事早；作事早，碰的釘子就特別的多；不久，就成了中年人的樣子。不應當如此，但事實上已經如此，除了酸笑還有什麼辦法呢？！

前面已經提過，在立意上，《趙子曰》與「老張」是魯衛之政，所以《趙子曰》的文字還是——往好裡說——很挺拔俐落。往壞裡說呢，「老張」所有的討厭，「老趙」一點也沒減少。可是，在結構上，從《趙子曰》起，一步一步的確是有了進步，因為我讀的東西多了。《趙子曰》已比「老張」顯著緊湊了許多。

這本書裡只有一個女角，而且始終沒露面。我怕寫女人；平常日子見著女人也老覺得拘束。在我讀書的時候，男女還不能同校；在我作事的時候，終日與些中年人在一處，自然要假裝出穩重。我沒機會交女友，也似乎以此為榮。在後來的作品中雖然有女角，大概都是我心中想出來的，而加上一些我所看到的女人的舉動與姿態；設若有人問我：女子真是這樣麼？我沒法不搖頭，假如我不願撒謊的話。《趙子曰》中的女子沒露面，是我最誠實的地方。

這本書仍然是用極賤的「練習簿」寫的，也經過差不多一年的工夫。寫完，我交給寧恩承[2]兄先讀一遍，看看有什麼錯兒；他笑得把鹽當作了糖，放到茶裡，在吃早飯的時候。

（原載一九三五年十月一日《宇宙風》第二期）

2. 寧恩承（1901 － 2000），遼中縣人。曾任東北大學秘書長，代張學良校長主持校務，在他的主持下，東北大學逐漸走向鼎盛；曾任華北四省稅務局局長，起草中國第一部所得稅法；後又任職多項重要財政、銀行要職。

我怎樣寫《二馬》

《二馬》中的細膩處是在《老張的哲學》與《趙子曰》裡找不到的，「張」與「趙」中的潑辣恣肆處從《二馬》以後可是也不多見了。人的思想不必一定隨著年紀而往穩健裡走，可是文字的風格差不多是「晚節漸於詩律細」[1]的。讀與作的經驗增多，形式之美自然在心中添了分量，不管個人願意這樣與否。《二馬》是我在國外的末一部作品：從「作」的方面說，已經有了些經驗；從「讀」的方面說，我不但讀得多了，而且認識了英國當代作家的著作。心理分析與描寫工細是當代文藝的特色；讀了它們，不會不使我感到自己的粗劣，我開始決定往「細」裡寫。

《二馬》在一開首便把故事最後的一幕提出來，就是這「求細」的證明：先有了結局，自然是對故事的全盤設計已有了個大概，不能再信口開河。可是這還不十分正確；我不僅打算細寫，而且要非常的細，要像康拉德那樣把故事看成一個球，從任何地方起始它總會滾動的。我本打算把故事的中段放在最前面，而後倒轉回來補講前文，而後再由這裡接下去講——講馬威逃走以後的事。這樣，篇首的兩節，

1. 出自唐代杜甫〈遣悶戲呈路十九曹長〉一詩。

現在看起來是像尾巴，在原來的計畫中本是「腰眼兒」。為什麼把腰眼兒變成了尾巴呢？有兩個原因：第一個是我到底不能完全把幽默放下，而另換一個風格，於是由心理的分析又走入了姿態上的取笑，笑出以後便沒法再使文章縈迴逗宕；無論是尾巴吧，還是腰眼吧，放在前面乃全無意義！第二個是時間上的關係：我應在一九二九年的六月離開英國，在動身以前必須把這本書寫完寄出去，以免心中老存著塊病。時候到了，我只寫了那麼多，馬威逃走以後的事無論如何也趕不出來了，於是一狠心，就把腰眼當作了尾巴，硬行結束。那麼，《二馬》只是比較的「細」，並非和我的理想一致；到如今我還是沒寫出一部真正細膩的東西，這或者是天才的限制，沒法勉強吧。

在文字上可是稍稍有了些變動。這不能不感激亡友白滌洲[2]——他死去快一年了！已經說過，我在「老張」與《趙子曰》裡往往把文言與白話夾裹在一處；文字不一致多少能幫助一些矛盾氣，好使人發笑。滌洲是頭一個指出這一個毛病，而且勸我不要這樣討巧。我當時還不以為然，我寫信給他，說我這是想把文言溶解在白話裡，以提高白話，使白話成為雅俗共賞的東西。可是不久我就明白過來，利用文言多少是有點偷懶；把文言與白話中容易用的，現成的，都拿過來，而毫不費力的

2. 白滌洲（1900 － 1934），名鎮瀛，以字行。曾任國語統一籌備委員會常務委員、中國大辭典編纂處理部主任、《國語周刊》主編。後致力於音韻、方言等語言學研究。

作成公眾講演稿子一類的東西，不是偷懶麼？所謂文藝創作不是兼思想與文字二者而言麼？那麼，在文字方面就必須努力，作出一種簡單的，有力的，可讀的，而且美好的文章，才算本事。在《二馬》中我開始試驗這個。請看看那些風景的描寫就可以明白了。《紅樓夢》的言語是多麼漂亮，可是一提到風景便立刻改腔換調而有詩為證了；我試試看：一個洋車夫用自己的言語能否形容一個晚晴或雪景呢？假如他不能的話，讓我代他來試試。什麼「潺」咧，「淒涼」咧，「幽徑」咧，「蕭條」咧……我都不用，而用頂俗淺的字另想主意。設若我能這樣形容得出呢，那就是本事，反之則寧可不去描寫。這樣描寫出來，才是真覺得了物境之美而由心中說出；用文言拼湊只是修辭而已。論味道，英國菜——就是所謂英法大菜的菜——可以算天下最難吃的了；什麼幾乎都是白水煮或楞燒。可是英國人有個說法——記得好像George Gissing（喬治．吉辛）[3]也這麼說過——英國人烹調術的主旨是不假其他材料的幫助，而是把肉與蔬菜的原味，真正的香味，燒出來。我以為，用白話著作倒須用這個方法，把白話的真正香味燒出來；文言中的現成字與辭雖一時無法一概棄斥，可是用在白話文裡究竟是有些像醬油與味之素什麼的；放上去能使菜的色味俱佳，但不是真正的原味兒。

3. 喬治·羅伯特·吉辛（1857 － 1903），英國小說家，維多利亞時代後期傑出的現實主義作家之一。著有《新格拉布街》、《在放逐中出生的》等。

在材料方面，不用說，是我在國外四五年中慢慢積蓄下來的。可是像故事中那些人與事全是想像的，幾乎沒有一個人一件事曾在倫敦見過或發生過。寫這本東西的動機不是由於某人某事的值得一寫，而是在比較中國人與英國人的不同處，所以一切人差不多都代表著些什麼；我不能完全忽略了他們的個性，可是我更注意他們所代表的民族性。因此，《二馬》除了在文字上是沒有多大的成功的。其中的人與事是對我所要比較的那點負責，而比較根本是種類似報告的東西。自然，報告能夠新穎可喜，假若讀者不曉得這些事；但它的取巧處只是這一點，它缺乏文藝的偉大與永久性，至好也不過是一種還不討厭的報章文學而已。比較是件容易作的事，連個小孩也能看出洋人鼻子高，頭髮黃；因此也就很難不浮淺。注意在比較，便不能不多取些表面上的差異作資料，而由這些資料裡提出判斷。臉黃的就是野蠻，與頭髮鬈著的便文明，都是很容易說出而且說著怪高興的；越是在北平住過一半天的越敢給北平下考語，許多污辱中國的電影，戲劇，與小說，差不多都是僅就表面的觀察而後加以主觀的判斷。《二馬》雖然沒這樣壞，可是究竟也算上了這個當。

老馬代表老一派的中國人，小馬代表晚一輩的，誰也能看出這個來。老馬的描寫有相當的成功：雖然他只代表了一種中國人，可是到底他是我所最熟識的；他不能普遍的代表老一輩的中國人，但我最熟識的老人確是他那個樣子。他不好，也不怎麼壞；他對過去的文化負責，所以自尊自傲，對將來他茫然，所以無從努力，也不想努力。他的希望是老年的舒服與有所依靠；若沒有自己的子孫，世界是非常孤寂冷酷的。他背後有幾千年的文化，面前只有個兒子。他不大愛思想，因為事事已有了準則。這使他很可愛，也很可恨；很安詳，也很無聊。至於小馬，我又失敗了。前者我已經說過，五四運動時我是個旁觀者；在寫《二馬》的時節，正趕上革命軍北伐，我又遠遠的立在一旁，沒機會參加。這兩個大運動，我都立在外面，實在沒有資格去描寫比我小十歲的青年。我們在倫敦的一些朋友天天用針插在地圖上：革命軍前進了，我們狂喜；退卻了，懊喪。雖然如此，我們的消息只來自新聞報，我們沒親眼看見血與肉的犧牲，沒有聽見槍炮的響聲。更不明白的是國內青年們的思想。那時在國外讀書的，身處異域，自然極愛祖國；再加上看著外國國民如何對國家的事盡職責，也自然使自己想作個好國民，好像一個中國人能像英國人那樣作國民便是最高的理想了。個人的私事，如戀愛，如孝悌，都可以不管，自要能有益於國家，什麼都可以放在一旁。這就是馬威所要代表的。比這再高一點的理想，我還沒想到過。先不用管這個理想高明不高明吧，馬威反正是這個理想的產兒。他是個空的，一點也不像個活人。他還有缺點，不盡合我的理想，於是另請出一位李子榮來作補充；所以李子榮更沒勁！

對於英國人，我連半個有人性的也沒寫出來。他們的褊狹的愛國主義決定了他們的罪案，他們所表現的都是偏見與討厭，沒有別的。自然，猛一看過去，他們確是有這種討厭而不自覺的地方，可是稍微再細看一看，他們到底還不這麼狹小。我專注意了他們與國家的關係，而忽略了他們其他的部分。幸而我是用幽默的口氣述說他們，不然他們簡直是群可憐的半瘋子了。幽默寬恕了他們，正如寬恕了馬家父子，把褊狹與浮淺消解在笑聲中，萬幸！

最危險的地方是那些戀愛的穿插，它們極容易使《二馬》成為《留東外史》一類的東西。可是我在一動筆時就留著神，設法使這些地方都成為揭露人物性格與民族成見的機會，不准戀愛情節自由的展動。這是我很會辦的事，在我的作品中差不多老是把戀愛作為副筆，而把另一些東西擺在正面。這個辦法的好處是把我從三角四角戀愛小說中救出來，它的壞處是使我老不敢放膽寫這個人生最大的問題——兩性間的問題。我一方面在思想上失之平凡，另一方面又在題材上不敢摸這個禁果，所以我的作品即使在結構上文字上有可觀，可是總走不上那偉大之路。三角戀愛永不失為好題目，寫得好還是好。像我這樣一碰即走，對打八卦拳倒許是好辦法，對寫小說它使我輕浮，激不起心靈的震顫。

這本書的寫成也差不多費了一年的工夫。寫幾段，我便對朋友們去朗讀，請他們批評，最多的時候是找祝仲謹兄去，他是北平人，自然更能聽出句子的順當與否，和字眼的是否妥當。全篇寫完，我又托酈厚兄給看了一遍，他很細心的把錯字都給挑出來。把它寄出去以後——仍是寄給《小說月報》——我便向倫敦說了「再見」。

（原載一九三五年十月十六日《宇宙風》第三期）

我怎樣寫《小坡的生日》

離開倫敦，我到大陸上玩了三個月，多半的時間是在巴黎。在巴黎，我很想把馬威調過來，以巴黎為背景續成《二馬》的後半。只是想了想，可是：憑著幾十天的經驗而動筆寫像巴黎那樣複雜的一個城，我沒那個膽氣。我希望在那裡找點事作，找不到；馬威只好老在逃亡吧，我既沒法在巴黎久住，他還能在那裡立住腳麼！

離開歐洲，兩件事決定了我的去處：第一，錢只夠到新加坡的；第二，我久想看看南洋。於是我就坐了三等艙到新加坡下船。為什麼我想看看南洋呢？因為想找寫小說的材料，像康拉德[1]的小說中那些材料。不管康拉德有什麼民族高下的偏見沒有，他的著作中的主角多是白人；東方人是些配角，有時候只在那兒作點綴，以便增多一些顏色——景物的斑斕還不夠，他還要各色的臉與服裝，作成個「花花世界」。我也想寫這樣的小說，可是以中國人為主角，康拉德有時候把南洋寫成白人的毒物——征服不了自然便被自然吞噬，我要寫的恰與此相反，事實在那兒擺著呢：南洋的開發設若沒有中國人行麼？中國人能忍受最大的苦處，中國人能抵抗

1. 約瑟夫·康拉德（1857 － 1924），生於俄羅斯帝國統治下的烏克蘭的波蘭裔英國小說家，被譽為現代主義的先驅，以非母語寫作而成名的作者。著有《黑暗之心》、《吉姆爺》等。

一切疾痛：毒蟒猛虎所盤踞的荒林被中國人鏟平，不毛之地被中國人種滿了蔬菜。中國人不怕死，因為他曉得怎樣應付環境，怎樣活著。中國人不悲觀，因為他懂得忍耐而不惜力氣。他坐著多麼破的船也敢沖風破浪往海外去，赤著腳，空著拳，只憑那口氣與那點天賦的聰明，若能再有點好運，他便能在幾年之間成個財主。自然，他也有好多毛病與缺欠，可是南洋之所以為南洋，顯然的大部分是中國人的成績。國內人只知道在南洋容易掙錢，而華僑都是胖胖的財主，所以凡有點勢力的人就派個代表在那兒募捐。只知道要錢，不曉得華僑所受的困苦，更想不到怎樣去幫忙。另有一些人以為華僑是些在國內無法生存而到國外碰運氣的，一伸手也許摸著個金礦，馬上便成百萬之富。這樣的人是因為輕視自己所以也忽略了中國人能力的偉大。還有些人以為華僑漫無組織，所以今天暴富而富得不得其道，明天忽然失敗又正自理當如此；說這樣現成話的人是只看見了華僑的短處，而忘了國家對這些在海外冒險的人可曾有過幫助與指導沒有。華僑的失敗也就是國家的失敗。無論怎樣吧，我想寫南洋，寫中國人的偉大；即使僅能寫成個羅曼司[2]，南洋的顏色也正是豔麗無匹的。

可是，這有三件必須預備的事：第一，得在城市中研究經濟的情形。第二，到

2. 英語 romance 的音譯。

內地觀察老華僑的生活，並探聽他們的歷史。第三，得學會廣東話，福建話，與馬來話。哎呀，這至少須花費幾年的工夫呀！我恰巧花費不起這麼多的工夫。我找不到相當的事作。只能在中學裡去教書，而教書就把我拴在了一個地方，時間與金錢都不許我到各處去觀察。我的心慢慢涼起來。我是在新加坡教書，假若我想到別的地方去看看，除非是我能在別處找到教書的機會，機會哪能那麼容易得呢。即使有機會，還不是仍得教書，錢不夠花而時間不屬於我？我沒辦法。我的夢想眼看著將永成為夢想了。

打了個大大的折扣，我開始寫《小坡的生日》。我愛小孩，我注意小孩子們的行動。在新加坡，我雖沒工夫去看成人的活動，可是街上跑來跑去的小孩，各種各色的小孩，是有意思的，可以隨時看到的。下課之後，立在門口，就可以看到一兩個中國的或馬來的小兒在林邊或路畔玩耍。好吧，我以小人兒們作主人翁來寫出我所知道的南洋吧——恐怕是最小最小的那個南洋吧！

上半天完全消費在上課與改卷子上。下半天太熱。非四點以後不能作什麼。我只能在晚飯後寫一點。一邊寫一邊得驅逐蚊子，而老鼠與壁虎的搗亂也使我心中不甚太平，況且在熱帶的晚間獨抱一燈，低著頭寫字，更彷彿有點說不過去：屋外的蟲聲，林中吹來的濕而微甜的晚風，道路上印度人的歌聲，婦女們木板鞋的輕響，都使人覺得應到外邊草地上去，臥看星天，永遠不動一動。這地方的情調是熱與軟，它使人從心中覺到不應當作什麼。我呢，一氣寫出一千字已極不容易，得把外間的一切都忘了才能把筆放在紙上。這需要極大的注意與努力，結果，寫一千來字已是筋疲力盡，好似打過一次交手仗。朋友們稍微點點頭，我就放下筆，隨他們去到林邊的一間門面的茶館去喝咖啡了。從開始寫直到離開此地，至少有四個整月，我一共才寫成四萬字，沒法兒再快。這本東西通體有六萬字，那末後兩萬是在上海鄭西諦兄家中補成的。

以小孩為主人翁，不能算作童話。可是這本書的後半又全是描寫小孩的夢境，讓貓狗們也會說話，彷彿又是個童話。此書的形式因此極不完整：非大加刪改不可。前半雖然是描寫小孩，可是把許多不必要的實景加進去；後半雖是夢境，但也時時對南洋的事情作小小的諷刺。總而言之，這是幻想與寫實夾雜在一處，而成了個四不像了。這個毛病是因為我是腳踩兩隻船：既捨不得小孩的天真，又捨不得我心中那點不屬於兒童世界的思想。我願與小孩們一同玩耍，又忘不了我是大人。這就糟了。所謂不屬於兒童世界的思想是什麼呢？是聯合世界上弱小民族共同奮鬥。

此書中有中國小孩，馬來小孩，印度小孩，而沒有一個白色民族的小孩。在事實上，真的，在新加坡住了半年，始終沒見過一回白人的小孩與東方小孩在一塊玩耍。這給我很大的刺激，所以我願把東方小孩全拉到一處去玩，將來也許立在同一戰線上去爭戰！同時，我也很明白廣東與福建人中間的衝突與不合作，馬來與印度人間的愚昧與散漫。這些實際上的缺欠，我都在小孩們一塊玩耍時隨手兒諷刺出。可是，寫著寫著我又似乎把這個忘掉，而沉醉在小孩的世界裡，大概此書中最可喜的一些地方就是這當我忘了我是成人的時候。現在看來，我後悔那時候我是那麼拿不定主意；可是我對這本小書仍然最滿意，不是因為別的，是因為我深喜自己還未全失赤子之心——那時我已經三十多歲了。

最使我得意的地方是文字的淺明簡確。有了《小坡的生日》，我才真明白了白話的力量；我敢用最簡單的話，幾乎是兒童的話，描寫一切了。我沒有算過，《小坡的生日》中一共到底用了多少字；可是它給我一點信心，就是用平民千字課的一千個字也能寫出很好的文章。我相信這個，因而越來越恨「迷惘而蒼涼的沙漠般的故城喲」這種句子。有人批評我，說我的文字缺乏書生氣，太俗，太貧，近於車夫走卒的俗鄙；我一點也不以此為恥！

在上海寫完了，就手兒便把它交給了西諦，還在《小說月報》發表。登完，單行本已打好底版，被「一二八」的大火燒掉[3]；所以在去年才又交給生活書店[4]印出來。

希望還能再寫一兩本這樣的小書，寫這樣的書使我覺得年輕，使我快活；我願永遠作「孩子頭兒」。對過去的一切，我不十分敬重；歷史中沒有比我們正在創造的這一段更有價值的。我愛孩子，他們是光明，他們是歷史的新頁，印著我們所不知道的事兒——我們只能向那裡望一望，可也就夠痛快的了，那裡是希望。

得補上一些。在到新加坡以前我還寫過一本東西呢。在大陸上寫了些，在由馬賽到新加坡的船上寫了些，一共寫了四萬多字。到了新加坡，我決定拋棄了它，書名是「大概如此」。

為什麼中止了呢？慢慢的講吧。這本書和《二馬》差不多，也是寫在倫敦的中國人。內容可是沒有《二馬》那麼複雜，只有一男一女。男的窮而好學，女的富而遭了難。窮男人救了富女人，自然嘍跟著就得戀愛。男的是真落於情海中，女的只拿愛作為一種應酬與報答，結果把男的毀了。文字寫得並不錯，可是我並不滿意這個題旨。設若我還住在歐洲，這本書一定能寫完。可是我來到新加坡，新加坡使我看不起這本書了。在新加坡，我是在一個中學裡教幾點鐘國文。我教的學生差不多

3. 一．二八事變，又稱淞滬戰爭，日本稱第一次上海事變，多處上海建築被戰火焚毀，包含商務印書館。
4. 1932 年 7 月 1 日由鄒韜奮於上海創建，出版許多圖書、期刊，在出版界、讀書人間有極高的聲譽。抗戰勝利後與新知書店、讀書生活出版社等進行聯合，於 1948 年全面合併，成立「生活•讀書•新知三聯書店」。

都是十五六歲的小人兒們。他們所說的，和他們在作文時所寫的，使我驚異。他們在思想上的激進，和所要知道的問題，是我在國外的學校五年中所未遇到過的。不錯，他們是很浮淺；但是他們的言語行動都使我不敢笑他們，而開始覺到新的思想是在東方，不是在西方。在英國，我聽過最激烈的講演，也知道有專門售賣所謂帶危險性書籍的鋪子。但是大概的說來，這些激烈的言論與文字只是宣傳，而且對普通人很少影響。學校裡簡直聽不到這個。大學裡特設講座，講授政治上經濟上的最新學說與設施；可是這只限於講授與研究，並沒成為什麼運動與主義；大多數的將來的碩士博士還是叼著煙袋談「學生生活」，幾乎不曉得世界上有什麼毛病與缺欠。新加坡的中學生設若與倫敦大學的學生談一談，滿可以把大學生說得瞪了眼，自然大學生可別刨根問底的細問。

有件小事很可以幫助說明我的意思：有一天，我到圖書館裡去找本小說念，找到了本梅．辛克來（May Sinclair）[5]的 Arnold Waterlow（《阿諾德．沃特洛》）。別的書都帶著「圖書館氣」，汙七八黑的；只有這本是白白的，顯然的沒人借讀過。我很納悶，館中為什麼買這麼一本書呢？我問了問，才曉得館中原是去買大家所知道的那個辛克來（Upton Sinclair）[6]的著作，而錯把這位女寫家的作品買來，所以

5. 現通譯梅．辛克萊（1870 － 1946），英國小說家，1924 年著小說《阿諾德．沃特洛》。

6. 現通譯厄普頓．辛克萊（1870 － 1968），美國小說家。

誰也不注意它。我明白了！以文筆來講，男辛克來的是低等的新聞文學，女辛克來的是熱情與機智兼具的文藝。以內容言，男辛克來的是作有目的的宣傳，而女辛克來只是空洞的反抗與破壞。女辛克來在西方很有個名聲，而男辛克來在東方是聖人。東方人無暇管文藝，他們要炸彈與狂呼。西方的激烈思想似乎是些好玩的東西，東方才真以它為寶貝。新加坡的學生差不多都是家中很有幾個錢的，可是他們想打倒父兄，他們捉住一些新思想就不再鬆手，甚至於寫這樣的句子：「自從母親流產我以後」——他愛「流產」，而不惜用之於己身，雖然他已活了十六七歲。

在今日而想明白什麼叫作革命，只有到東方來，因為東方民族是受著人類所有的一切壓迫；從哪兒想，他都應當革命。這就無怪乎英國中等階級的兒女根本不想天下大事，而新加坡中等階級的兒女除了天下大事什麼也不想了。雖然光想天下大事，而永遠不肯交作文與算術演草簿的小人兒們也未必真有什麼用處，可是這種現象到底是應該注意的。我一遇見他們，就沒法不中止寫「大概如此」了。一到新加坡，我的思想猛的前進了好幾丈，不能再寫愛情小說了！這個，也就使我決定趕快回國來看看了。

（原載一九三五年十一月一日《宇宙風》第四期）

我怎樣寫《離婚》

也許這是個常有的經驗吧：一個寫家把他久想寫的文章擱在心裡，擱著，甚至於擱一輩子，而他所寫出的那些倒是偶然想到的。有好幾個故事在我心裡已存放了六七年，而始終沒能寫出來；我一點也不曉得它們有沒有能夠出世的那一天。反之，我臨時想到的倒多半在白紙上落了黑字。在寫《離婚》以前，心中並沒有過任何可以發展到這樣一個故事的「心核」，它幾乎是忽然來到而馬上成了個「樣兒」的。在事前，我本來沒打算寫個長篇，當然用不著去想什麼。邀我寫個長篇與我臨陣磨刀去想主意正是同樣的倉促。是這麼回事：《貓城記》在《現代》雜誌登完，說好了是由良友公司放入《良友文學叢書》裡。我自己知道這本書沒有什麼好處，覺得它還沒資格入這個《叢書》。可是朋友們既願意這麼辦，便隨它去吧，我就答應了照辦。及至事到臨期，現代書局又願意印它了，而良友撲了個空。於是良友的「十萬火急」來到，立索一本代替《貓城記》的。我冒了汗！可是我硬著頭皮答應下來；知道拼命與靈感是一樣有勁的。

這我才開始打主意。在沒想起任何事情之前，我先決定了：這次要「返歸幽默」。《大明湖》與《貓城記》的雙雙失敗使我不得不這麼辦。附帶的也決定了，這回還得求救於北平。北平是我的老家，一想起這兩個字就立刻有幾百尺「故都景象」在心中開映。啊！我看見了北平，馬上有了個「人」。我不認識他，可是在我廿歲至廿五歲之間我幾乎天天看見他。他永遠使我羨慕他的氣度與服裝，而且時時發現他的小小變化：這一天他提著條很講究的手杖，那一天他騎上自行車——穩穩的溜著馬路邊兒，永遠碰不了行人，也好似永遠走不到目的地，太穩，穩得幾乎像凡事在他身上都是一種生活趣味的展示。我不放手他了。這個便是「張大哥」。

叫他作什麼呢？想來想去總在「人」的上面，我想出許多的人來。我得使「張大哥」統領著這一群人，這樣才能走不了板，才不至於雜亂無章。他一定是個好媒人，我想；假如那些人又恰恰的害著通行的「苦悶病」呢？那就有了一切，而且是以各色人等揭顯一件事的各種花樣，我知道我捉住了個不錯的東西。這與《貓城記》恰相反：《貓城記》是但丁的遊「地獄」，看見什麼說什麼，不過是既沒有但丁那樣的詩人，又沒有但丁那樣的詩。《離婚》在決定人物時已打好主意：鬧離婚的人才有資格入選。一向我寫東西總是冒險式的，隨寫隨著發現新事實；即使有時候有個中心思想，也往往因人物或事實的趣味而唱荒了腔。這回我下了決心要把人物都拴在一個木樁上。

這樣想好，寫便容易了。從暑假前大考的時候寫起，到七月十五，我寫得了十二萬字。原定在八月十五交卷，居然能早了一個月，這是生平最痛快的一件事。天氣非常的熱——濟南的熱法是至少可以和南京比一比的——我每天早晨七點動手，寫到九點；九點以後便連喘氣也很費事了。平均每日寫兩千字。所餘的大後半天是一部分用在睡覺上，一部分用在思索第二天該寫的二千來字上。這樣，到如今想起來，那個熱天實在是最可喜的。能寫入了迷是一種幸福，即使所寫的一點也不高明。

在下筆之前，我已有了整個計畫；寫起來又能一氣到底，沒有間斷，我的眼睛始終沒離開我的手，當然寫出來的能夠整齊一致，不至於大嘟嚕小塊的。勻淨是《離婚》的好處，假如沒有別的可說的。我立意要它幽默，可是我這回把幽默看住了，不准它把我帶了走。饒這麼樣，到底還有「滑」下去的地方，幽默這個東西——假如它是個東西——實在不易拿得穩，它似乎知道你不能老瞪著眼盯住它，它有機會就跑出去。可是從另一方面說呢，多數的幽默寫家是免不了順流而下以至野調無腔的。那麼，要緊的似乎是這個：文藝，特別是幽默的，自要「底氣」堅實，粗野一些倒不算什麼。Dostoevsky（陀思妥夫斯基）[1] 的作品——還有許多這樣偉大寫家的作品——是很欠完整的，可是他的偉大處永不被這些缺欠遮蔽住。以今日中國文藝的情形來說，我倒希望有些頂硬頂粗莽頂不易消化的作品出來，粗野是一種力量，而精巧往往是種毛病。小腳是纖巧的美，也是種文化病，有了病的文化才承認這種不自然的現象，而且稱之為美。文藝或者也如此。這麼一想，我對《離婚》似乎又不能滿意了，它太小巧，笑得帶著點酸味！受過教育的與在生活上處處有些小講究的人，因為生活安適平靜，而且以為自己是風流蘊藉，往往提到幽默便立刻說：幽默是含著淚的微笑。其實據我看呢，微笑而且得含著淚正是「裝蒜」之一種。哭就大哭，笑就狂笑，不但顯出一點真摯的天性，就是在文學裡也是很健康的。唯其不敢真哭真笑，所以才含淚微笑；也許這是件很難作到與很難表現的事，但不必就是非此不可。我真希望我能寫出些震天響的笑聲，使人們真痛快一番，雖然我一點也不反對哭聲震天的東西。說真的，哭與笑原是一事的兩頭；而含淚微笑卻兩頭都不沾。《離婚》的笑聲太弱了。寫過了六七本十萬字左右的東西，我才明白了一點何謂技巧與控制。可是技巧與控制不見得就會使文藝偉大。《離婚》有了技巧，

1. 費奧多爾·米哈伊洛維奇·杜斯妥也夫斯基（1821 － 1881），俄國作家，著有《罪與罰》等。

有了控制；偉大，還差得遠呢！文藝真不是容易作的東西。我說這個，一半是恨自己的藐小，一半也是自勵。

（原載一九三五年十二月十六日《宇宙風》第七期）

我怎樣寫《牛天賜傳》

《牛天賜傳》，就是和我自己的其他作品比較起來，也沒有什麼可吹的地方。一篇東西的好壞，有許多使它好或使它壞的原因。在這許多原因裡，作家當時的生活情形是很要緊的。《牛天賜傳》吃虧在這個上不少。我記得，這本東西是在一九三四年三月廿三日動筆的，可是直到七月四日才寫成兩萬多字。三個多月的工夫只寫了這麼點點，原因是在學校到六月尾才能放暑假，沒有充足的工夫天天接著寫。在我的經驗裡，我覺得今天寫十來個字，明天再寫十來個字，碰巧了隔一個星期再寫十來個字，是最要命的事。這是向詩神伸手乞要小錢，不是創作。

七月四日以後，寫得快了；七月十九日已有了五萬多字。忽然快起來，因為已放了暑假。八月十號，我的日記上記著：「《牛天賜傳》寫完，匆匆趕出，無一是處！」

單是快，也還好。還有別的不得勁的事呢：自從一入七月門，濟南就熱起，那年簡直熱得出奇；那就是我「避暑床下」的那一回。早晨一睜眼，屋裡——是屋裡

——就九十多度[1]！小孩拒絕吃奶，專門哭號；大人不肯吃飯，立志喝水！可是我得趕文章，昏昏忽忽，半睡半醒，左手揮扇與打蒼蠅，右手握筆疾寫，汗順著指背流到紙上。寫累了，想走一走，可不敢出去，院裡的牆能把人身炙得像叉燒肉——那廿多天裡，每天街上都熱死行人！屋裡到底強得多，忍著吧。自然，要是有個電扇，再有個冰箱，一定也能稍好一些。可是我的財力還離設置電扇與冰箱太遠。一連十五天，我沒敢出街門。要說在這個樣的暑天裡，能寫出怪像回事兒的文章，我就有點不信。

天氣是那麼熱，心裡還有不痛快的事呢。我在老早就想放棄教書匠的生活，到這一年我得到了辭職的機會。六月廿九日我下了決心，就不再管學校裡的事。不久，朋友們知道了我這點決定，信來了不少。在上海的朋友勸我到上海去，爽性以寫作為業。在別處教書的朋友呢，勸我還是多少教點書，並且熱心的給介紹事。我心中有點亂，亂就不痛快。辭事容易找事難，機會似乎不可都錯過了。另一方面呢，且硬試試職業寫家的味兒，倒也合脾味。生活，創作，二者在心中大戰三百幾十回合。寸心已成戰場，可還要假裝沒事似的寫《牛天賜傳》，動中有靜，好不容易。結果，我拒絕了好幾位朋友的善意，決定到上海去看看。八月十九日動了身。在動身以前，必須寫完《牛天賜傳》，不然心中就老存著塊病。這又是非快寫不可的促動力。

1. 此處溫度單位為華氏溫度。

熱，亂，慌，是我寫《牛天賜傳》時生活情形的最合適的三個形容字。這三個字似乎都與創作時所需要的條件不大相合。「牛天賜」產生的時候不對，八字根本不夠格局！

此外，還另有些使它不高明的原因。第一個是文字上的限制。它是《論語》半月刊的特約長篇，所以必須幽默一些。幽默與偉大不是不能相容的，我不必為幽默而感到不安；《吉訶德先生傳》等名著譯成中文也並沒招出什麼「打倒」來。我的困難是每一期只要四五千字，既要顧到故事的連續，又須處處輕鬆招笑。為達到此目的，我只好抱住幽默死啃；不用說，死啃幽默總會有失去幽默的時候；到了幽默論斤賣的地步，討厭是必不可免的。我的困難至此乃成為毛病。藝術作品最忌用不正當的手段取得效果，故意招笑與無病呻吟的罪過原是一樣的。

每期只要四五千字，所以書中每個人，每件事，都不許信其自然的發展。設若一段之中我只詳細的描寫一個景或一個人，無疑的便會失去故事的趣味。我得使每期不落空，處處有些玩藝。因此，一期一期的讀，它倒也怪熱鬧；及至把全書一氣讀完，它可就顯出緊促慌亂，缺乏深厚的味道了。

書中的主人公——按老話兒說，應當叫作「書膽」——是個小孩兒。一點點的小孩兒沒有什麼思想，意志，與行為。這樣的英雄全仗著別人來捧場，所以在最前的幾章裡我幾乎有點和個小孩子開玩笑的嫌疑了。其實呢，我對小孩子是非常感覺趣味，而且最有同情心的。我的脾氣是這樣：不輕易交朋友，但是只要我看誰夠個朋友，便完全以朋友相待。至於對小孩子，我就一律的看待，小孩子都可愛。世界上有千千萬萬的受壓迫的人，其中的每一個都值得我們替他呼冤，代他想方法。可是小孩子就更可憐，不但是無衣無食的，就是那打扮得馬褂帽頭像小老頭的也可憐。牛天賜是屬於後者的，因為我要寫得幽默，就不能拿個頂窮苦的孩子作書膽——那樣便成了悲劇。自然，我也明知道照我那麼寫一定會有危險的——幽默一放手便會成為瞎胡鬧與開玩笑。於此，我至今還覺得怪對不起牛天賜的！

就在這兒附帶聲明一下吧。前些日子，我與趙少侯兄商議好，合寫「天書代存」——用書信體寫《牛天賜續傳》。可是，這個暑假裡，我倆的事情大概要有些變動，說不定也許不能再在一塊兒了。合寫一個長篇而不能常常見面商議就未免太困難了，所以我倆打了退堂鼓，雖然每人已經寫了幾千字。事實所迫，我們倆只好向牛天賜與喜愛他的人們道歉了！以後也許由我，也許由少侯兄，單獨地去寫；不過這是後話，頂好不提了。

（原載一九三六年八月一日《宇宙風》第二十二期）

我怎樣寫《駱駝祥子》

從何月何日起，我開始寫《駱駝祥子》？已經想不起來了。我的抗戰[1]前的日記已隨同我的書籍全在濟南失落，此事恐永無對證矣。

這本書和我的寫作生活有很重要的關係。在寫它以前，我總是以教書為正職，寫作為副業，從《老張的哲學》起到《牛天賜傳》止，一直是如此。這就是說，在學校開課的時候，我便專心教書，等到學校放寒暑假，我才從事寫作。我不甚滿意這個辦法。因為它使我既不能專心一志的寫作，而又終年無一日休息，有損於健康。在我從國外回到北平的時候，我已經有了去作職業寫家的心意；經好友們的諄諄勸告，我才就了齊魯大學的教職。在齊大辭職後，我跑到上海去，主要的目的是在看看有沒有作職業寫家的可能。那時候，正是「一．二八」以後，書業不景氣，文藝刊物很少，滬上的朋友告訴我不要冒險。於是，我就接了山東大學的聘書。我不喜歡教書，一來是我沒有淵博的學識，時時感到不安；二來是即使我能勝任，教書也不能給我像寫作那樣的愉快。為了一家子的生活，我不敢獨斷獨行的丟掉了月間可

1. 中國抗日戰爭，或稱日本侵華戰爭，國際上稱為第二次中日戰爭，中國史稱八年抗戰，中華人民共和國政府於 2017 年改稱為十四年抗戰。從 1931 年 9 月 18 日九一八事變開始至 1945 年 8 月 15 日日本投降，共歷時十四年。

靠的收入，可是我的心裡一時一刻也沒忘掉嘗一嘗職業寫家的滋味。

事有湊巧，在「山大」教過兩年書之後，學校鬧了風潮，我便隨著許多位同事辭了職。這回，我既不想到上海去看看風向，也沒同任何人商議，便決定在青島住下去，專憑寫作的收入過日子。這是「七七」抗戰[2]的前一年。《駱駝祥子》是我作職業寫家的第一炮。這一炮要放響了，我就可以放膽的作下去，每年預計著可以寫出兩部長篇小說來。不幸這一炮若是不過火，我便只好再去教書，也許因為掃興而完全放棄了寫作。所以我說，這本書和我的寫作生活有很重要的關係。

記得是在一九三六年春天吧，「山大」的一位朋友跟我閒談，隨便的談到他在北平時曾用過一個車夫。這個車夫自己買了車，又賣掉，如此三起三落，到末了還是受窮。聽了這幾句簡單的敘述，我當時就說：「這頗可以寫一篇小說。」緊跟著，朋友又說：有一個車夫被軍隊抓了去，哪知道，轉禍為福，他乘著軍隊移動之際，偷偷的牽回三匹駱駝回來。

這兩個車夫都姓什麼？哪裡的人？我都沒問過。我只記住了車夫與駱駝。這便是駱駝祥子的故事的核心。

從春到夏，我心裡老在盤算，怎樣把那一點簡單的故事擴大，成為一篇十多萬

2. 七七事變，又稱盧溝橋事變，1937 年 7 月 7 日中華民國軍與日本軍於河北省宛平縣盧溝橋發生的軍事衝突。

字的小說。

不管用得著與否，我首先向齊鐵恨[3]先生打聽駱駝的生活習慣。齊先生生長在北平的西山，山下有許多家養駱駝的。得到他的回信，我看出來，我須以車夫為主，駱駝不過是一點陪襯，因為假若以駱駝為主，恐怕我就須到「口外」去一趟，看看草原與駱駝的情景了。若以車夫為主呢，我就無須到口外去，而隨時隨處可以觀察。這樣，我便把駱駝與祥子結合到一處，而駱駝只負引出祥子的責任。

怎麼寫祥子呢？我先細想車夫有多少種，好給他一個確定的地位。把他的地位確定了，我便可以把其餘的各種車夫順手兒敘述出來；以他為主，以他們為賓，既有中心人物，又有他的社會環境，他就可以活起來了。換言之，我的眼一時一刻也不離開祥子；寫別的人正可以烘托他。

車夫們而外，我又去想，祥子應該租賃哪一車主的車，和拉過什麼樣的人。這樣，我便把他的車夫社會擴大了，而把比他的地位高的人也能介紹進來。可是，這些比他高的人物，也還是因祥子而存在故事裡，我決定不許任何人奪去祥子的主角地位。

有了人，事情是不難想到的。人既以祥子為主，事情當然也以拉車為主。只要

3. 齊鐵恨（1892－1977），本名勛，自號鐵恨。曾於上海商務印書館擔任國與書刊編輯，1923年與吳敬恆籌辦開設上海國語師範學校並任職教師；1928年完成編輯《國語羅馬字學習書》；1946年至台灣擔任臺灣省國語推行委員會常務委員，同時擔任國立台灣大學、國立臺灣師範大學等校的兼任教師。

我教一切的人都和車發生關係，我便能把祥子拴住，像把小羊拴在草地上的柳樹下那樣。

可是，人與人，事與事，雖以車為聯繫，我還感覺著不易寫出車夫的全部生活來。於是，我還再去想：颳風天，車夫怎樣？下雨天，車夫怎樣？假若我能把這些細瑣的遭遇寫出來，我的主角便必定能成為一個最真確的人，不但吃的苦，喝的苦，連一陣風，一場雨，也給他的神經以無情的苦刑。

由這裡，我又想到，一個車夫也應當和別人一樣的有那些吃喝而外的問題。他也必定有志願，有性欲，有家庭和兒女。對這些問題，他怎樣解決呢？他是否能解決呢？這樣一想，我所聽來的簡單的故事便馬上變成了一個社會那麼大。我所要觀察的不僅是車夫的一點點的浮現在衣冠上的、表現在言語與姿態上的那些小事情了，而是要由車夫的內心狀態觀察到地獄究竟是什麼樣子。車夫的外表上的一切，都必有生活與生命上的根據。我必須找到這個根源，才能寫出個勞苦社會。

由一九三六年春天到夏天，我入了迷似的去搜集材料，把祥子的生活與相貌變換過不知多少次——材料變了，人也就隨著變。

到了夏天，我辭去了「山大」的教職，開始把祥子寫在紙上。因為醞釀的時期相當的長，搜集的材料相當的多，拿起筆來的時候我並沒感到多少阻礙。一九三七年一月，「祥子」開始在《宇宙風》上出現，作為長篇連載。當發表第一段的時候，全部還沒有寫完，可是通篇的故事與字數已大概的有了準譜兒，不會有很大的出入。假若沒有這個把握，我是不敢一邊寫一邊發表的。剛剛入夏，我將它寫完，共二十四段，恰合《宇宙風》每月要兩段，連載一年之用。

當我剛剛把它寫完的時候，我就告訴了《宇宙風》的編輯：這是一本最使我自己滿意的作品。後來，刊印單行本的時候，書店卻以此語嵌入廣告中。它使我滿意的地方大概是：（一）故事在我心中醞釀得相當的長久，收集的材料也相當的多，所以一落筆便準確，不蔓不枝，沒有什麼敷衍的地方。（二）我開始專以寫作為業，一天到晚心中老想著寫作這一回事，所以雖然每天落在紙上的不過是一二千字，可是在我放下筆的時候，心中並沒有休息，依然是在思索；思索的時候長，筆尖上便能滴出血與淚來。（三）在這故事剛一開頭的時候，我就決定拋開幽默而正正經經地去寫。在往常，每逢遇到可以幽默一下的機會，我就必抓住它不放手。有時候，事情本沒什麼可笑之處，我也要運用俏皮的言語，勉強的使它帶上點幽默味道。這，往好裡說，足以使文字活潑有趣；往壞裡說，就往往招人討厭。《祥子》裡沒有這個毛病。即使它還未能完全排除幽默，可是它的幽默是出自事實本身的可笑，而不是由文字裡硬擠出來的。這一決定，使我的作風略有改變，教我知道了只要材料豐富，心中有話可說，就不必一定非幽默不足叫好。（四）既決定了不利用幽默，也就自然的決定了文字要極平易，澄清如無波的湖水。因為要求平易，我就注意到如何在平易中而不死板。恰好，在這時候，好友顧石君先生供給了我許多北平口語中的字和詞。在平日，我總以為這些辭彙是有音無字的，所以往往因寫不出而割愛。現在，有了顧先生的幫助，我的筆下就豐富了許多，而可以從容調動口語，給平易的文字添上些親切，新鮮，恰當，活潑的味兒。因此，《祥子》可以朗誦。它的言語是活的。

《祥子》自然也有許多缺點。使我自己最不滿意的是收尾收得太慌了一點。因為連載的關係，我必須整整齊齊的寫成二十四段；事實上，我應當多寫兩三段才能從容不迫的剎住。這，可是沒法補救了，因為我對已發表過的作品是不願再加修改的。

《祥子》的運氣不算很好：在《宇宙風》上登刊到一半就遇上「七七」抗戰。《宇宙風》何時在滬停刊，我不知道；所以我也不知道，《祥子》全部登完過沒有。後來，《宇宙風》社遷到廣州，首先把《祥子》印成單行本。可是，據說剛剛印好，廣州就淪陷了，《祥子》便落在敵人的手中。《宇宙風》又遷到桂林，《祥子》也又得到出版的機會，但因郵遞不便，在渝蓉各地就很少見到它。後來，文化生活出版社把紙型買過來，它才在大後方稍稍活動開。

近來，《祥子》好像轉了運，據友人報告，它已被譯成俄文、日文與英文。

（原載一九四五年七月《青年知識》第一卷第二期）

風雨故園

抬頭見喜

對於時節，我向來不特別的注意。拿清明說吧，上墳燒紙不必非我去不可，又搭著不常住在家鄉，所以每逢看見柳枝發青便曉得快到了清明，或者是已經過去。對重陽也是這樣，生平沒在九月九登過高，於是重陽和清明一樣的沒有多大作用。

端陽，中秋，新年，三個大節可不能這麼馬虎過去。即使我故意躲著它們，賬條是不會忘記了我的。也奇怪，一個無名之輩，到了三節會有許多人惦記著，不但來信，送賬條，而且要找上門來！

設若故意躲著借款，著急，設計自殺等等，而專講三節的熱鬧有趣那一面兒，我似乎是最喜愛中秋。「似乎」，因為我實在不敢說準了。幼年時，中秋必是個很可喜的節，要不然我怎麼還記得清清楚楚那些「兔兒爺」的樣子呢？有「兔兒爺」玩，這個節必是過得十二分有勁。可是從另一方面說，至少有三次喝醉是在中秋；酒入愁腸呀！所以說「似乎」最喜愛中秋。

事真湊巧，這三次「非楊貴妃式」的醉酒我還都記得很清楚。那麼，就說上一說呀。第一次是在北平，我正住在翊教寺[1]一家公寓裡。好友盧嵩庵從柳泉居運來一罈子「竹葉青」。又約來兩位朋友——內中有一位是不會喝的——大家就抄起茶碗來。罈子雖大，架不住茶碗一個勁進攻；月亮還沒上來，罈子已空。幹什麼去呢？打牌玩吧。各拿出銅元百枚，約合大洋七角多，因這是古時候的事了。第一把牌將立起來，不曉得——至今還不曉得——我怎麼上了床。牌必是沒打成，因為我一睜眼已經紅日東升了。

第二次是在天津，和朱蔭棠在同福樓吃飯，各飲綠茵陳二兩。吃完飯，到一家茶肆去品茗。我朝窗坐著，看見了一輪明月，我就吐了。這回決不是酒的作用，毛病是在月亮。

第三次是在倫敦。那裡的秋月是什麼樣子，我說不上來——也許根本沒有月亮其物。中國工人俱樂部裡有多人湊熱鬧，我和沈剛伯也去喝酒。我們倆喝了兩瓶葡萄酒。酒是用葡萄還是葡萄葉兒釀的，不可得而知，反正價錢很便宜；我們倆自古至今總沒作過財主。喝完，各自回寓所。一上公眾汽車，我的腳忽然長了眼睛，專找別人的腳尖去踩。這回可不是月亮的毛病。

對於中秋，大致如此——無論如何也不能說它壞。就此打住。

1. 現已不存，原址位於北京市西城區育教胡同路北，是漢傳佛教寺院。

至若端陽，似乎可有可無。粽子，不愛吃。城隍爺現在也不出巡；即使再出巡，大概也沒有跟隨著走幾里路的興趣。櫻桃真是好東西，可惜被黑白桑葚給帶累壞了。

新年最熱鬧，也最沒勁，我對它老是冷淡的。自從一記事兒起，家中就似乎很窮。爆竹總是聽別人放，我們自己是靜寂無嘩。記得最真的是家中一張《王羲之換鵝》圖。每逢除夕，母親必把它從個神秘的地方找出來，掛在堂屋裡。姑母就給說那個故事；到如今還不十分明白這故事到底有什麼意思，只覺得「王羲之」三個字倒很響亮好聽。後來入學，讀了《蘭亭序》，我告訴先生，王羲之是在我的家裡。

長大了些，記得有一年的除夕，大概是光緒三十年前的一、二年，母親在院中接神，雪已下了一尺多厚。高香燒起，雪片由漆黑的空中落下，落到火光的圈裡，非常的白，緊接著飛到火苗的附近，舞出些金光，即行消滅；先下來的滅了，上面又緊跟著下來許多，像一把「太平花」倒放。我還記著這個。我也的確感覺到，那年的神仙一定是真由天上回到世間。

中學的時期是最憂鬱的，四、五個新年中只記得一個，最淒涼的一個。那是頭一次改用陽曆，舊曆的除夕必須回學校去，不准請假。姑母剛死兩個多月，她和我們同住了三十年的樣子。她有時候很厲害，但大體上說，她很愛我。哥哥當差，不能回來。家中只剩母親一人。我在四點多鐘回到家中，母親並沒有把「王羲之」找出來。吃過晚飯，我不能不告訴母親了——我還得回校。她楞了半天，沒說什麼。我慢慢的走出去，她跟著走到街門。摸著袋中的幾個銅子，我不知道走了多少時候，才走到了學校。路上必是很熱鬧，可是我並沒看見，我似乎失了感覺。到了學校，學監先生正在學監室門口站著。他先問我：「回來了？」我行了個禮。他點了點頭，笑著叫了我一聲：「你還回去吧。」這一笑，永遠印在我心中。假如我將來死後能入天堂，我必把這一笑帶給上帝去看。

我好像沒走就又到了家，母親正對著一枝紅燭坐著呢。她的淚不輕易落，她又慈善又剛強。見我回來了，她臉上有了笑容，拿出一個細草紙包兒來：「給你買的雜拌兒[2]，剛才一忙，也忘了給你。」母子好像有千言萬語，只是沒精神說。早早的就睡了。母親也沒接神。

中學畢業以後，新年，除了為還債著急，似乎已和我不發生關係。我在哪裡，除夕便由我照管著哪裡。別人都回家去過年，我老是早早關上門，在床上聽著爆竹響。平日我也好吃個嘴兒，到了新年反倒想不起弄點什麼吃，連酒也不喝。在爆竹稍靜下些的時節，我老看見些過去的苦境。可是我既不落淚，也不狂歌，我只靜靜

2. 由花生、、膠棗、栗子、桃脯、蜜棗等代表節慶吉祥的果品拌和而成的小吃，舊北京家家戶戶過年守歲時食用。

的躺著。躺著躺著，多燭光在壁上幻出一個「抬頭見喜」，那就快睡去了。

（載一九三四年一月《良友》（畫報）第八十四期）

我的理想家庭

一個二十多歲的小夥子，講戀愛，講革命，講志願，似乎天地之間，惟我獨尊，簡直想不到組織家庭——結婚既是愛的墳墓，家庭根本上是英雄好漢的累贅。及至過了三十，革命成功與否，事情好歹不論，反正領略夠了人情世故，壯氣就差點事兒了。雖然明知家庭之累，等於投胎為馬為牛，可是人生總不過如此，多少也都得經驗一番，既不堅持獨身，結婚倒也還容易。於是發帖子請客，笑著開駛倒車，苦樂容或相抵，反正至少湊個熱鬧。到了四十，兒女已有二三，貧也好富也好，自己認頭苦曳，對於年輕的朋友已經有好些個事兒說不到一處，而勸告他們老老實實的結婚，好早生兒養女，即是話不投緣的一例。到了這個年紀，設若還有理想，必是理想的家庭。倒退二十年，連這麼一想也覺洩氣。人生的矛盾可笑即在於此，年輕力壯，力求事事出軌，決不甘為火車：及至中年，心理的，生理的，種種理的什麼什麼，都使他不但非作火車不可，且作貨車焉。把當初與現在一比較，判若兩人，足夠自己笑半天的！或有例外，實不多見。

明年我就四十了，已具說理想家庭的資格：大不必吹，蓋亦自嘲。

我的理想家庭要有七間小平房：一間是客廳，古玩字畫全非必要，只要幾張很舒服寬鬆的椅子，一二小桌。一間書房，書籍不少，不管什麼頭版與古本，而都是我所愛讀的。一張書桌，桌面是中國漆的，放上熱茶杯不至燙成個圓白印兒。文具不講究，可是都很好用。桌上老有一兩枝鮮花，插在小瓶裡。兩間臥室，我獨據一間，沒有臭蟲，而有一張極大極軟的床。在這個床上，橫睡直睡都可以，不論怎睡都一躺下就舒服合適，好像陷在棉花堆裡，一點也不硬碰骨頭。還有一間，是預備給客人住的。此外是一間廚房，一個廁所，沒有下房，因為根本不預備用僕人。家中不要電話，不要播音機，不要留聲機，不要麻將牌，不要風扇，不要保險櫃。缺乏的東西本來很多，不過這幾項是故意不要的，有人白送給我也不要。

院子必須很大。靠牆有幾株小果木樹。除了一塊長方的土地，平坦無草，足夠打開太極拳的，其他的地方就都種著花草——沒有一種珍貴費事的，只求昌茂多花。屋中至少有一隻花貓，院中至少也有一兩盆金魚；小樹上懸著小籠，二三綠蟈蟈[1]隨意地鳴著。

這就該說到人了。屋子不多，又不要僕人，人口自然不能很多：一妻和一兒一

1. 大型鳴蟲的俗世通稱。

女就正合適。先生管擦地板與玻璃，打掃院子，收拾花木，給魚換水，給蟈蟈一兩塊綠王瓜或幾個毛豆；並管上街送信買書等事宜。太太管做飯，女兒任助手——頂好是十二三歲，不准小也不准大，老是十二三歲。兒子頂好是三歲，既會講話，又胖胖的會淘氣。母女於做飯之外，就做點針線，看小弟弟。大件衣服拿到外邊去洗，小件的隨時自己涮一涮。

既然有這麼多工作，自然就沒有多少工夫去聽戲看電影。不過在過生日的時候，全家就出去玩半天；接一位親或友的老太太給看家。過生日什麼的永遠不請客受禮，親友家送來的紅白帖子，就一概扔在字紙簍裡，除非那真需要幫助的，才送一些乾禮去。到過節過年的時候，吃食從豐，而且可以買一通紙牌，大家打打「索兒胡」[2]，賭鐵蠶豆或花生米。

男的沒有固定的職業；只是每天寫點詩或小說，每千字賣上四五十元錢。女的也沒事做，除了家務就讀些書。兒女永不上學，由父母教給畫圖，唱歌，跳舞——亂蹦也算一種舞法——和文字，手工之類。等到他們長大，或者也會仗著繪畫或寫文章賣一點錢吃飯；不過這是後話，頂好暫且不提。

這一家子人，因為吃得簡單乾淨，而一天到晚又不閒著，所以身體都很不壞。

2. 中國傳統紙牌。

因為身體好，所以沒有肝火，大家都不愛鬧脾氣。除了為小貓上房，金魚甩子等事著急之外，誰也不急叱白臉的。

大家的相貌也都很體面，不令人望而生厭。衣服可並不講究，都做得很結實樸素：永遠不穿又臭又硬的皮鞋。男的很體面，可不露電影明星氣；女的很健美，可不紅唇捲毛的鼻子朝著天。孩子們都不捲著舌頭說話，淘氣而不討厭。

這個家庭頂好是在北平，其次是成都或青島，至壞也得在蘇州。無論怎樣吧，反正必須在中國，因為中國是頂文明頂平安的國家；理想的家庭必在理想的國內也。

（載一九三六年十一月十六日《論語》第一〇〇期）

有了小孩以後

藝術家應以藝術為妻，實際上就是當一輩子光棍兒。在下閒暇無事，往往寫些小說，雖一回還沒自居過文藝家，卻也感覺到家庭的累贅。每逢困於油鹽醬醋的災難中，就想到獨人一身，自己吃飽便天下太平，豈不妙哉。

家庭之累，大半由兒女造成。先不用提教養的花費，只就淘氣哭鬧而言，已足使人心慌意亂。小女三歲，專會等我不在屋中，在我的稿子上畫圈拉槓，且美其名曰「小濟會寫字」！把人要氣沒了脈，她到底還是有理！再不然，我剛想起一句好的，在腦中盤旋，自信足以愧死莎士比亞，假若能寫出來的話。當是時也，小濟拉拉我的肘，低聲說：「上公園看猴？」於是我至今還未成莎士比亞。小兒一歲整，還不會「寫字」，也不曉得去看猴，但善親親，閉眼，張口展覽上下四個小牙。我若沒事，請求他閉眼，露牙，小胖子總會東指西指的打岔。趕到我拿起筆來，他那一套全來了，不但親臉，閉眼，還「指」令我也得表演這幾招。有什麼辦法呢？！

這還算好的。趕到小濟午後不睡，按著也不睡，那才難辦。到這麼四點來鐘吧，她的困鬧開始，到五點鐘我已沒有人味。什麼也不對，連公園的猴都變成了臭的，而且猴之所以臭，也應當由我負責。小胖子也有這種困而不睡的時候，大概多數是與小濟同時發難。兩位小醉鬼一齊找毛病，我就是諸葛亮恐怕也得唱空城計，一點辦法沒有！在這種乾等束手被擒的時候，偏偏會來一兩封快信——催稿子！我也只好鬧脾氣了。不大一會兒，把太太也鬧急了，一家大小四口，都成了醉鬼，其熱鬧至為驚人。大人聲言離婚，小孩怎說怎不是，於離婚的爭辯中瞎打混。一直到七點後，二位小天使已困得動不的，離婚的宣言才無形的撤銷。這還算好的。遇上小胖子出牙，那才真教厲害，不但白天沒有情理，夜裡還得上夜班。一會兒一醒，若被針扎了似的驚啼，他出牙，誰也不用打算睡。他的牙出俐落了，大家全成了紅眼虎。

不過，這一點也不妨礙家庭中愛的發展，人生的巧妙似乎就在這裡。記得 Frank Harris[1] 彷彿有過這麼點記載：他說王爾德為那件不名譽的案子過堂被審[2]，一開頭他侃侃而談，語多幽默。及至原告提出幾個男妓作證人，王爾德沒了脈，非失敗不可了。Harris 以為王爾德必會說：「我是個戲劇家，為觀察人生，什麼樣的人都當交往。假如我不和這些人接觸，我從哪裡去找戲劇中的人物呢？」可是，王爾德竟自沒這麼答辯，官司就算輸了！

1. 弗蘭克·哈里斯（1856 － 1931），愛爾蘭裔美國作家、記者、編輯、出版家。著有自傳《我的生活與愛情》與《炸彈》等作品。

2. 奧斯卡•王爾德（1854 － 1900），愛爾蘭作家、詩人、劇作家，倡導英國唯美主義藝術運動。1895 年因與昆斯伯里侯爵之子交往，致使對方家庭失和，而遭提告，王爾德上訴失敗後被反告雞姦罪以及嚴重猥褻，判刑入獄，1897 年獲釋後展開流亡，1900 年因腦膜炎於巴黎去世。著有《道林•格雷的畫像》、《快樂王子與其他故事》等。

把王爾德且放在一邊；藝術家得多去經驗，Harris的意見，假若不是特為王爾德而發的，的確是不錯。連家庭之累也是如此。還拿小孩們說吧——這才來到正題——愛他們吧，嫌他們吧，無論怎說，也是極可寶貴的經驗。

在沒有小孩的時候，一個人的世界還是未曾發現美洲的時候的。小孩是科侖布[3]，把人帶到新大陸去。這個新大陸並不很遠，就在熟習的街道上和家裡。你看，街市上給我預備的，在沒有小孩的時候，似乎只有理髮館，飯鋪，書店，郵政局等。我想不出嬰兒醫院，糖食店，玩具鋪等等的意義。連藥房裡的許許多多嬰兒用的藥和粉，報紙上嬰兒自己藥片的廣告，百貨店裡的小襪子小鞋，都顯著多此一舉，勞而無功。及至小天使自天飛降，我的眼睛似乎戴上了一雙放大鏡，街市依然那樣，跟我有關係的東西可是不知增加了多少倍！嬰兒醫院不但掛著牌子，敢情裡邊還有醫生呢。不但有醫生，還是挺神氣，一點也得罪不得。拿著醫生所給的神符，到藥房去，敢情那些小瓶子小罐都有作用。不但要買瓶子裡的白汁黃麵和各色的藥餅，還得買瓶子罐子，軋粉的缽，量奶的漏斗，乳頭，衛生尿布，玩藝多多了！百貨店裡那些小衣帽，小家具，也都有了意義；原先以為多此一舉的東西，如今都成了非它不行；有時候鋪中缺乏了我所要的那一件小物品，我還大有看不起他們的意思：

3. 現通譯哥倫布。克里斯多福·哥倫布（1451 — 1506），探險家、殖民者、航海家，發現及開拓新大陸——美洲。

既是百貨店，怎能不預備這件東西呢？！慢慢的，全街上的鋪子，除了金店與古玩鋪，都有了我的足跡；連當鋪也走得怪熟。鋪中人也漸漸熟識了，甚至可以隨便閒談，以小孩為中心，談得頗有味兒。夥計們，掌櫃們，原來不僅是站櫃作買賣，家中還有小孩呢！有的鋪子，竟自敢允許我欠賬，彷彿一有了小孩，我的人格也好了些，能被人信任。三節的賬條來得很踴躍，使我明白了過節過年的時候怎樣出汗。

小孩使世界擴大，使隱藏著的東西都顯露出來。非有小孩不能明白這個。看著別人家的孩子，肥肥胖胖，整整齊齊，你總覺得小孩們理應如此，一生下來就戴著小帽，穿著小襖，好像小雛雞生下來就披著一身黃絨似的。趕到自己有了小孩，才能曉得事情並不這麼簡單。一個小娃娃身上穿戴著全世界的工商業所能供給的，給全家人以一切啼笑愛怨的經驗，小孩的確是位小活神仙！

有了小活神仙，家裡才會熱鬧。窗臺上，我一向認為是擺花的地方。夏天呢，開著窗，風兒輕輕吹動花與葉，屋中一陣陣的清香。冬天呢，陽光射到花上，使全屋中有些顏色與生氣。後來，有了小孩，那些花盆很神秘的都不見了，窗臺上滿是瓶子罐子，數不清有多少。尿布有時候上了寫字臺，奶瓶倒在書架上。大掃除才有了意義，是的，到時候非痛痛快快的收拾一頓不可了，要不然東西就有把人埋起來的危險。上次大掃除的時候，我由床底下找到了但丁的《神曲》。不知道這老傢伙幹嗎在那裡藏著玩呢！

人的數目也增多了，而且有很多問題。在沒有小孩的時候，用一個僕人就夠了，現在至少得用倆。以前，僕人「拿糖」，滿可以暫時不用；沒人作飯，就外邊去吃，誰也不用拿捏誰。有了小孩，這點豪氣乘早收起去。三天沒人洗尿布，屋裡就不要再進來人。牛奶等項是非有人管理不可，有兒方知衛生難，奶瓶子一天就得燙五六次；沒僕人簡直不行！有僕人就得搗亂，沒辦法！

好多沒辦法的事都得馬上有辦法，小孩子不會等著「國聯」[4]慢慢解決兒童問題[5]。這就長了經驗。半夜裡去買藥，藥鋪的門上原來有個小口，可以交錢拿藥，早先我就不曉得這一招。西藥房裡敢情也打價錢，不等他開口，我就提出：「還是四毛五？」這個「還是」使我省五分錢，而且落個行家。這又是一招。找老媽子有作坊，當票兒到期還可以入利延期，也都被我學會。沒功夫細想，大概自從有了兒女以後，我所得的經驗至少比一張大學文憑所能給我的多著許多。大學文憑是由課本裡掏出來的，現在我卻念著一本活書，沒有頭兒。

連我自己的身體現在都會變形，經小孩們的指揮，我得去裝馬裝牛，還須裝得

4. 國際聯盟，簡稱國聯，1920年1月10日，第一次世界大戰結束後的巴黎和會上成立的跨政府組織，以維護世界和平為主要任務。
5. 國聯旗下的組織倡導終結童工、終結販賣兒童等與兒童相關的社會問題。

像個樣兒。不但裝牛像牛，我也學會牛的忍性，小胖子覺得「開步走」有意思，我就得百走不厭；只作一回，絕對不行。多他改了主意，多我才能「立正」。在這裡，我體驗出母性的偉大，覺得打老婆的人們滿該下獄。

中秋節前來了個老道，不要米，不要錢，只問有小孩沒有？看見了小胖子，老道高了興，說十四那天早晨須給小胖子左腕上繫一根紅線。備清水一碗，燒高香三炷，必能消災除難。右鄰家的老太太也出來看，老道問她有小孩沒有，她慘澹的搖了搖頭。到了十四那天，倒是這位老太太的提醒，小胖子的左腕上才拴了一圈紅線。小孩子征服了老道與鄰家老太太。一看胖手腕的紅線，我覺得比寫完一本偉大的作品還驕傲，於是上街買了兩尊兔子王，感到老道，紅線，兔子王，都有絕大的意義！

（載一九三六年十一月二十五日《談風》第三期）

文藝副產品

——孩子們的事情

自從去年秋天辭去了教職，就拿寫稿子掙碗「粥」吃——「飯」是吃不上的。除了星期天和鬧肚子的時候，天天總動動筆，多少不拘，反正得寫點兒。於是，家庭裡就充滿了文藝空氣，連小孩們都到時候懂得說：「爸爸寫字吧。」文藝產品並沒能大量的生產，因為只有我這麼一架機器，可是出了幾樣副產品，說說倒也有趣：

一、自由故事。須具體的說來：

早九點，我拿起筆來。煙吸過三枝，筆還沒落到紙上一回。小濟（女，實歲數三歲半）過來檢閱，見紙白如舊，就先笑一聲，而後說：「爸，怎麼沒有字呢？」

「待一會兒就有，多多的字！」

「啊！爸，說個故事？」

我不語。

「爸快說呀，爸！」她推我的肘，表示我即使不說，反正肘部動搖也寫不了字。

這時候，小乙（男，實歲數一歲半，說話時一字成句，簡當而有含蓄）來了，媽媽在後面跟著。

見生力軍來到，小濟的聲勢加旺：「快說呀！快說呀！」

我放下筆：「有那麼一回呀——」

小乙：「回！」

小濟：「你別說，爸說！」

爸：「有那麼一回呀，一隻大白兔——」

小乙：「兔兔！」

小濟：「別——」

小乙撇嘴。

媽：「得，得，得，不哭！兔兔！」

小乙：「兔兔！」淚在眼中一轉，不知轉到哪裡去了。

爸：「對了，有兩隻大白兔——」

小乙：「泡泡！」

媽：「小濟，快，找小盆去！」

爸：「等等，小乙，先別撒！」隨小濟作快步走，床下椅下，分頭找小盆，至為緊張，且喊且走，「小盆在哪兒？」只在此屋中，雲深不知處，無論如何，找不到小盆。

媽曳小乙疾走如風，入廁，風暴漸息。

歸位，小濟未忘前事：「說呀！」

爸：「那什麼，有三隻大白兔——」等小乙答聲，我好想主意。

小乙尿後，頗鎮定，把手指放在口中。

媽：「不含手指，臭！」

小乙置之不理。

小濟：「說那個小豬吃糕糕的，爸！」

小乙：「糕糕，吃！」他以為是到了吃點心的時候呢。

媽：「小豬吃糕糕，小乙不吃。」

爸說了小豬吃糕糕。說完，又拿起筆來。

小濟：「白兔呢？」

頗成問題！小豬吃糕糕與白兔如何聯到一處呢？

門外：「給點什麼吃啵，太太！」

小濟小乙齊聲：「太太！」

全家擺開隊伍，由爸代表，給要飯的送去銅子兒一枚。

故事告一段落。

這種故事無頭無尾，變化萬端，白兔不定幾隻，忽然轉到小豬吃糕糕，若不是要飯的來解圍，故事便當延續下去，誰也不曉得說到哪裡去，故定名為「自由故事」。此種故事在有小孩子的家中非常方便好用，作者信口開河，隨聽者的啟示與暗示而逗宕多姿。著者與聽者打成一片，無隔膜牴觸之處。其體裁既非童話，也非人話，乃一片行雲流水，得天然之美，極當提倡。故事裡毫無教訓，而充分運用著作者與聽者的想像，故甚可貴。

二、新蝌蚪文：

在以前沒有小孩的時候，我寫好了稿紙，便扔在字紙簍裡。自從小濟會拿鉛筆，此項廢紙乃有出路，統統歸她收藏。

我越寫不上來，她越鬧哄得厲害：逼我說故事，勸我帶她上街，要不然就吃一個蘋果，「小濟一半，爸一半！」我沒有辦法，只好把剛寫上三五句不像話的紙送給她：「看這張大紙，多麼白！去，找筆來，你也寫字，好不好？」趕上她心順，她就找來鉛筆頭兒，搬來小板凳，以椅為桌，開始寫字。

她已三歲半，可是一個字不識。我不主張早教孩子們認字。我對於教養小孩，有個偏見——也許是「正」見：六歲以前，不教給她們任何東西；只勞累他們的身體，不勞累腦子。養得臉蛋兒紅撲撲的，胳臂腿兒挺有勁，能蹦能鬧，便是好孩子。過六歲，該受教育了，但仍不從嚴督促。他們有聰明，愛讀書呢，好；沒聰明而不愛讀書呢，也好。反正有好身體才能活著，女的去作舞女，男的去拉洋車，大腿生活也就不錯，不用著急。

這就可以想像到小濟寫的是什麼字了：用鉛筆一按，在格中按了個不小的黑點，突然往上或往下一拉，成個小蝌蚪。一個兩個，一行兩行，一次能寫滿半張紙。寫完半張，她也照著爸的樣子說：「該歇歇了！」於是去找弟弟玩耍，忘了說故事與吃蘋果等要求。我就安心寫作一會兒。

三、卡通演義：

因為有書，看慣了，所以孩子們也把書當作玩藝兒。玩別的玩膩了，便念書玩。小乙的辦法是把書擋住眼，口中嘟嘟嘟嘟；小濟的辦法是找圖畫念，口中唱著：一個小人兒，一個小鳥兒，又一個小人兒……

倆孩子最喜愛的一本是朋友給我寄來的一本英國卡通冊子，通體都是畫兒，所以倆孩子爭著看。他們看小人兒，大人可受了罪，他們教我給「說」呀。篇篇是諷刺畫兒，我怎麼「說」呢？急中生智，我順口答音，見機而作，就景生情，把小人兒全聯到一處，成為完整而又變化很多的故事。

說完了，他們不記得，我也不記得；明天看，明天再編新詞兒。英國的首相[1]，在我們的故事裡，叫作「大鼻子」；麥克唐納[2]是「大腦袋」，由小乙的建議呢，凡戴眼鏡兒的都是「爸」——因為我戴眼鏡兒。我們的故事總是很熱鬧，「大鼻子叼著煙袋鍋，大腦袋張著嘴，沒有煙袋，大鼻子不給他，大腦袋就生氣，爸就來勸，得了，別生氣……」

卡通演義比自由故事更有趣，因為照著圖來說，總得設法就圖造事，不能三隻四隻白兔的亂說。說的人既須費些思索，故事自然分外的動聽，聽者也就多加注意。

1. 當時的英國首相為亞瑟·內維爾·張伯倫，任期 1937 年 5 月 28 日至 1940 年 5 月 10 日。

2. 詹姆士·拉姆齊·麥克唐納（1866 － 1937），英國政治家。1900 年參與工黨創立，1911 年擔任國會工黨主席，1924 年 11 月出任英國首相兼外務大臣，1929 年第二度出任首相，任期至 1935 年。

現在，小乙不怕是把這本冊子拿倒了，也能指出哪個是英國首相——「鼻！」歪打正著，這也許能幫助訓練他們的觀察能力；自然，沒有這種好處，我們也都不在乎；反正我們的故事很熱鬧。

四、改造雜誌：

我們既能把卡通給孩子講通了，那麼，什麼東西也不難改造了。我們每月固定的看《文學》，《中流》，《青年界》，《宇宙風》，《論語》，《西風》，《談風》，《方舟》；除了《方舟》是定閱的，其餘全是贈閱的。此外，我們還到小書鋪裡去「翻」各種刊物，看著題目好，就買回來。無論是什麼刊物吧，都是先由孩子們看畫兒，然後大人們念字。字，有時候把大人憋住，怎念怎念不明白。畫，完全沒有困難。普式庚的像，羅丹的雕刻，蘇聯的木刻……我們都能設法講解明白了。無論什麼嚴重的事，只要有圖，一到我們家裡便變成笑話。所以我們時常感到應向各刊物的編輯道歉，可是又不便於道歉，因為我們到底是看了，而且給它們另找出一種意義來呀。

五、新年特刊：

這是我們家中自造的刊物：用銅釘按在牆上，便是壁畫；不往牆上釘呢，便是活頁的雜誌。用不著花印刷費，也不必徵求稿件，只須全家把「畫來——賣畫」的賣年畫的包圍住，花上兩三毛錢，便能五光十色的得到一大堆圖畫。小乙自己是胖小子，所以也愛胖小子，於是胖小子抱魚——「富貴有餘」——胖小子上樹——搖錢樹——便算是由他主編，自成一組。小濟是主編故事組：「小叭兒狗會擀麵」，「小小子坐門墩」，「探親相罵」……都由她收藏管理，或貼在她的床前。戲出[3]兒和漁家樂什麼的算作爸與媽的，媽擔任說明畫上的事情，爸擔任照著戲出兒整本的唱戲，文武崑亂，生末淨旦丑，一概不擋，煩唱哪出就唱哪出。這一批年畫兒能教全家有的說，有的看，有的唱，熱鬧好幾個月。地上也是，牆上也是，都彩色鮮明，百讀不厭。我們這個特刊是文藝、圖畫、戲劇、歌唱的綜合；是國貨藝術與民間藝術的擁護；是大人與小孩的共同恩物。看完這個特刊，再看別的雜誌，我們覺得還是我們自家的東西應屬第一。

好啦，就說到此處為止吧。

（載一九三七年五月一日《宇宙風》第四十期）

3. 出，量詞。計算戲劇劇目的單位量詞。

無題

（因為沒有故事）

人是為明天活著的，因為記憶中有朝陽曉露；假若過去的早晨都似地獄那麼黑暗醜惡，盼明天幹嗎呢？是的，記憶中也有痛苦危險，可是希望會把過去的恐怖裹上一層糖衣，像看著一出悲劇似的，苦中有些甜美。無論怎說吧，過去的一切都不可移動；實在，所以可靠；明天的渺茫全仗昨天的實在撐持著，新夢是舊事的拆洗縫補。

對了，我記得她的眼。她死了好多年了，她的眼還活著，在我的心裡。這對眼睛替我看守著愛情。當我忙得忘了許多事，甚至於忘了她，這兩隻眼會忽然在一朵雲中，或一汪水裡，或一瓣花上，或一線光中，輕輕的一閃，像歸燕的翅兒，只須一閃，我便感到無限的春光。我立刻就回到那夢境中，哪一件小事都淒涼，甜美，如同獨自在春月下踏著落花。

這雙眼所引起的一點愛火，只是極純的一個小火苗，像心中的一點晚霞，晚霞的結晶。它可以燒明了流水遠山，照明了春花秋葉，給海浪一些金光，可是它恰好的也能在我心中，照明了我的淚珠。

它們只有兩個神情：一個是凝視，極短極快，可是千真萬確的是凝視。只微微的一看，就看到我的靈魂，把一切都無聲的告訴了給我。凝視，一點也不錯，我知道她只須極短極快的一看，看的動作過去了，極快的過去了，可是，她心裡看著我呢，不定看多麼久呢；我到底得管這叫作凝視，不論它是多麼快，多麼短。一切的詩文都用不著，這一眼道盡了「愛」所會說的與所會作的。另一個是眼珠橫著一移動，由微笑移動到微笑裡去，在處女的尊嚴中笑出一點點被愛逗出的輕佻，由熱情中笑出一點點無法抑止的高興。

我沒和她說過一句話，沒握過一次手，見面連點頭都不點。可是我的一切，她知道；她的一切，我知道。我們用不著看彼此的服裝，用不著打聽彼此的身世，我們一眼看到一粒珍珠，藏在彼此的心裡；這一點點便是我們的一切，那些七零八碎的東西都是配搭，都無須注意。看我一眼，她低著頭輕快的走過去，把一點微笑留在她身後的空氣中，像太陽落後還留下一些明霞。

我們彼此躲避著，同時彼此願馬上摟抱在一處。我們輕輕的哀歎；忽然遇見了，那麼凝視一下，登時歡喜起來，身上像減了分量，每一步都走得輕快有力，像要跳起來的樣子。

我們極願意過一句話，可是我們很怕交談，說什麼呢？哪一個日常的俗字能道出我們的心事呢？讓我們不開口，永不開口吧！我們的對視與微笑是永生的，是完全的，其餘的一切都是破碎微弱，不值得一作的。

我們分離有許多年了，她還是那麼秀美，那麼多情，在我的心裡。她將永遠不老，永遠只向我一個人微笑。在我的夢中，我常常看見她，一個甜美的夢是最真實，最純潔，最完美的。多少多少人生中的小困苦小折磨使我喪氣，使我輕看生命。可是，那個微笑與眼神忽然的從哪兒飛來，我想起惟有「人面桃花相映紅」差可托擬的一點心情與境界，我忘了困苦，我不再喪氣，我恢復了青春；無疑的，我在她的潔白的夢中，必定還是個美少年呀。

春在燕的翅上，把春光顫得更明了一些，同樣，我的青春在她的眼裡，永遠使我的血溫暖，像土中的一顆子粒，永遠想發出一個小小的綠芽。一粒小豆那麼小的一點愛情，眼珠一移，嘴唇一動，日月都沒有了作用，到無論什麼時候，我們總是一對剛開開的春花。

不要再說什麼，不要再說什麼！我的煩惱也是香甜的呀，因為她那麼看過我！

（載一九三七年六月十日《談風》第十六期）

小型的復活

（自傳之一章）

「二十三，羅成關。」

二十三歲那一年的確是我的一關，幾乎沒有闖過去。

從生理上，心理上，和什麼什麼理上看，這句俗語確是個值得注意的警告。據一位學病理學的朋友告訴我：從十八到二十五歲這一段，最應當注意抵抗肺癆。事實上，不少人在二十三歲左右正忙著大學畢業考試，同時眼睛溜著畢業即失業那個鬼影兒；兩氣夾攻，身體上精神上都難悠悠自得，肺病自不會不乘虛而入。

放下大學生不提，一般的來說，過了二十一歲，自然要開始收起小孩子氣而想變成個大人了；有好些二十二三歲的小夥子留下小鬍子玩玩，過一兩星期再剃了去，即是一證。在這期間，事情得意呢，便免不得要嘗嘗一向認為是禁果的那些玩藝兒；既不再自居為小孩子，就該老聲老氣的幹些老人們所玩的風流事兒了。錢是自己掙的，不花出去豈不心中鬧得慌。吃煙喝酒，與穿上綢子褲褂，還都是小事；

嫖嫖賭賭，才真夠得上大人味兒。要是事情不得意呢，抑鬱牢騷，此其時也，亦能損及健康。老實一點的人兒，即使事情得意，而又不肯瞎鬧，也總會想到找個女郎，過過戀愛生活，雖然老實，到底年輕沉不住氣，遇上以戀愛為遊戲的子女，結婚是一堆痛苦，失戀便許自殺。反之，天下有欠太平，顧不及來想自己，殺身成仁不甘落後，戰場上的血多是這般人身上的。

可惜沒有一套統計表來幫忙，我只好說就我個人的觀察，這個「羅成關論」是可以立得住的。就近取譬，我至少可以抬出自己作證，雖說不上什麼「科學的」，但到底也不失「有這麼一回」的價值。

二十三歲那年，我自己的事情，以報酬來講，不算十分的壞。每月我可以拿到一百多塊錢。十六七年前的一百塊是可以當現在二百塊用的；那時候還能花十五個小銅子就吃頓飽飯。我記得：一份肉絲炒三個油撕火燒，一碗餛飩帶沃兩個雞子，不過是十一二個銅子就可以開付；要是預備好十五枚作飯費，那就頗可以弄一壺白乾兒喝喝了。

自然那時候的中交鈔票是一塊當作幾角用的，而月月的薪水永遠不能一次拿到，於是化整為零與化圓為角的辦法使我往往須當一兩票當才能過得去。若是痛痛快快的發錢，而錢又是一律現洋，我想我或者早已成個「闊老」了。

無論怎麼說吧，一百多圓的薪水總沒教我遇到極大的困難；當了當再贖出來，正合「裕民富國」之道，我也就不悅不怨。每逢拿到幾成薪水，我便回家給母親送一點錢去。由家裡出來，我總感到世界上非常的空寂，非掏出點錢去不能把自己快樂的與世界上的某個角落發生關係。於是我去看戲，逛公園，喝酒，買「大喜」煙吃。因為看戲有了癮，我更進一步去和友人們學幾句，趕到酒酣耳熱的時節，我也能喊兩嗓子；好歹不管，喊喊總是痛快的。酒量不大，而頗好喝，湊上二三知己，便要上幾斤；喝到大家都舌短的時候，才正愛說話，說得爽快親熱，真露出點燕趙多慷慨悲歌之士的氣概來。這的確值得記住的。喝醉歸來，有時候把錢包手絹一齊交給洋車夫給保存著，第二日醒過來，於傷心中仍略有豪放不羈之感。

也學會了打牌。到如今我醒悟過來，我永遠成不了牌油子。我不肯費心去算計，而完全浪漫的把勝負交與運氣。我不看「地」上的牌，也不看上下家放的張兒，我只想像的希望來了好張子便成了清一色或是大三元。結果是回回一敗塗地。認識了這一個缺欠以後，對牌便沒有多大癮了，打不打都可以；可是，在那時候我決不承認自己的牌臭，只要有人張羅，我便坐下了。

我想不起一件事比打牌更有害處的。喝多了酒可以受傷，但是剛醉過了，誰者不會馬上再去飲，除非是借酒自殺的。打牌可就不然了，明知有害，還要往下幹，有一個人說「再接著來」，誰便也捨不得走。在這時候，人好像已被那些小塊塊們給迷住，冷熱饑飽都不去管，把一切衛生常識全拋在一邊。越打越多吃煙喝茶，越輸越往上撞火。雞鳴了，手心發熱，腦子發暈，可是誰也不肯不捨命陪君子。打一通夜的麻雀，我深信，比害一場小病的損失還要大得多。但是，年輕氣盛，誰管這一套呢！

我只是不嫖。無論是多麼好的朋友拉我去，我沒有答應過一回。我好像是保留著這麼一點，以便自解自慰；什麼我都可以點頭，就是不能再往「那裡」去；只有這樣，當清夜捫心自問的時候才不至於把自己整個的放在荒唐鬼之群裡邊去。

可是，煙，酒，麻雀，已足使我瘦弱，痰中往往帶著點血！

那時候，婚姻自由的理論剛剛被青年們認為是救世的福音，而母親暗中給我定了親事。為退婚，我著了很大的急。既要非作個新人物不可，又恐太傷了母親的心，左右為難，心就繞成了一個小疙疸。婚約到底是廢除了，可是我得到了很重的病。

病的初起，我只覺得混身發僵。洗澡，不出汗；滿街去跑，不出汗。我知道要不妙。兩三天下去，我服了一些成藥，無效。夜間，我作了個怪夢，夢見我彷彿是已死去，可是清清楚楚的聽見大家的哭聲。第二天清晨，我回了家，到家便起不來了。

「先生」是位太醫院的，給我下得什麼藥，我不曉得，我已昏迷不醒，不曉得要藥方來看。等我又能下了地，我的頭髮已全體與我脫離關係，頭光得像個磁球。半年以後，我還不敢對人脫帽，帽下空空如也。

經過這一場病，我開始檢討自己：那些嗜好必須戒除，從此要格外小心，這不是玩的！

可是，到底為什麼要學這些惡嗜好呢？啊，原來是因為月間有百十塊的進項，而工作又十分清閒。那麼，打算要不去胡鬧，必定先有些正經事作；清閒而報酬優的事情只能毀了自己。

恰巧，這時候我的上司申斥了我一頓。我便辭了差。有的人說我太負氣，有的人說我被迫不能不辭職，我都不去管。我去找了個教書的地方，一月掙五十塊錢。在金錢上，不用說，我受了很大的損失；在勞力上自然也要多受好多的累。可是，我很快活：我又摸著了書本，一天到晚接觸的都是可愛的學生們。除了還吸煙，我把別的嗜好全自自然然的放下了。掙的錢少，作的事多，不肯花錢，也沒閒工夫去花。一氣便是半年，我沒吃醉過一回，沒摸過一次牌。累了，在校園轉一轉，或到運動場外看學生們打球，我的活動完全在學校裡，心整，生活有規律；設若再能把煙捲扔下，而多上幾次禮拜堂，我頗可以成個清教徒了。

想起來，我能活到現在，而且生活老多少有些規律，差不多全是那一「關」的勞；自然，那回要是沒能走過來，可就似乎有些不妥了。「二十三，羅成關」是個值得注意的警告！

著者略歷

舒舍予，字老舍，現年四十歲，面黃無鬚。生於北平，三歲失怙，可謂無父。志學之年，帝王不存，可謂無君。無父無君，特別孝愛老母，布爾喬亞[1]之仁未能一掃空也。幼讀三百千，不求甚解。繼學師範，遂奠教書匠之基。及壯，糊口四方，教書為業，甚難發財；每購獎券，以得末彩為榮，示甘於寒賤也。二十七歲，發憤著書，科學哲學無所懂，故寫小說，博大家一笑，沒什麼了不得。三十四歲結婚，今已有一女一男，均狡猾可喜。閒時喜養花，不得其法，每每有葉無花，亦不忍棄。書無所不讀，全無所獲，並不著急。教書作事，均甚認真，往往吃虧，亦不後悔。

1. 法語 bourgeoisie 的音譯，意思是資產階級。

如是而已，再活四十年也許能有點出息！

著有：《老張的哲學》，《趙子曰》，《二馬》，《小坡的生日》，《貓城記》，《離婚》，《趕集》，《牛天賜傳》，《櫻海集》，《蛤藻集》，《駱駝祥子》，《火車集》，皆小說也。當繼續再寫八本，湊成二十本，可以擱筆矣。散碎文字，隨寫隨扔；偶搜匯成集，如《老舍幽默詩文集》及《老牛破車》，亦不重視之。

（載一九三八年二月《宇宙風》第六十期）

生日

常住在北方，每年年尾祭灶王的糖瓜一上市，朋友們就想到我的生日。即使我自己想馬虎一下，他們也會興高采烈地送些酒來：「一年一次的事呀，大家喝幾杯！」祭灶的爆竹聲響，也就借來作為對個人又增長一歲的慶祝。

今年可不同了：連自幼同學而現在住在重慶的朋友們，也忘記了這回事，因為街上看不到糖瓜呀。我自己呢，當然不願為這點小事去宣傳一番；桌上雖有海戈兄前兩天送來的一瓶家釀橘酒，也不肯獨酌。這不是吃酒的時候！

從早晨一睜眼，我就盤算：今天決不吃酒。可是，應當休息一天：這幾天雖然沒能寫出什麼文章來，但亂七八糟的事也使身體覺出相當的疲累。一年一次的事呀，還不休息休息？

休息麼？幾乎沒這個習慣。手一閒起來，就五雞六獸的難過。於是，先寫封家信吧；用不著推敲字句，而又不致手不摸筆，辦法甚妥。

家信非常的難寫，多少多少的心腹話，要說給最親愛的人；可是，暴敵到處檢查信件；書信稍長一些，即使挑不出毛病，也有被焚化了的危險——鬼子多疑，又不肯多破費工夫；燒了省事。好吧，寫短一些吧。短，有什麼寫頭兒呢？我擱下了筆。想起妻與兒女，想起淪陷區域的慘狀……

又拿起筆來，趕快又放下，我能直道出抗戰必勝的實情，去安慰家人嗎？啊，國還未亡，已沒了寫信的自由！真猜不透那些以屈服為和平的人們長著怎樣一副心肝！

由這個就想到接出家眷的問題。朋友們善意的相勸，已非一次：把她們接來吧！可是，路費從何而來呢？是的，才幾百塊錢的事罷咧，還至於……哼，幾百塊錢就足以要了一個窮寫家的命！

「難道你就沒有版稅？」友人們驚異地問。

沒有。商務的是交由文學社轉發，文學社在哪兒？誰負責？不知道。良友的書早已被搶一空。開明有通知，暫停版稅，容日補發。人間書屋剛移到廣州，而廣州棄守，書籍丟個乾淨……從前年七七到現在，只收到生活的十塊來錢！

沒錢辦不了事，而錢又極難與寫家結緣，我不明白為什麼有許多人總以為作家可羨慕。

家信不寫也罷。

噢，也許作家的清貧值得羨慕。可是，我並沒看見有誰因羨慕清貧而少吃一次冠生園[1]！

家信既不寫，又不能空過這一天，好，還是寫文章吧。這窮人的生日，只好在紙墨中過了吧。

寫了幾句，心中太亂。家，國，文藝，窮，病，……沒法使思想集中。求稿子的人慣說：「好歹給湊湊，哪怕是一兩千字呢！好吧，明天下午來取！」彷彿作家不准有感情與心事，而只須一動開關，像電燈似的，就筆下生輝？

明天還有許多事呢：一個講演，一家朋友結婚，約友人談鼓詞[2]的寫法，還要去看一位朋友……那麼，今天還是非寫出一點來不可；明天終日不得空閒。

我知道，這該到頭疼的時候了。果然，頭從腦子那溜兒起了一道熱紋，大概比電燈裡的細絲還細上多少倍。然後，腦中空了一塊，而太陽穴上似乎要裂開些縫子。

去出轉轉吧？正落著毛毛雨。睡一會兒？宿舍裡吵得要命。

怕筆尖乾了，連連沾墨。寫幾個字，抹了；再寫，再抹；看一會兒桌頭上小兒女照片，想像著她們怎樣念叨：「爸的生日，今天！」而後，再寫，再抹……

1. 1915 年上海老城廟九畝地露香園路（今上海黃浦區大境路）開設一間名叫小雅園的食品店，1918 年改組為冠生園股份有限公司。許多知名食品皆是出自冠生園，如大白兔奶糖。
2. 以鼓、三弦等樂器搭配說唱的一種曲藝，流行於中國北方。

寫家的生活裡並沒有詩意呀，頭疼是自獻的壽禮！

（載一九三九年四月《彈花》第二卷第五期）

家書一封

××：

接到信，甚慰！濟與乙都去上學，好極！惟兒女聰明不齊，不可勉強，致有損身心。我想，他們能粗識幾個字，會點加減法，知道一點歷史，便已夠了。只要身體強壯，將來能學一份手藝，即可謀生，不必非入大學不可。假若看到我的女兒會跳舞演講，有作明星的希望，我的男孩能體健如牛，吃得苦，受得累，我必非常歡喜！我願自己的兒女能以血汗掙飯吃，一個誠實的車夫或工人一定強於一個貪官污吏，你說是不是？教他們多遊戲，不要緊逼他們讀書習字；書呆子無機會騰達，有機會作官，則必貪污誤國，甚為可怕！

至於小雨，更宜多玩耍，不可教她識字；她才剛四歲呀！每見摩登夫婦，教三四歲小孩識字號，客來則表演一番，是以兒童為玩物，而忘了兒童的身心教育甚慢，不可助長也。

我近來身體稍強，食眠都好，惟仍未敢放膽寫作，怕再患頭暈也。給我看病的是一位熟大夫，醫道高，負責任，他不收我的診費，而且照原價賣給我藥品，真可感激！前幾天，他給我檢查身體，說：已無大病，只是虧弱，需再打一兩打補血針。現已開始。病中，才知道身體的重要。沒有它，即使是聖人也一籌莫展！

春來了，我的陰暗的臥室已有陽光，桌上邊有一枝桃花插在曲酒瓶中。

祝你健康！代我吻吻兒女們！

舍上，三，十。

（載一九四二年四月《文壇》第二期）

我的母親

母親的娘家是北平德勝門外，土城兒外邊，通大鐘寺的大路上的一個小村裡。村裡一共有四五家人家，都姓馬。大家都種點不十分肥美的地，但是與我同輩的兄弟們，也有當兵的，作木匠的，作泥水匠的，和當巡察的。他們雖然是農家，卻養不起牛馬，人手不夠的時候，婦女便也須下地作活。

對於姥姥家，我只知道上述的一點。外公外婆是什麼樣子，我就不知道了，因為他們早已去世。至於更遠的族系與家史，就更不曉得了；窮人只能顧眼前的衣食，沒有功夫談論什麼過去的光榮；「家譜」這字眼，我在幼年就根本沒有聽說過。

母親生在農家，所以勤儉誠實，身體也好。這一點事實卻極重要，因為假若我沒有這樣的一位母親，我以為我恐怕也就要大大的打個折扣了。

母親出嫁大概是很早，因為我的大姐現在已是六十多歲的老太婆，而我的大外甥女還長我一歲啊。我有三個哥哥，四個姐姐，但能長大成人的，只有大姐，二姐，三姐，三哥與我。我是「老」兒子。生我的時候，母親已有四十一歲，大姐二姐已都出了閣。

由大姐與二姐所嫁入的家庭來推斷，在我生下之前，我的家裡，大概還馬馬虎虎的過得去。那時候定婚講究門當戶對，而大姐丈是作小官的，二姐丈也開過一間酒館，他們都是相當體面的人。

可是，我，我給家庭帶來了不幸：我生下來，母親暈過去半夜，才睜眼看見她的老兒子——感謝大姐，把我揣在懷中，致未凍死。

一歲半，我把父親「剋」死了。

兄不到十歲，三姐十二三歲，我才一歲半，全仗母親獨力撫養了。父親的寡姐跟我們一塊兒住，她吸鴉片，她喜摸紙牌，她的脾氣極壞。為我們的衣食，母親要給人家洗衣服，縫補或裁縫衣裳。在我的記憶中，她的手終年是鮮紅微腫的。白天，她洗衣服，洗一兩大綠瓦盆。她作事永遠絲毫也不敷衍，就是屠戶們送來的黑如鐵的布襪，她也給洗得雪白。晚間，她與三姐抱著一盞油燈，還要縫補衣服，一直到半夜。她終年沒有休息，可是在忙碌中她還把院子屋中收拾得清清爽爽。桌椅都是舊的，櫃門的銅活久已殘缺不全，可是她的手老使破桌面上沒有塵土，殘破的銅活發著光。院中，父親遺留下的幾盆石榴與夾竹桃，永遠會得到應有的澆灌與愛護，年年夏天開許多花。

哥哥似乎沒有同我玩耍過。有時候，他去讀書；有時候，他去學徒；有時候，他也去賣花生或櫻桃之類的小東西。母親含著淚把他送走，不到兩天，又含著淚接他回來。我不明白這都是什麼事，而只覺得與他很生疏。與母親相依為命的是我與三姐。因此，他們作事，我老在後面跟著。他們澆花，我也張羅著取水；他們掃地，我就撮土……從這裡，我學得了愛花，愛清潔，守秩序。這些習慣至今還被我保存著。

有客人來，無論手中怎麼窘，母親也要設法弄一點東西去款待。舅父與表哥們往往是自己掏錢買酒肉食，這使她臉上羞得飛紅，可是殷勤的給他們溫酒作麵，又給她一些喜悅。

遇上親友家中有喜喪事，母親必把大褂洗得乾乾淨淨，親自去賀吊——份禮也許只是兩吊小錢。到如今如我的好客的習性，還未全改，儘管生活是這麼清苦，因為自幼兒看慣了的事情是不易改掉的。

姑母常鬧脾氣。她單在雞蛋裡找骨頭。她是我家中的閻王。直到我入了中學，她才死去，我可是沒有看見母親反抗過。「沒受過婆婆的氣，還不受大姑子的嗎？命當如此！」母親在非解釋一下不足以平服別人的時候，才這樣說。是的，命當如此。母親活到老，窮到老，辛苦到老，全是命當如此。她最會吃虧。給親友鄰居幫忙，她總跑在前面：她會給嬰兒洗三[1]——窮朋友們可以因此少花一筆「請姥姥」錢——她會刮痧，她會給孩子們剃頭，她會給少婦們絞臉[2]……凡是她能作的，都有求必應。但是吵嘴打架，永遠沒有她。她寧吃虧，不逗氣。當姑母死去的時候，母親似乎把一世的委屈都哭了出來，一直哭到墳地。不知道哪裡來的一位侄子，聲稱有承繼權，母親便一聲不響，教他搬走那些破桌子爛板凳，而且把姑母養的一隻肥母雞也送給他。

可是，母親並不軟弱。父親死在庚子鬧「拳」那一年。聯軍入城[3]，挨家搜索財物雞鴨，我們被搜兩次。母親拉著哥哥與三姐坐在牆根，等著「鬼子」進門，街門是開著的。「鬼子」進門，一刺刀先把老黃狗刺死，而後入室搜索。他們走後，母親把破衣箱搬起，才發現了我。假若箱子不空，我早就被壓死了。皇上跑了，丈夫死了，鬼子來了，滿城是血光火焰，可是母親不怕，她要在刺刀下，饑荒中，保護著兒女。北平有多少變亂啊，有時候兵變了，街市整條的燒起，火團落在我們院中。有時候內戰了，城門緊閉，鋪店關門，晝夜響著槍炮。這驚恐，這緊張，再加上一家飲食的籌畫，兒女安全的顧慮，豈是一個軟弱的老寡婦所能受得起的？可

1. 中國古代嬰兒誕生後的重要儀式，於嬰兒出生後三日，舉行沐浴儀式，並聚集親友給予新生兒祝福，用以洗滌汙穢、消除災厄、祈求福氣，稱作洗三，或稱三朝洗兒。
2. 又稱挽臉，以線除去婦女臉上的汗毛，在女生出嫁之日挽臉的習俗稱作開臉，時人相信能帶來好運。
3. 義和團運動又稱庚子拳亂、庚子事變。1900年清朝末年，甲午戰敗後西方列強瓜分中國領土，並於中國發展基督教，黃河北岸農民時常與中國基督教民發生衝突，並激化為武裝排外事件，練習義和拳的居民組成義和團，動用私刑處死中國基督教徒，並焚毀教堂、西方建築，後經由清政府同意，義和團進駐北京，又攻入天津租界，最後引發八國聯軍之役，北京、天津遭八國聯軍攻陷。

是，在這種時候，母親的心橫起來，她不慌不哭，要從無辦法中想出辦法來。她的淚會往心中落！這點軟而硬的個性，也傳給了我。我對一切人與事，都取和平的態度，把吃虧看作當然的。但是，在作人上，我有一定的宗旨與基本的法則，什麼事都可將就，而不能超過自己劃好的界限。我怕見生人，怕辦雜事，怕出頭露面；但是到了非我去不可的時候，我便不得不去，正像我的母親。從私塾到小學，到中學，我經歷過起碼有廿位教師吧，其中有給我很大影響的，也有毫無影響的，但是我的真正的教師，把性格傳給我的，是我的母親。母親並不識字，她給我的是生命的教育。

當我在小學畢了業的時候，親友一致的願意我去學手藝，好幫助母親。我曉得我應當去找飯吃，以減輕母親的勤勞困苦。可是，我也願意升學。我偷偷的考入了師範學校——制服，飯食，書籍，宿處，都由學校供給。只有這樣，我才敢對母親提升學的話。入學，要交十元的保證金。這是一筆鉅款！母親作了半個月的難，把這鉅款籌到，而後含淚把我送出門去。她不辭勞苦，只要兒子有出息。當我由師範畢業，而被派為小學校校長，母親與我都一夜不曾合眼。我只說了句：「以後，您可以歇一歇了！」她的回答只有一串串的眼淚。我入學之後，三姐結了婚。母親對兒女是都一樣疼愛的，但是假若她也有點偏愛的話，她應當偏愛三姐，因為自父親死後，家中一切的事情都是母親和三姐共同撐持的，三姐是母親的右手。但是母親知道這右手必須割去，她不能為自己的便利而耽誤了女兒的青春。當花轎來到我們的破門外的時候，母親的手就和冰一樣的涼，臉上沒有血色——那是陰曆四月，天氣很暖。大家都怕她暈過去。可是，她掙扎著，咬著嘴唇，手扶著門框，看花轎徐徐的走去。不久，姑母死了。三姐已出嫁，哥哥不在家。我又住學校，家中只剩母親自己。她還須自曉至晚的操作，可是終日沒人和她說一句話。新年到了，正趕上政府倡用陽曆，不許過舊年。除夕，我請了兩小時的假，由擁擠不堪的街市回到清爐冷灶的家中。母親笑了。及至聽說我還須回校，她楞住了。半天，她才歎出一口氣來。到我該走的時候，她遞給我一些花生，「去吧，小子！」街上是那麼熱鬧，我卻什麼也沒看見，淚遮迷了我的眼。今天，淚又遮住了我的眼，又想起當日孤獨的過那淒慘的除夕的慈母。可是慈母不會再候盼著我了，她已入了土！

兒女的生命是不依順著父母所設下的軌道一直前進的，所以老人總免不了傷心。我廿三歲，母親要我結了婚，我不要。我請來三姐給我說情，老母含淚點了頭。我愛母親，但是我給了她最大的打擊。時代使我成為逆子。廿七歲，我上了英國。為了自己，我給六十多歲的老母以第二次打擊。在她七十大壽的那一天，我還遠在異域。那天，據姐姐們後來告訴我，老太太只喝了兩口酒，很早的便睡下。她想念她的幼子，而不便說出來。

七七抗戰後，我由濟南逃出來。北平又像庚子那年似的被鬼子占據了，可是母親日夜惦念的幼子卻跑西南來。母親怎樣想念我，我可以想像得到，可是我不能回去。每逢接到家信，我總不敢馬上拆看，我怕，怕，怕，怕有那不祥的消息。人，即使活到八九十歲，有母親便可以多少還有點孩子氣。失了慈母便像花插在瓶子裡，雖然還有色有香，卻失去了根。有母親的人，心裡是安定的。我怕，怕，怕家信中帶來不好的消息，告訴我已是失了根的花草。

去年一年，我在家信中找不到關於老母的起居情況。我疑慮，害怕。我想像得到，沒有不幸，家中念我流亡孤苦，或不忍相告。母親的生日是在九月，我在八月半寫去祝壽的信，算計著會在壽日之前到達。信中囑咐千萬把壽日的詳情寫來，使我不再疑慮。十二月二十六日，由文化勞軍的大會上回來，我接到家信。我不敢拆讀。就寢前，我拆開信，母親已去世一年了！

生命是母親給我的。我之能長大成人，是母親的血汗灌養的。我之能成為一個不十分壞的人，是母親感化的。我的性格，習慣，是母親傳給的。她一世未曾享過一天福，臨死還吃的是粗糧。唉！還說什麼呢？心痛！心痛！

（原載一九四三年一月十三、十五日《時事新報》「青光」）

訃告

今年擬寫七八篇短者五千字，長者三四萬字的小說。二年來，有工夫即寫劇本，而始終沒寫出一本像樣子的，不如返歸自己的園地，以免勞而無功。再說，近來市場上，小說似乎也頗缺貨。

消息傳出後，定貨者紛紛惠顧，前來預約。於是退堂鼓不能輕意敲打，只好開始工作。重慶城裡，不是寫作的理想的地方，人多事雜，難以安心。況且，年來身體遠不及從前，雖不敢自充老頭兒，可是一努力便出大毛病，也不免對紙興歎！從十月下旬就動筆寫，一直到聖誕前夕，才寫完第一篇——《不成問題的問題》。兩萬字足足寫了兩個月，慢得出奇。這兩月中，還不知得罪了多少朋友。大家要文稿，而且頂好是長點的；長的不行，短的也將就。每天，我必須寫小說數千字或數百字，怎能再寫別的呢？一多寫，必生病。朋友只知要稿，而我知道自己的身體。一病倒，大家即使能借助給我醫藥費，可是苦痛誰來替我受呢？只好狠心得罪朋友，不寫短文，專「磨」小說。預約之件，雖然不敢先接定洋，到期交貨，可是遲早總要寫成，以免落個人而無信也。

十二月二十六日接到家信，老母親病故了！我不能再寫什麼。母親是生命之源。沒了母親，一切彷彿都斷了根。母親受了一輩子的苦，臨死還沒能看見她的「老」兒子，我的罪過豈是眼淚所能贖的呢！

幾天，我不能工作。因為我要作寫家，所以苦了老母，她可是永沒有說過一句怨言。她不識字，每當我回家的時候，她可是總含笑的問：「又寫書哪？」這是最偉大的鼓勵，她情願受苦，決不攔阻兒子寫書！

我想寫一篇《我的母親》，把她的堅強，慈愛，笑容，都詳詳細細的描畫出來。可是，我只寫了三兩千字。淚遮住了我的眼，沒法往下寫。再說，母親之偉大是在她一言一笑一舉一動之中，她無處不偉大，所以成其偉大，我由何處著筆呢？越是小事，越見出母親的偉大，沒有母親對兒女的啼哭瑣屑，兒女便不會長大成人。人人都知道母親的偉大，但是誰也寫不出來，放下筆，我只覺得心痛！

啼哭是沒有用的。我打算趕快完成寫作幾篇小說的計畫，以便出個集子紀念老母。我既未能盡孝於親在之日，又無力在此開吊遙祭於親亡之後，只好還是用寫作報答慈恩吧。可是，近來身體是這樣的衰弱，一努力為文，即會病倒；何日何時才能寫完那幾篇小說呢？我恨自己！慈母已死，我自己也是中年人了，人生難道就這樣一輩一輩的相繼死亡麼？不，不，不！死亡是事業的結束，活一天總須幹一天的事。死亡劫奪了我的老母，為紀念老母，我要更勇敢的活著！

就拿這篇短文，作為對成都的友好的訃告吧。

（原載一九四三年二月十三日成都《中央日報》「中央副刊」第九八三號）

國難聲裡

入會誓詞

我是文藝界中的一名小卒，十幾年來日日操練在書桌上與小凳之間，筆是槍，把熱血灑在紙上。可以自傲的地方，只是我的勤苦；小卒心中沒有大將的韜略，可是小卒該作的一切，我確是作到了。以前如是，現在如是，希望將來也如是。在我入墓的那一天，我願有人贈給我一塊短碑，刻上：文藝界盡責的小卒，睡在這裡。

在動搖的時代，維持住文藝的生命，到十幾年，是不大容易的。思想是多麼容易落伍，情感是多麼容易拒新戀舊；眼角的皺紋日多，脊背的彎度日深；身老，心老，一個四十歲的人很容易老氣橫秋，翻回頭來呆看昔日的光景，而把明日付與微歎了。我沒有特殊的才力，沒有高超的思想，我所以能還在文藝界之營裡吃糧持戈者，端賴勤苦。我幾乎永遠不發表對文藝的意見，因為發號施令不是我的事，我是小卒。可是別人的意見，我向來不輕輕放過；必定要看一看，想一想。我雖不言，可是知道別人說了什麼。對於自己的批評，我永遠謙誠的讀念；對也好，不對也好，別人所見到的總足以使自己警戒；一名小卒也不能渾吃悶睡，而須眼觀六路耳聽八方啊！我的制服也許太破舊了，我的言談也許是近於嘮哩嘮叨，可是我有一顆願到最新式的機械化部隊裡去作個兄弟的心哪。

全國文藝界抗敵協會[1]成立了，這是新的機械化部隊。我這名小卒居然也被收容，也能隨著出師必捷的部隊去作戰，腰間至少也有幾個手榴彈打碎些個暴敵的頭顱。你們發令吧，我已準備出發。生死有什麼關係呢，盡了一名小卒的職責就夠了！

假若小卒入伍也要誓詞，這就算是一篇吧，誰管誓詞應當是什麼樣兒呢。

（載一九三八年四月《文藝月刊·戰時特刊》第九期）

1. 中華全國文藝界抗敵協會，簡稱文協，1938年3月27日創立，主要人物有周恩來、郭沫若、茅盾、丁玲、老舍、巴金等97人。於創辦同年五月開辦《抗戰文藝》，1939年廣州、武漢陷落後，於桂林成立分會，繼續展開抗日救國的活動，創立了一批抗戰時期的文藝刊物。直到1945年抗戰結束，抗日的成立宗旨完成後，改名為中華全國文藝界協會。

歌聲

當我行在路上，或讀著報紙，有時候在似睡非睡之中，常常聽見一些歌聲。配著音樂。

似夢境的鮮明而又渺茫，我聽到了歌聲，卻聽不清那歌詞；夢中的了解，就是這樣吧，那些聽不清的歌詞卻把一點秘密的意思訴達到我的心靈。

那也像：一條綠柳深港，或開滿杜鵑的晴谷，使我欣悅，若有所得；在春之歌還未構成，可是在山水花木的面貌裡認識了春之靈。

至於那音樂，我沒有看見紅衣的鼓手，與那素手彈動的銀箏——有聲無形的音樂之夢啊。可是，我彷彿感到一些輕健的音符，穿著各樣顏色的繡衣，在我的心中歡舞。

歡舞的音符，以齊一的腳步，輕脆的腳步，進行；以不同的獨立的顫動，合成調諧的樂音；因血脈是那樣流動，我領悟到它近乎軍樂，笛聲號聲裡夾著戰鼓。

聽著，我聽著，隨聽隨著解釋，像說教者在聖殿中那樣，取幾句神歌，用平凡的言語闡明奧意。

鼓聲細碎，笛音淒絕，每一個音符像一點眼淚。聽：

似乎應當記得吧，那昨天的惡夢，那偉麗的破碎？

山腰裡一面大王旗，三月裡遍山的杜鵑哪，還紅不過滿地的人血；水寨中另一面驕橫的大旗，十里荷塘淤著鮮血；誰能說得盡呢，遍野的旌旗，遍野的屍骨！偉麗的山河，卑污的紛亂，狂笑與低泣呀，羞殺了歷史，從哪裡去記載人心的光明壯烈呢！偉麗的破碎！

詩人呀，在那時節，在高山大川之間，在明月清風之夕，有什麼呢，除了偉麗的憂鬱？

鼓聲如雷，號聲激壯，音符疾走，似走在堅冰雪野上，輕健的腳步，一齊沙沙的輕響。聽：

醒來，民族的雞鳴：蘆溝曉月；啊，炮聲！異樣的炮聲，東海巨盜的施威。醒了，應戰，應戰，應戰！縱沒有備下四萬萬五千萬桿槍，我們可有四萬萬五千萬對拳；我們醒了！

雨是血，彈是沙，畫境的古城燃起沖天的煙火，如花的少女裸臥在街心；然而，沒有哭啼，沒有屈膝。醒了的民族啊，有顆壯烈的心！

讓長江大河滾著血浪，讓夜鶯找不到綠枝去啼唱，我們自己沒有了紛爭，四萬萬五千萬雙眼睛認定了一個敵人。偉麗的憂鬱，今日，變成了偉麗的壯烈；山野震顫，聽，民族的殺聲！每個人要走一條血路，血印，血印，一步步走入光明。

啊，每個人心裡有一首詩歌，千年的積鬱，今朝吐出來。詩人上了前線，沉毅無言，詩在每個人的心間。也許沒有字句，也許沒有音腔，可是每顆心裡會唱，唱著戰爭的詩歌。

啊，這詩歌將以血寫在歷史上，每個字永遠像桃花的紅豔，玫瑰的芬香。

（載一九三九年五月《掃蕩八年》（重慶《掃蕩報》紀念文集））

「五四」之夜

五四。我正趕寫劇本。已經好幾天沒出門了，連昨日的空襲也未曾打斷我的工作。寫，寫，寫；軍事戰爭，經濟戰爭，文藝戰爭，這是全面抗戰，這是現代戰爭：每個人都當作個武士，我勤磨著我的武器——筆。下午四時，周文和之的羅烽[1]來了。周文來自成都，剛下車，即來談文藝協會成都分會今後會務推動的辦法。談了沒好久，警報！到院中看看，又回到屋中，繼續談話。五時，又警報，大家一同下了地洞；我抱著我的劇本。一直到六點多了，洞中起了微風——天空上必有什麼變動；微風從腿下撩過去；響了！響了！洞裡沒有光，沒有聲，沒有任何動靜，都聽著那咚咚的響聲，都知道那是死亡的信號，全咬上牙！

七時了，解除警報。由洞裡慢慢出來，院裡沒有燈光，但天空全是亮的。不錯，這晚上有月；可是天空的光亮並非月色，而是紅的火光！多少處起火，不曉得；只見滿天都是紅的。這紅光幾乎要使人發狂，它是以人骨，財產，圖書，為柴，所發射的烈焰。灼乾了的血，燒焦了的骨肉，火焰在喊聲哭聲的上面得意的狂舞，一直

1. 羅烽（1909 － 1991），原名傅乃琦，民國作家。著有《滿洲的囚徒》等。

把星光月色燒紅！

之的羅烽急忙跑出去，去看家裡的人。知道在這一剎那間誰死誰生呢。狂暴的一刻便是界開生死的鴻溝。只剩下周文與我，到屋裡坐下。沒的談，我們憤怒；連口水也沒的喝，也不顧得喝！有人找，出去看，趙清閣[2]！她頭上腫起一個大包，臉上蒼白，拉著一個十二三歲的小學生。幾句話就夠了：她去理髮，警報，轟炸，她被震倒，上面的木石壓在身上；她以為是死了，可是蘇醒了過來。她跑，向各路口跑，都被火截住；火，屍，血，斷臂，隨時刺激著她，教她快走；可是無路可通。那小學生，到市內來買書，沒有被炸死，拉住了她；在患難中人人是兄弟姊妹。她拉著他，來找我，多半因為只有這條路可以走過來；沖天的火光還未撲到這邊。

安娥[3]也來到。她還是那麼安閒，只是笑不出；她的臉上有一層形容不出的什麼氣色與光亮；她凝視著天上的紅光，像沉思著什麼一點深奧的哲理。

清閣要回家，但無路可通。去看陸晶清[4]，晶清已不知上哪裡去了。我把周文請出來，打算去喝點水，找點東西吃。哪裡還有賣水賣飯的呢，全城都在毒火的控制下！

院中喊起來，「都須趕快離開！」我回到屋中，拿起小皮包，裡面是我的劇本

2. 趙清閣（1914 − 1999），民國著名女作家、編輯、畫家。著有《女兒春》、《自由天地》等劇本。

3. 安娥（1905 − 1976），原名張式源，民國劇作家。

4. 陸晶清（1907 − 1993），原名陸秀珍，筆名小鹿、娜君、梅影。著有《流浪集》。

底稿與文藝協會的重要文件。周文一定教我拿點衣服，我抓了一把，他替我拿著。

到院中，紅光裡已飛舞著萬朵金星，近了，離近了，院外的戲園開著窗子，窗心是血紅通亮的幾個長方塊！到門口，街上滿是人，有拿著一點東西的，有抱著個小孩的，都靜靜的往坡下走——坡下是公園。沒有哭啼，沒有叫罵，火光在後，大家靜靜的奔向公園。偶然有聲音叫，是服務隊的「快步走」，偶然有陣鈴響，是救火車的疾馳。火光中，避難男女靜靜的走，救火車飛也似的奔馳，救護隊服務隊搖著白旗疾走；沒有搶劫，沒有怨罵，這是散漫慣了的，沒有秩序的中國嗎？像日本人所認識的中國嗎？這是紀律，這是團結，這是勇敢——這是五千年的文化教養，在火與血中表現出它的無所侮的力量與氣度！

在公園坐了會兒，餓，渴，乏。忽然我說出來，看那紅黃的月亮！瘋狗會再來的，向街上掃射；燒了房，再掃射人，不正是魔鬼的得意之作麼？走，走，不能在這裡坐一夜！繞道出城。大家都立起來。

我們想到的，別人也想到了，誰還不認識日本鬼子的那點狡猾呢！出了公園，街巷上擠滿了人，都要繞道出城。街兩旁，巷兩旁，在火光與月色下，到處是直立的磚柱，屋頂牆壁都被炸倒燒毀；昨天暴敵是在這一帶發的瘋。腳底下是泥水，碎木破磚，焦炭斷線；臉上覺到兩旁的熱氣；鼻中聞到焦味與血腥。磚柱焦黑的靜立，守著一團團的殘火，像多少巨大的炭盆。失了家，失了父母或兒女的男女，在這裡徘徊，低著頭，像尋找什麼最寶貴的東西似的。他們似乎沒有理會到這第二次空襲，沒有心思再看今晚的火光，低著頭，不再驚惶，不再啼泣，他們心中嚼著仇恨。我們踏過多少火塘，肩擦肩的走過多少那樣低頭徘徊的同胞，好容易，走到城郊。地勢稍高，火頭更清楚了；我們猜想著，哪處哪處起了火；每一猜想，我們心中的怒火便不由的燃起；啊，那美麗的建築，繁榮的街市，良善的同胞，都在火中！啊，看那一股火苗，是不是文藝協會那一帶呢？！假若會所遭難？噢，有什麼關係呢，即使不幸會所燒沒，還有我們的手與筆；燒得盡的是物質，燒不盡的是精神；無可征服的心足以打碎最大的侵略的暴力！啊，我們的朋友呢？蓬子[5]的家昨天已被炸壞，今晚他在哪裡呢？是不是華林，平陵，沙雁都在觀音岩呢？那最遠的一個火烽是不是觀音岩呢？羅蓀[6]呢，紀瀅呢，他們的辦事處昨天都被炸毀，今天或者平安吧？我們慢慢的走，看看火苗，想想朋友，忘了餓，忘了渴，只是關心朋友們：差半秒鐘，差幾尺路，就能碰上死亡，或躲開死亡，這血火的五四之夜！

轉過小山，回顧火光，仍是那麼猛烈。火總會被撲滅，這仇這恨永無息止。打

5. 姚蓬子（1905 － 1969），原名方仁，字裸人，後改名杉尊。中國文學家、翻譯家、詩人。著有《浮世畫》等。

6. 羅蓀，1912 年出生，原名孔繁衍，筆名葉知秋，文學評論家。

倒倭寇，打倒殺人放火的強盜，有日本軍閥在世上，是全人類的恥辱。我們不僅是要報仇，也是要為世界剷除惡霸呀；這是報仇，也是天職！

領周文到胡風處，他一家還未睡；城外雖較比安靜，可是誰能不注意呆視那邊的火光呢？從火光中來了朋友，那熱烈，那親密；啊，有誰能使攜起手來的四萬萬五千萬屈膝呢！

那位小學生已能自己找到了家，就囑咐他快快回去，免得家中懸念：他規規矩矩的鞠了躬，急忙的走去，手裡還拿著在城內買來的一張地圖。

安娥與清閣都到了家，倚窗望著剛才離開的火城。路上不斷的行人，像赴什麼夜會那樣。兩點左右又有警報，大家都早已料到，警報解除，已到天明，街上的人更加多了。

次日早晨，聽到消息，文藝協會倖免於火！住在會中的梅森，羅烽，輝英，都有了下落。晚間到文藝社去，得到更多的消息，朋友中沒有死傷的，雖然有幾位在物質上受了損失。朋友們，繼續努力，給死傷的同胞們復仇；記住，這是五四！人道主義的，爭取自由解放的五四，不能接受這火與血的威脅；我們要用心血爭取並必定獲得大中華的新生！我們活著，我們鬥爭，我們勝利，這是我們五四的新口號！

（載一九三九年七月《七月》第四集第一期）

未成熟的穀粒

壹

我最大的苦痛，是我知道的事情太少。使我心裡光亮起來的理論，並不能有補於創作——它教給了我怎麼說，而沒教給我說什麼。啊，豐富的生活才是創作的泉源吧？

貳

照著批評者的意見去創作，也許只能掉在公式陣中吧？創作饑歉，批評便也瘠瘦；隨著瘠瘦的理論去學習，怎能康健呢？還是勇於創作，多方去試驗吧！

參

想起來就頭疼呀：到底是應當按著民眾的教育程度，去撰製宣傳文字呢，還是假設民眾已經都在大學畢業，而供給高深莫測的作品呢？

肆

我時常想寫詩，而找不到合適的字。舊詩中的辭彙太腐，鼓詞舊戲中的辭彙好多都欠通；上哪裡找足以使我滿意，而又使人愛念的字呢？這沒有詩的社會啊！

伍

藝術都含有宣傳性。偏重宣傳又被稱為八股。怎辦好？

陸

吸不起香煙了，買來個煙斗，費事，費火柴，又欠乾淨。發明煙捲的人該死！

柒

越忙越寫不出東西來，文藝彷彿是「閒而後工」。

捌

寫通俗的文藝，俗難，俗而有力更難。能作到俗而有力恐怕就是偉大的作品吧？

玖

詩的形式太自由了，寫完總疑心——是詩嗎？戲劇的形式太不自由，寫完老不放心——是戲劇嗎？還是小說容易像樣兒。

拾

詩與散文的界限為什麼那樣不清楚呢？用盡力量寫成的幾行詩，一轉眼便變作散文，頗想自殺！

拾壹

友人善意的說：你寫了不少抗戰的文字，為何不寫點關於建設的呢？這是好話！然而，哪一項建設不需要許多時日去仔細觀察呢？去觀察，去學習，誰給飯吃呢？噢，那麼，抗戰文字必是八股了？慚愧得緊！

拾貳

寫信與開會是兩件費時間的事。可是，私心裡卻極願接讀友人們的信，也願去到會場和友人們見面談一談，這就無法聲冤了！

拾參

把散文分成短行寫出就是詩，雖然沒人敢這樣主張，可是的確有人這樣辦了，危險！

拾肆

生平不講究吃喝，只愛穿幾件整潔的衣服，流亡中，連這點講究也犧牲了。雖然也沒多大的苦痛，可是身上一癢，就疑心是有蝨子！

拾伍

不許小孩子說話，造成不少的家庭小革命者。

拾陸

想寫一本戲，名曰最悲劇的悲劇，裡面充滿了無恥的笑聲。

拾柒

偉大文藝之所以偉大，自有許多因素，其中必不可缺少的是一股正氣，謂之能動天地，泣鬼神，亦非過譽。至若要弄點小聰明，偷偷的罵人幾句，雖足快意一時，可是這態度已經十分的卑鄙。

拾捌

罵人並不是件容易的事。欲罵某人必洞悉其惡。若僅東拉西扯，說些閒白兒，是謂無中生有，罪在造謠，既罵不倒別人，反使自己心臟口臭。

拾玖

文人相輕是件極自然的事。每個文人都多少有點才氣。每個文人在創作的時候都願把全力用出來。這樣，他的辛苦使他沒法不自信自傲，看不起別人和不易接受別人的批評，幾乎是理當如此。能闖過這由賣力氣而自傲的一關，進到虛心大度，才能由自傲而自尊，才能覺得認清自己的毛病，承認自己的短處，正是自策自勵所當取的態度——這可不很容易。

貳拾

哲人智慧，加上孩子的天真，或者就能成個好作家了。

貳拾壹

中玉來信說，繼續研究文學理論。告以整舊難以見新，以新衡舊亦難得當，未若努力介紹新的，使大家多看到一些。

貳拾貳

實際去批判一本書，勝於讀批評理論十卷。專憑讀書，成不了醫生，治文藝批評者或亦類是。

貳拾參

晚會上，大家朗讀新詩，極有趣。新詩讀法，尚無規定，亦永難規定，不妨多方面試驗。光未然先生有腔調有姿式，將來若有詩劇上演，必用此法。朱銘仙與高蘭二先生清楚親切，宜於警勸激勵之作。我自己讀詩如說話，取其自然流利，只宜於十數人的晚會中，在廣大聽眾前必定失敗。

貳拾肆

無聊的話雖每起於：（一）以甲衡乙；（二）以己度人。前者，譬如說：甲樂善好施，而論者遂譏乙不如甲，不知甲為富翁，而乙乃寒士，怎能相比。後者，自己好名，遂以為稍具名聲者必都高視闊步，得意非常，故當責罵以泄自己無名之怨。前者可稱為善意的錯誤，後者卑劣的想像。

貳拾伍

我應當受苦。沒有任何專門學識，只憑一點點想像力去亂寫胡謅；受苦是當然的懲罰。青年朋友們，別因為算術或外國語不能及格，而想作個寫家呀！

貳拾陸

早晨吃豆漿與油條也須花兩角多了！自元旦起，廢止朝食。空著肚皮寫作，腦子似乎倒更清楚。和尚們有每日只進一餐的。由寫家而出家，照現在的情形看來，倒許是條順路。

（載一九四〇年二月五、九、十四日《新蜀報》「蜀道」）

詩人

設若有人問我：什麼是詩？我知道我是回答不出的。把詩放在一旁，而論詩人，猶之不講英雄事業，而論英雄其人，雖為二事，但密切相關，而且也許能說得更熱鬧一些，故論詩人。

好像記得古人說過，詩人是中了魔的人。什麼魔？什麼是魔？我都不曉得。由我的揣猜大概有兩點可注意的：（一）詩人在舉動上是有異於常人的，最容易看到的：有的詩人囚首垢面，有的愛花或愛貓狗如命，有的登高長嘯，有的海畔行吟，有的老在鬧戀愛或失戀，有的揮金如土，有的狂醉悲歌……在常人的眼中，這些行動都是有失體統的，故每每呼詩人為怪人，為狂士，為敗家子。可是，這些狂士（或什麼什麼怪物）卻能寫出標準公民與正人君子所不能寫的詩歌。怪物也許傾家敗產，凍餓而死，但是他的詩歌永遠存在，為國家民族的珍寶。這是怎一回事呢？

一位英國的作家彷彿這樣說過：寫家應該是有女性的人。這句話對不對？我不敢說。我只能猜到，也許本著這位寫家自己的經驗，他希望寫家們要心細如髮，像女子們那樣精細。我之所以這樣猜想者，也許表示了我自己也願寫家們對事物的觀察特別詳密。詩人的心細，只是詩人應具備的條件之一。不過，僅就這一個條件來說，也許就大有出入，不可不辨。詩人要怎樣的心細呢？是不是像看財奴一樣，到臨死的時候還不放心床畔的油燈是點著一根燈草呢，還是兩根？多費一根燈草，足使看財奴傷心落淚，不算奇怪。假若一個詩人也這樣辦呢？呵，我想天下大概沒有這樣的詩人！一個人的才力是長於此，則短於彼的。一手打著算盤，一手寫著詩，大概是不可能。詩人——也許因為體質的與眾人不同，也許因天才與常人有異，也許因為所注意的不是油鹽醬醋之類的東西——總有所長，也有所短，有的地方極注意，有的地方極不注意。有人說，詩人是長著四隻眼的，所以他能把一團飛絮看成了老翁，能在一粒砂中看見個世界。至於這種眼睛能否辨別鈔票的真假，便沒有聽見說過了。他的眼要看真理，要看山川之美；他的心要世界進步，要人人幸福。他的居心與聖哲相同，恐怕就不屑於，或來不及，再管衣衫的破爛，或見人必須作揖問好了。所以他被稱為狂士，為瘋子。這狂士對那些小小的舉動可以因無關宏旨而忽略，叫大事可就一點也不放鬆，在別人正興高采烈，歌舞昇平的時節，他會極不得人心的來警告大家。人家笑得正歡，他會痛哭流涕。及至社會上真有了禍患，他會以身諫，他投水，他殉難！正如他平日的那些小舉動被視為瘋狂，他的這種捨身救世的大節也還是被認為瘋狂的表現與結果。即使他沒有捨身全節的機會，他也會因不為五斗米而折腰，或不肯贊諛什麼權要，而死於貧困。他什麼也沒有，只有一些詩。詩，救不了他的饑寒，卻使整個的民族有些永遠不滅的光榮。詩人以饑寒為苦麼？那倒也未必，他是中了魔的人！

說不定，我們也許能發現一個詩人，他既愛財如命，也還能寫出詩來。這就可以提出第（二）來了：詩人在創作的時候確實有點發狂的樣子。所謂靈感者也許就是中魔的意思吧。看，當詩人中了魔，（或者有了靈感），他或碰倒醋甕，或繞床疾走，或到廟門口去試試應當用「推」還是「敲」，或喝上斗酒，真是天翻地覆。他醒著也吟，睡著也唱，能鬧幾天幾夜，忘寢廢食。這時候，他把全部精力全拿出來，每一道神經都在顫動。他忘了錢——假使他平日愛錢。忘了飲食，忘了一切，而把意識中，連下意識中的那崇高的，最善美的，都拿了出來！把最好的字，最悅耳的音，都配備上去。假使他平日愛錢，到這時節便顧不得錢了！在這時候而有人跟他來算賬，他的詩興便立刻消逝，沒法挽回。當作詩的時候，詩人能把他最喜愛的東西推到一邊去，什麼貴重的東西也比不上詩。詩是他自己的，別的都是外來之物。詩人與看財奴勢不兩立，至於忘了洗臉，或忘了應酬，就更在情理中了。所以，詩人在平時就有點像瘋子；在他作詩的時候，即使平日不瘋，也必變成瘋子——最快活，最苦痛，最天真，最崇高，最可愛，最偉大的瘋子！

皮毛的去學詩人的囚首垢面，或破鞋敝衣，是容易的，沒什麼意義的。要成為詩人須中魔啊。要掉了頭，犧牲了命，而必求真理至善之闡明，與美麗幸福之揭示，才是詩人啊。眼光如豆，心小如鼠，算了吧，你將永遠是向詩人投擲石頭的，還要作詩麼？

——寫於詩人節

（載一九四一年五月三十日重慶《大公報》）

在鄉下

雖然剛住了幾天，我已經感到鄉間的確可喜。在這生活困難的時候，誰也恐怕不能不一開口就談到錢；在鄉間住，第一個好處是可以省下幾文。頭髮長了，須跑出十里八里去理；腳稍微一懶，就許延遲一個星期；頭髮長了些，可是袋兒裡也沉重了些。洗澡，更談不到。到極熱的時候，可以下河；天不夠熱的時候，皮膚外有一層可以搓捲著玩的泥，也顯著暖和而有趣。這就又省了一筆支出。沒有賣鮮果，糖食，和點心的；這不但可以省了錢，而且自然的矯正了吃零食的壞習慣。衣服須自己洗，皮鞋須自己擦。路須自己走——沒有洋車。就是有，也不能在田埂兒上走。

除了省錢，還另有好多的精神勝利：平劇，川劇全聽不到了，但是可以自己唱。在大黃角樹下，隨意喊吧，除了多管閒事的狗向你叫幾聲而外，不會有人來叫「倒好」的。話劇更看不到，可是自己可以寫兩本呀，有的是工夫！

書是不易得到的，但是偶然找來一本，絕不會像在城裡時那樣掀一掀就了事。在鄉下，心裡用不著惦記與朋友們定的約會，眼睛用不著時時的看錶，於是，拿到一本書的時節，就可以願意怎麼讀便怎麼讀；願意把這幾行讀兩遍，便讀兩遍；三遍就三遍；看那一行不大順眼，便可以跟它辯論一番！這樣，書彷彿就與人成了可以談心的朋友，而不是書架上的擺設了。

院中有犬吠聲，雞鴨叫聲，孩子哭聲；院外有蛙聲，鳥聲，牛聲，農人相呼聲。但這些聲音並不教你心中慌亂。到了夜間，便什麼聲音也沒有；即使蛙還在唱，可是牠們會把你唱入夢境裡去。這幾天，杜鵑特別的多，直到深夜還不住的啼喚；老想問問牠們，三更半夜的喚些什麼？這不是厭煩，而是有點相憐之意。

正在插秧的時候下了大雨，每個農人都面帶喜色，卻一點不慌，還是那麼慢條斯理的，像有成竹在胸的樣子。

晚上，油燈欠亮，蟻蟲很多；所以早早的就躲到帳子裡去。早睡，所以就也早起。睡得定，睡得好，臉上就增加了一點肉——很不放心，說不一定還會變成胖子呢！

（載一九四二年五月二十五日《大公報》「戰線」）

母雞

一向討厭母雞。不知怎樣受了一點驚恐。聽吧，牠由前院嘎嘎到後院，由後院再嘎嘎到前院，沒結沒完，而並沒有什麼理由；討厭！有的時候，牠不這樣亂叫，可是細聲細氣的，有什麼心事似的，顫顫微微的，順著牆根，或沿著田壩，那麼扯長了聲如怨如訴，使人心中立刻結起個小疙疸來。

牠永遠不反抗公雞。可是，有時候卻欺侮那最忠厚的鴨子。更可惡的是牠遇到另一隻母雞的時候，牠會下毒手，乘其不備，狠狠的咬一口，咬下一撮兒毛來。

到下蛋的時候，牠差不多是發了狂，恨不能使全世界都知道牠這點成績；就是聾子也會被牠吵得受不下去。

可是，現在我改變了心思，我看見一隻孵出一群小雛雞的母親。

不論是在院裡，還是在院外，牠總是挺著脖兒，表示出世界上並沒有可怕的東西。一個鳥兒飛過，或是什麼東西響了一聲，牠立刻警戒起來，歪著頭兒聽；挺著身兒預備作戰；看看前，看看後，咕咕的警告雞雛要馬上集合到牠身邊來！

當牠發現了一點可吃的東西，牠咕咕的緊叫，啄一啄那個東西，馬上便放下，教牠的兒女吃。結果，每一隻雞雛的肚子都圓圓的下垂，像剛裝了一兩個湯圓兒似的，牠自己卻削瘦了許多。假若有別的大雞來搶食，牠一定出擊，把牠們趕出老遠，連大公雞也怕牠三分。

牠教給雞雛們啄食，掘地，用土洗澡；一天教多少多少次。牠還半蹲著——我想這是相當勞累的——教牠們擠在牠的翅下，胸下，得一點溫暖。牠若伏在地上，雞雛們有的便爬在牠的背上，啄牠的頭或別的地方，牠一聲也不哼。

在夜間若有什麼動靜，牠便放聲啼叫，頂尖銳，頂淒慘，使任何貪睡的人也得起來看看，是不是有了黃鼠狼。

牠負責，慈愛，勇敢，辛苦，因為牠有了一群雞雛。牠偉大，因為牠是雞母親。一個母親必定就是一位英雄。

我不敢再討厭母雞了。

（載一九四二年五月三十日《時事新報》「青光」）

文藝與木匠

一位木匠的態度，據我看：（一）要作個好木匠；（二）雖然自己已成為好木匠，可是絕不輕看皮匠，鞋匠，泥水匠，和一切的匠。

此態度適用於木匠，也適用於文藝寫家。我想，一位寫家既已成為寫家，就該不管怎麼苦，工作怎樣繁重，還要繼續努力，以期成為好的寫家，更好的寫家，最好的寫家。同時，他須認清：一個寫家既不能兼作木匠，瓦匠，他便該承認五行八作的地位與價值，不該把自己視為至高無上，而把別人踩在腳底下。

我有三個孩子。除非他們自己願意，而且極肯努力，作文藝寫家，我決不鼓勵他們；因為我看他們作木匠，瓦匠，或作寫家，是同樣有意義的，沒有高低貴賤之別。

假若我的一個小孩決定作木匠去，除了勸告他要成為一個好木匠之外，我大概不會絮絮叨叨的再多講什麼，因為我自己並不會木工，無須多說廢話。

假若他決定去作文藝寫家，我的話必然的要多了一些，因為我自己知道一點此中甘苦。

第一，我要問他：你有了什麼準備？假若他回答不出，我便善意的，雖然未必正確的，向他建議：你先要把中文寫通順了。所謂通順者，即字字妥當，句句清楚。假若你還不能作到通順，請你先去練習文字吧，不要開口文藝，閉口文藝。文字寫通順了，你要「至少」學會一種外國語，給自己多添上一雙眼睛。這樣，中文能寫通順，外國書能念，你還須去生活。我看，你到三十歲左右再寫東西，絕不算晚。

第二，我要問他：你是不是以為作家高貴，木匠卑賤，所以才捨木工而取文藝呢？假若你存著這個心思，我就要毫不客氣的說：你的頭腦還是科舉時代的，根本要不得！況且，去學木工手藝，即使不能成為第一流的木匠，也還可以成為一個平常的木匠，即使不能有所創造，還能不失規矩的仿製；即使供獻不多，也還不至於糟踏東西。至於文藝呢，假若你弄不好的話，你便糟踐不知多少紙筆，多少時間——你自己的，印刷人的，和讀者的；罪莫大焉！你看我，已經寫作了快二十年，可有什麼成績？我只感到愧悔，沒有給人蓋成過一間小屋，作成過一張茶几，而只是浪費了多少紙筆，誰也不會得到我一點好處。高貴嗎？啊，世上還有高貴的廢物嗎？

第三，我要問他：你是不是以為作寫家比作別的更輕而易舉呢？比如說，作木匠，須學好幾年的徒，出師以後，即使技藝出眾，也還不過是默默無聞的匠人；治文藝呢，你可以用一首詩，一篇小說，而成名呢？我告訴你，你這是有意取巧，避重變輕。你要知道，你心中若沒有什麼東西，而輕巧的以一詩一文成了名，名適足以害了你！名使你狂傲，狂傲即近於自棄。名使你輕浮，虛偽。文藝不是輕而易舉的東西，你若想借它的光得點虛名，它會極厲害的報復，使你不但挨不近它的身，而且會把你一腳踢倒在塵土上！得了虛名，而丟失了自己，最不上算。

第四，我要問他：你若幹文藝，是不是要幹一輩子呢？假若你只幹一年半載，得點虛名便閃躲開，借著虛名去另謀高就，你便根本是騙子！我寧願你死了，也不忍看你作騙子！你須認定：幹文藝並不比作木匠高貴，可是比作木匠還更艱苦。在文藝裡找慈心美人，你算是看錯了地方！

第五，我要告訴他：你別以為我幹這一行，所以你也必須來個「家傳」。世上有用的事多得很，你有擇取的自由。我並不輕看文藝，正如同我不輕看木匠。我可是也不過於重視文藝，因為只有文藝而沒有木匠也成不了世界。我不後悔幹了這些年的筆墨生涯，而只恨我沒能成為好的寫家。作官教書都可以辭職，我可不能向文藝遞辭呈，因為除了寫作，我不會幹別的；已到中年，又極難另學會些別的。這是我的痛苦，我希望你別再來一回。不過，你一定非作寫家不可呢，你便須按著前面的話去準備，我也不便絕對不同意，你有你的自由。你可得認真的去準備啊！

（載一九四二年八月十六日《時事新報》）

舊詩與貧血

在過去的二年裡，有兩樁事彷彿已在我的生活中占據了地位：一樁是夏天必作幾首舊詩，另一樁是冬天必患頭暈。

把這兩件事略加說明，似乎頗足以幫助記述二年來生活的概況，所以就不惜浪費筆墨來說上幾句了。

先說作舊詩吧。對於舊詩，我並沒有下過多少工夫，所以非到極閒在的時節，決不動它。所謂「極閒在」者，是把遊山玩水的時候也除外，因為在山水之間遊耍，腿腳要動，眼睛要看，心中要欣賞，雖然沒有冗屑纏繞，到底不像北窗高臥那樣連夢也懶得作。況且，名山大川與古蹟名勝，已經被古人謳贊過不知多少次，添上自己一首半首不甚像樣子的詩，只是獻醜而已，大可以不必多此一舉。趕到心中真有所感而詩興大發了，我也是去謅幾行白話詩，即使不能道前人之所未道，到底在形式上言語上還可以不落舊套，寫在紙上或野店的泥壁上多少另有點味道。這樣的連在山水之間都不大作舊詩，手與心便無法不越來越鈍澀，漸漸的彷彿把平仄也分不清楚了似的。

可是，在過去的二年中，我似乎添了個「舊詩季節」。這是在夏天。兩年來，身體總是時常出毛病，不知哪時就拋了錨；所以一入夏便到鄉間去住，以避城市的忙亂，庶幾可以養心。四川的鄉間，不像北方的村莊那樣二三百戶住在一處，而只是三五人家，連個賣酒的小鋪也找不到。要去趕場，才能買到花生米，而場之所在往往是十里以外。要看朋友，也往往須走十里八里。農家男女都有他們自己的工作與生活，可是外人插不進手去：看他們插秧，放牛，拔草，種菜，說笑，只是「看」著而已。有時候，從朝至夕沒地方去說一句話！按說，在這個環境下，就應當埋頭寫作，足不出戶了。但是不行。我是來養心，不是來拚命。即使天天要幹活，也必須有個一定的限制，一天只寫，比如說，一千字；不敢貪多。這樣，寫完了這一千字或五百字，便心無一事，只等日落就寢。到晚間，連個鬼也看不見。在這時節，我的確是「極」閒在了。

人是奇怪的東西，太忙了不好，太閒了也不好。當我完全無事作的時候，身體雖然閒在，腦子卻不能像石頭那樣安靜。眼前的山水竹樹與草舍茅亭都好像逼著我說些什麼；在我還沒有任何具體的表示的時候，我的口中已然哼哼起來。哼的不是歌曲或文章，而是一種有腔無字的詩。我不能停止在這裡，哼著哼著便不由的去想些詞字，把那空的腔調填補起來；結果，便成了詩，舊詩。去夏我作了十幾首，有相當好的，也有完全要不得的。今年夏天，又作了十幾首，差不多沒有一首像樣兒的。我只是那麼哼，哼出字來便寫在紙上，並不擰著眉毛去推敲，因為這本是一時的興之所至，夠自己哼哼著玩的使己滿意，故無須死下工夫也。茲將村居四首寫錄出來，並無「此為樣本」的意思，不過是多少也算生活上的一點微痕而已：

茅屋風來夏似秋，日長竹影引清幽。
山前林木層層隱，雨後溪溝處處流。
偶得新詩書細字，每賒村酒潤閒秋；
中年喜靜非全懶，坐待鵑聲午夜收。

半老無官誠快事，文章為命酒為魂。
深情每視花長好，淺醉唯知詩至尊！
送雨風來吟柳岸，借書人去掩柴門。
莊生蝴蝶原遊戲，茅屋孤燈照夢痕。

中年無望返青春，且作江湖流浪人；
貧未虧心眉不鎖，錢多買酒友相親。
文驚俗子千銖貴，詩寫幽情半日新，
若許太平魚米賤，乾坤為宅置閒身。

歷世於今五九年，願嘗死味懶修仙。
一張苦臉唾猶笑，半老白癡醉且眠。
每到艱危詩入蜀，略知離亂命由天；
若應啼淚須加罪，敢盼來生代杜鵑。

夏天，能夠住在有竹林的鄉間，喝兩杯白乾，謅幾句舊詩，不論怎麼說，總算說得過來。一到冬天，在過去的兩年裡，可就不這麼樂觀了。冬天，我總住在城裡。人多，空氣壞，飲食欠佳，一面要寫文賣錢，一面還要辦理大家委託的事情；於是，由忙而疲，由疲而病；平價米的一些養分顯然是不夠支持這部原本不強健的身體的。一病倒，諸事擱淺；以吃藥與靜臥代替了寫作與奔走。用不著招急生氣呀，病魔是立意要折磨人的，並不怕我們向他恫嚇與示威啊。病，客觀的來說，會使人多一些養氣的工夫。它用折磨，苦痛，挑動你，壓迫你；你可千萬別生氣，別動肝火，那樣一來，病便由小而大，由大而重，甚至帶著你的生命凱歌而歸。頂好，不抵抗，逆來順受，使它無可如何。多它含羞而退，你便勝利了。就是這樣，我總是慢慢的把病魔敷衍走；大半已是春天了。春殘夏到，我便又下了鄉，留著神，試著步，天天寫一點點文章；閒來無事便哼一半首歌。詩不高明，因為作者在貧血之餘，不敢放膽為之也。因以「舊詩與貧血」名篇。

（載一九四三年一月《抗戰文藝》第八卷第三期）

多鼠齋雜談

壹、戒酒

並沒有好大的量，我可是喜歡喝兩杯兒。因吃酒，我交下許多朋友——這是酒的最可愛處。大概在有些酒意之際，說話作事都要比平時豪爽真誠一些，於是就容易心心相印，成為莫逆。人或者只在「喝了」之後，才會把專為敷衍人用的一套生活八股拋開，而敢露一點鋒芒或「謬論」——這就減少了我臉上的俗氣，看著紅朴朴的，人有點樣子！

自從在社會上作事至今的廿五六年中，雖不記得一共醉過多少次，不過，隨便的一想，便頗可想起「不少」次丟臉的事來。所謂丟臉者，或者正是給臉上增光的事，所以我並不後悔。酒的壞處並不在撒酒瘋，得罪了正人君子——在酒後還無此膽量，未免就太可憐了！酒的真正的壞處是它傷害腦子。

「李白斗酒詩百篇」是一位詩人贈另一位詩人的誇大的諛贊。據我的經驗，酒使腦子麻木，遲鈍，並不能增加思想產物的產量。即使有人非喝醉不能作詩，那也是例外，而非正常。在我患貧血病的時候，每喝一次酒，病便加重一些；未喝的時候若患頭「昏」，喝過之後便改為「暈」了，那妨礙我寫作！

對腸胃病更是死敵。去年，因醫治腸胃病，醫生嚴囑我戒酒。從去歲十月到如今，我滴酒未入口。

不喝酒，我覺得自己像啞吧了：不會嚷叫，不會狂笑，不會說話！啊，甚至於不會活了！可是，不喝也有好處，腸胃舒服，腦袋昏而不暈，我便能天天寫一二千字！雖然不能一口氣吐出百篇詩來，可是細水長流的寫小說倒也保險；還是暫且不破戒吧！

貳、戒煙

戒酒是奉了醫生之命，戒煙是奉了法弊的命令。什麼？劣如「長刀」也賣百元一包？老子只好咬咬牙，不吸了！

從廿二歲起吸煙，至今已有一世紀的四分之一。這廿五年養成的習慣，一旦戒除可真不容易。

吸煙有害並不是戒煙的理由。而且，有一切理由，不戒煙是不成。戒煙憑一點

「火兒」。那天，我只剩了一支「華麗」。一打聽，它又長了十塊！三天了，它每天長十塊！我把這一支吸完，把煙灰碟擦乾淨，把洋火放在抽屜裡。我「火兒」啦，戒煙！

沒有煙，我寫不出文章來。廿多年的習慣如此。這幾天，我硬撐！我的舌頭是木的，嘴裡冒著各種滋味的水，嗓門子發癢，太陽穴微微的抽著疼！——頂要命的是腦子裡空了一塊！不過，我比煙要更厲害些：儘管你小子給我以各樣的毒刑，老子要挺一挺給你看看！

毒刑夾攻之後，它派來會花言巧語的小鬼來勸導：「算了吧，也總算是個老作家了，何必自苦太甚！況且天氣是這麼熱；要戒，等到秋涼，總比較的要好受一點呀！」

「去吧！魔鬼！咱老子的一百元就是不再買又霉，又臭，又硬，又傷天害理的紙煙！」

今天已是第六天了，我還撐著呢！長篇小說沒法子繼續寫下去；誰管它！除非有人來說：「我每天送你一包『駱駝』，或廿支『華福』，一直到抗戰勝利為止！」我想我大概不會向「人頭狗」和「長刀」什麼的投降的！

參、戒茶

我既已戒了煙酒而半死不活，因思莫若多加幾種，爽性快快的死了倒也乾脆。談再戒什麼呢？

戒葷嗎？根本用不著戒，與魚不見面者已整整二年，而豬羊肉近來也頗疏遠。還敢說戒？平價之米，偶而有點油肉相佐，使我絕對相信肉食者「不鄙」！若只此而戒除之，則腹中全是平價米，而人也決變為平價人，可謂「鄙」矣！不能戒葷！

必不得已，只好戒茶。

我是地道中國人，咖啡，蔻蔻，汽水，啤酒，皆非所喜，而獨喜茶。有一杯好茶，我便能萬物靜觀皆自得。煙酒雖然也是我的好友，但它們都是男性的——粗莽，熱烈，有思想，可也有火氣——未若茶之溫柔，雅潔，輕輕的刺戟，淡淡的相依；茶是女性的。

我不知道戒了茶還怎樣活著，和幹嗎活著。但是，不管我願意不願意，近來茶價的增高已教我常常起一身小雞皮疙瘩！

茶本來應該是香的，可是現在卅元一兩的香片不但不香，而且有一股子鹹味！

為什麼不把鹹蛋的皮泡泡來喝，而單去買鹹茶呢？六十元一兩的可以不出鹹味，可也不怎麼出香味，六十元一兩啊！誰知道明天不就又長一倍呢！

恐怕呀，茶也得戒！我想，在戒了茶以後，我大概就有資格到西方極樂世界去了——要去就抓早兒，別把罪受夠了再去！想想看，茶也須戒！

肆、貓的早餐

多鼠齋的老鼠並不見得比別家的更多，不過也不比別處的少就是了。前些天，柳條包內，棉袍之上，毛衣之下，又生了一窩。

沒法不養隻貓子了，雖然明知道一買又要一筆錢，「養」也至少須費些平價米。花了二百六十元買了隻很小很醜的小貓來。我很不放心。單從身長與體重說，廚房中的老一輩的老鼠會一日咬兩隻這樣的小貓的。我們用麻繩把咪咪拴好，不光是怕牠跑了，而是怕牠不留神碰上老鼠。

我們很怕咪咪會活不成的，牠是那麼瘦小，而且終日那麼團著身哆哩哆嗦的。人是最沒辦法的動物，而他偏偏愛看不起別的動物，替牠們擔憂。

吃了幾天平價米和煮包穀，咪咪不但沒有死，而且歡蹦亂跳的了。牠是個鄉下貓，在來到我們這裡以前，牠連米粒與包穀粒大概也沒吃過。

我們總覺得有點對不起咪咪——沒有魚或肉給牠吃，沒有牛奶給牠喝。貓是食肉動物，不應當吃素！

可是，這兩天，咪咪比我們都要闊綽了；人才真是可憐蟲呢！昨天，我起來相當的早，一開門咪咪驕傲的向我叫了一聲，右爪按著個已半死的小老鼠。咪咪的旁邊，還放著一大一小的兩個死蛙——也是咪咪咬死的，而不屑於去吃，大概死蛙的味道不如老鼠的那麼香美。

我怔住了，我須戒酒，戒煙，戒茶，甚至要戒葷，而咪咪——會有兩隻蛙，一隻老鼠作早餐！說不定，牠還許已先吃過兩三個蚱蜢了呢！

伍、最難寫的文章

或問：什麼文章最難寫？

答：自己不願意寫的文章最難寫。比如說：鄰居二大爺年七十，無疾而終。二大爺一輩子吃飯穿衣，喝兩杯酒，與常人無異。他沒立過功，沒立過言。他少年時是個連模樣也並不驚人的少年，到老年也還是個平平常常的老人，至多，我只能說他是個安分守己的好公民。可是，文人的災難來了！二大爺的兒子——大學畢業，現在官居某機關科員——送過來訃文，並且誠懇的請賜挽詞。我本來有兩句可以贈給一切二大爺的挽詞：「你死了不能再見，想起來好不傷心！」可是我不敢用它來搪塞二大爺的科員少爺，怕他說我有意侮辱他的老人。我必須另想幾句——近鄰，天天要見面，假若我決定不寫，科員少爺會惱我一輩子的。可是，老天爺，我寫什麼呢？

在這很為難之際，我真佩服了從前那些專憑作挽詩壽序掙吃飯的老文人了！你看，還以二大爺這件事為例吧，差不多除了扯謊，我簡直沒法寫出一個字。我得說二大爺天生的聰明絕頂，可是還「別」說他雖聰明絕頂，而並沒著過書，沒發明過什麼東西，和他在算錢的時候總是脫了襪子的。是的，我得把別人的長處硬派給二大爺，而把二大爺的短處一字不題。這不是作詩或寫散文，而是替死人來騙活人！我寫不好這種文章，因為我不喜歡扯謊。

在挽詩與壽序等而外，就得算「九一八」[1]，「雙十」與「元旦」什麼的最難寫了。年年有個元旦，年年要寫元旦，有什麼好寫呢？每逢接到報館為元旦增刊徵文的通知，我就想這樣回覆：「死去吧！省得年年教我吃苦！」可是又一想，它死

1. 1931 年 9 月 18 日中國東北，中國革命軍與日本關東軍爆發的軍事衝突。此事件在中國被視為十四年抗戰的開端。

了豈不又須作挽聯啊？於是只好按住心頭之火，給它拼湊幾句——這不是我作文章，而是文章作我！說到這裡，相應提出「救救文人！」的口號，並且希望科員少爺與報館編輯先生網開一頁，叫小子多活兩天！

陸、最可怕的人

我最怕兩種人：第一種是這樣的——凡是他所不會的，別人若會，便是罪過。比如說：他自己寫不出幽默的文字來，所以他把幽默文學叫作文藝的膿汁，而一切有幽默感的文人都該加以破壞抗戰的罪過。他不下一番工夫去考查考查他所攻擊的東西到底是什麼，而只因為他自己不會，便以為那東西該死。這是最要不得的態度，我怕有這種態度的人，因為他只會破壞，對人對己都全無好處。假若他作公務員，他便只有忌妒，甚至因忌妒別人而自己去作漢奸；假若他是文人，他便也只會忌妒，而一天到晚浪費筆墨，攻擊別人，且自鳴得意，說自己頗會批評——其實是扯淡！這種人亂罵別人，而自己永不求進步；他污穢了批評，且使自己的心裡堆滿了塵垢。

第二種是無聊的人。他的心比一個小酒盅還淺，而面皮比牆還厚。他無所知，而自信無所不知。他沒有不會幹的事，而一切都莫名其妙。他的談話只是運動運動唇齒舌喉，說不說與聽不聽都沒有多大關係。他還在你正在工作的時候來「拜訪」。看你正忙著，他趕快就說，不耽誤你的工夫。可是，說罷便安然坐下了——兩個鐘頭以後，他還在那兒坐著呢！他必須談天氣，談空襲，談物價，而且隨時給你教訓：「有警報還是躲一躲好！」或是「到八月節物價還要漲！」他的這些話無可反駁，所以他會百說不厭，視為真理。我真怕這種人，他耽誤了我的時間，而自殺了他的生命！

柒、衣

對於英國人，我真佩服他們的穿衣服的本領。一個有錢的或善交際的英國人，每天也許要換三四次衣服。開會，看賽馬，打球，跳舞……都須換衣服。據說：有人曾因穿衣脫衣的麻煩而自殺。我想這個自殺者並不是英國人。英國人的忍耐性使他們不會厭煩「穿」和「脫」，更不會使他們因此而自殺。

我並不反對穿衣要整潔，甚至不反對衣服要漂亮美觀。可是，假若教我一天換幾次衣服，我是也會自殺的。想想看，繫鈕扣解鈕扣，是多麼無聊的事！而鈕扣又是那麼多，那麼不靈敏，那麼不起好感，假若一天之中解了又繫，繫了再解，至數次之多，誰能不感到厭世呢！

在抗戰數年中，生活是越來越苦了。既要抗戰，就必須受苦，我決不怨天尤人。再進一步，若能從苦中求樂，則不但可以不出怨言，而且可以得到一些興趣，豈不更好呢！在衣食住行人生四大麻煩中，食最不易由苦中求樂，菜根香一定香不過紅燒蹄！菜根使我貧血；「獅子頭」卻使我壯如雄獅！

住和行雖然不像食那樣一點不能將就，可是也不會怎樣苦中生樂。三伏天住在火爐子似的屋內，或金雞獨立的在汽車裡擠著，我都想掉淚，一點也找不出樂趣。

只有穿的方面，一個人確乎能由苦中找到快活。七七抗戰[2]後，由家中逃出，我只帶著一件舊夾袍和一件破皮袍，身上穿著一件舊棉袍。這三袍不夠四季用的，也不夠幾年用的。所以，到了重慶，我就添置衣裳。主要的是灰布制服。這是一種「自來舊」的布作成的，一下水就一蹶不振，永遠難看，吳組緗[3]先生名之為斯文掃地的衣服。可是，這種衣服給我許多方便——簡直可以稱之為享受！我可以穿著褲子睡覺，而不必擔心褲縫直與不直；它反正永遠不會直立。我可以不必先看看座位，再去坐下；我的寶褲不怕泥土污穢，它原是自來舊。雨天走路，我不怕汽車。晴天有空襲，我的衣服的老鼠皮色便是偽裝。這種衣服給我舒適，因而有親切之感。

2. 七七事變，又稱盧溝橋事變，1937 年 7 月 7 日中華民國軍與日本軍於河北省宛平縣盧溝橋發生的軍事衝突。
3. 吳組緗（1908 － 1994），原名吳組緗，字仲華，後改學名吳組襄，筆名寄谷、野松等。民國作家，著有《山洪》（後改名為《鴨嘴嘮》）、《天下太平》等。

它和我好像多年的老夫妻，彼此有完全的了解，沒有一點隔膜。

我希望抗戰勝利之後，還老穿著這種困難衣，倒不是為省錢，而是為舒服。

捌、行

朋友們屢屢函約進城，始終不敢動。「行」在今日，不是什麼好玩的事。看吧，從北碚到重慶第一就得出「挨擠費」一千四百四十元。所謂挨擠費者就是你須到車站去「等」，等多少時間？沒人能告訴你。幸而把車等來，你還得去擠著買票，假若你擠不上去，那是你自己的無能，只好再等。幸而票也擠到手，你就該到車上去挨擠。這一擠可厲害！你第一要證明了你的確是脊椎動物，無論如何你都能直挺挺的立著。第二，你須證明在進化論中，你確是猴子變的，所以現在你才嘴手腳並用，全身緊張而靈活，以免被擠成像四喜丸子似的一堆肉。第三，你須有「保護皮」，足以使你全身不怕傘柄，胳臂肘，腳尖，車窗，等等的戳，碰，刺，鉤；否則你會遍體鱗傷。第四，你須有不中暑發痧的把握，要有不怕把鼻子伸在有狐臭的腋下而不能動的本事——你須備有的條件太多了，都是因為你喜歡交那一千四百多元的挨擠費！

我頭昏，一擠就有變成爬蟲的可能，所以，我不敢動。

再說，在重慶住一星期，至少花五六千元；同時，還得耽誤一星期的寫作；兩面一算，使我膽寒！

以前，我一個人在流亡，一人吃飽便天下太平，所以東跑西跑，一點也不怕賠錢。現在，家小在身邊，一張嘴便是五六個嘴一齊來，於是嘴與膽子乃適成反比，嘴越多，膽子越小！

重慶的人們哪，設法派小汽車來接呀，否則我是不會去看你們的。你們還得每天給我們一千元零花。煙，酒都無須供給，我已戒了。啊，笑話是笑話，說真的，我是多麼想念你們，多麼渴望見面暢談呀！

玖、帽

在七七抗戰後，從家中跑出來的時候，我的衣服雖都是舊的，而一頂呢帽卻是新的。那是秋天在濟南花了四元錢買的。

廿八年隨慰勞團到華北去，在沙漠中，一陣狂風把那頂呢帽刮去，我變成了無帽之人。假若我是在四川，我便不忙於去再買一頂——那時候物價已開始要張開翅膀。可是，我是在北方，天已常常下雪，我不可一日無帽。於是，在寧夏，我花了六元錢買了一頂呢帽。在戰前它公公道道的值六角錢。這是一頂很頑皮的帽子。它沒有一定的顏色，似灰非灰，似紫非紫，似赭非赭，在陽光下，它彷彿有點發紅，在暗處又好似有點綠意。我只能用「五光十色」去形容它，才略為近似。它是呢帽，可是全無呢意。我記得呢子是柔軟的，這頂帽可是非常的堅硬，用指一彈，它噹噹的響。這種不知何處製造的硬呢會把我的腦門兒勒出一道小溝，使我很不舒服；我須時時摘下帽來，教腦袋休息一下！趕到淋了雨的時候，它就完全失去呢性，而變成鐵筋洋灰的了。因此，回到重慶以後，我總是能不戴它就不戴；一看見它我就有點害怕。

因為怕它，所以我在白象街茶館與友擺龍門陣之際，我又買了一頂毛織的帽子。這一頂的確是軟的，軟得可以折起來，我很高興。

不幸，這高興又是短命的。只戴了半個鐘頭，我的頭就好像發了火，癢得很。原來它是用野牛毛織成的。它使腦門熱得出汗，而後用那很硬的毛兒刺那張開的毛孔！這不是戴帽，而是上刑！

把這頂野牛毛帽放下，我還是得戴那頂鐵筋洋灰的呢帽。經雨淋，汗漚，風吹，日晒，到了今年，這頂硬呢帽不但沒有一定的顏色，也沒有一定的樣子了——可是永遠不美觀。每逢戴上它，我就躲著鏡子；我知道我一看見它就必有斯文掃地之感！

前幾天，花了一百五十元把呢帽翻了一下。它的顏色竟自有了固定的傾向，全體都發了紅。它的式樣也因更硬了一些而暫時有了歸宿，它的確有點帽子樣兒了！它可是更硬了，不留神，帽沿碰在門上或硬東西上，硬碰硬，我的眼中就冒了火花！等著吧，等到抗戰勝利的那天，我首先把它用剪子鉸碎，看它還硬不硬！

拾、狗

中國狗恐怕是世界上最可憐最難看的狗。此處之「難看」並不指狗種而言，而是與「可憐」密切相關。無論狗的模樣身材如何，只要餵養得好，牠便會長得肥肥胖胖的，看著順眼。中國人窮。人且吃不飽，狗就更提不到了。因此，中國狗最難看；不是因為牠長得不體面，而是因為牠骨瘦如柴，終年夾著尾巴。

每逢我看見被遺棄的小野狗在街上尋找糞吃，我便要落淚。我並非是愛作傷感的人，動不動就要哭一鼻子。我看見小狗的可憐，也就是感到人民的貧窮。民富而後貓狗肥。

中國人動不動就說：我們地大物博。那也就是說，我們不用著急呀，我們有的是東西，永遠吃不完喝不盡哪！哼，請看看你們的狗吧！

還有：狗雖那麼摸不著吃，（外國狗吃肉，中國狗吃糞；在動物學上，據說狗本是食肉獸。）那麼隨便就被人踢兩腳，打兩棍，可是牠們還照舊的替人們服務。儘管牠們餓成皮包著骨，儘管牠們剛被主人踹了兩腳，牠們還是極忠誠的去盡看門守夜的責任。狗永遠不嫌主人窮。這樣的動物理應得到人們的讚美，而忠誠，義氣，安貧，勇敢，等等好字眼都該歸之於狗。可是，我不曉得為什麼中國人不分黑白的把漢奸與小人叫作走狗，倒彷彿狗是不忠誠不義氣的動物。我為狗喊冤叫屈！

貓才是好吃懶作，有肉即來，無食即去的東西。洋奴與小人理應被叫作「走貓」。或者是因為狗的脾氣好，不像貓那樣傲慢，所以中國人不說「走貓」而說「走狗」？假若真是那樣，我就又覺得人們未免有點「軟的欺，硬的怕」了！

不過，也許有一種狗，學名叫做「走狗」；那我還不大清楚。

拾壹、昨天

昨天一整天不快活。老下雨，老下雨，把人心都好像要下濕了！

有人來問往哪兒跑？答以：嘉陵江沒有蓋兒。鄰家聘女。姑娘有二十二三歲，不難看。來了一頂轎子，她被人從屋中掏出來，放進轎中；轎夫抬起就走。她大聲的哭。沒有鑼鼓。轎子就那麼哭著走了。看罷，我想起幼時在鳥市上買鳥。販子從大籠中抓出鳥來，放在我的小籠中，鳥尖銳的叫。

黃狼夜間將花母雞叼去。今午，孩子們在山坡後把母雞找到。脖子上咬爛，別處都還好。他們主張還燉一燉吃了。我沒攔阻他們。亂世，雞也該死兩道的！

頭總是昏。一友來，又問：「何以不去打補針？」我笑而不答，心中很生氣。

正寫稿子，友來。我不好讓他坐。他不好意思坐下，又不好意思馬上就走。中國人總是過度的客氣。

友人函告某人如何，某事如何，即答以：「大家肯把心眼放大一些，不因事情不盡合己意而即指為惡事，則人世糾紛可減半矣！」發信後，心中仍在不快。

長篇小說越寫越不像話，而索短稿者且多，頗鬱鬱！

晚間屋冷話少，又戒了煙，呆坐無聊，八時即睡。這是值得記下來的一天——沒有一件痛快事！在這樣的日子，連一句漂亮的話也寫不出！為什麼我們沒有偉大的作品哪？哼，誰知道！

拾貳、傻子

在民間的故事與笑話裡，有許多許多是講兄弟三個，或姐妹三個，或盟兄弟三個，或女婿三個；第三個必定是傻子，而傻子得到最後的勝利。據說這種結構的公式是世界性的，世界各處都有這樣的故事與笑話。為什麼呢？因為人們是同情於弱者的。三弟三妹三女婿既最幼，又最傻，所以必須勝利。

和許多別種民間故事與笑話的含義一樣，這種同情弱者的表示可也許是「夫子自道也」，這就是說：人民有一肚子委屈而無處去訴，就只好想像出一位「臣包文正」[4]，或北俠歐陽春[5]來，給他們撐一撐腰，吐一口氣。同樣的，他們製造出弱者勝利的故事與笑話，也是為了自慰；故事與笑話中的傻子就是他們自己。他們自己既弱且愚，可是他們諷刺了那有勢力，有錢財，與有學問的人，他們感到勝利。

可是，這種諷刺的勝利到底是否真正的勝利，就不大好說。假若勝利必須是精神上的呢，他們大概可以算得了勝。反之，精神勝利若因無補於實際而算不得勝利，那就不大好辦了。

在我們的民間，這種傻子勝利的故事與笑話似乎比哪一國都多。我不知道，我應當慶祝他們已經得到勝利，還是應當把我的「怪難過的」之感告訴給他們。

（載一九四四年九月一、九、十五、二十三日，十一月五、十一、十五、二十日，十二月十、十五、十九、二十四日《新民報晚刊》）

4. 即包拯、包青天。
5. 中國古典小說《三俠五義》中的主要人物之一。

「住」的夢

在北平與青島住家的時候，我永遠沒想到過：將來我要住在什麼地方去。在樂園裡的人或者不會夢想另闢樂園吧。

在抗戰中，在重慶與它的郊區住了六年。這六年的酷暑重霧，和房屋的不像房屋，使我會作夢了。我夢想著抗戰勝利後我應去住的地方。

不管我的夢想能否成為事實，說出來總是好玩的：

春天，我將要住在杭州。二十年前，我到過杭州，只住了兩天。那是舊曆的二月初，在西湖上我看見了嫩柳與菜花，碧浪與翠竹。山上的光景如何？沒有看到。三四月的鶯花山水如何，也無從曉得。但是，由我看到的那點春光，已經可以斷定杭州的春天必定會教人整天生活在詩與圖畫中的。所以，春天我的家應當是在杭州。

夏天，我想青城山應當算作最理想的地方。在那裡，我雖然只住過十天，可是它的幽靜已拴住了我的心靈。在我所看見過的山水中，只有這裡沒有使我失望。它並沒有什麼奇峰或巨瀑，也沒有多少古寺與勝蹟，可是，它的那一片綠色已足使我感到這是仙人所應住的地方了。到處都是綠，而且都是像嫩柳那麼淡，竹葉那麼亮，蕉葉那麼潤，目之所及，那片淡而光潤的綠色都在輕輕的顫動，彷彿要流入空中與心中去似的。這個綠色會像音樂似的，滌清了心中的萬慮，山中有水，有茶，還有酒。早晚，即使在暑天，也須穿起毛衣。我想，在這裡住一夏天，必能寫出一部十萬到二十萬的小說。

假若青城去不成，求其次者才提到青島。我在青島住過三年，很喜愛它。不過，春夏之交，它有霧，雖然不很熱，可是相當的濕悶。再說，一到夏天，遊人來的很多，失去了海濱上的清靜。美而不靜便至少失去一半的美。最使我看不慣的是那些喝醉的外國水兵與差不多是裸體的，而沒有曲線美的妓女。秋天，遊人都走開，這地方反倒更可愛些。

不過，秋天一定要住北平。天堂是什麼樣子，我不曉得，但是從我的生活經驗去判斷，北平之秋便是天堂。論天氣，不冷不熱。論吃食，蘋果，梨，柿，棗，葡萄，都每樣有若干種。至於北平特產的小白梨與大白海棠，恐怕就是樂園中的禁果吧，連亞當與夏娃見了，也必滴下口水來！果子而外，羊肉正肥，高粱紅的螃蟹剛好下市，而良鄉的栗子也香聞十里。論花草，菊花種類之多，花式之奇，可以甲天下。西山有紅葉可見，北海可以划船——雖然荷花已殘，荷葉可還有一片清香。衣食住行，在北平的秋天，是沒有一項不使人滿意的。即使沒有餘錢買菊吃蟹，一兩毛錢還可以爆二兩羊肉，弄一小壺佛手露啊！

冬天，我還沒有打好主意，香港很暖和，適於我這貧血怕冷的人去住，但是「洋味」太重，我不高興去。廣州，我沒有到過，無從判斷。成都或者相當的合適，雖然並不怎樣和暖，可是為了水仙，素心臘梅，各色的茶花，與紅梅綠梅，彷彿就受一點寒冷，也頗值得去了。昆明的花也多，而且天氣比成都好，可是舊書鋪與精美而便宜的小吃食遠不及成都的那麼多，專看花而沒有書讀似乎也差點事。好吧，就暫時這麼規定：冬天不住成都便住昆明吧。

在抗戰中，我沒能發了國難財。我想，抗戰結束以後，我必能闊起來，惟一的原因是我是在這裡說夢。既然闊起來，我就能在杭州，青城山，北平，成都，都蓋起一所中式的小三合房，自己住三間，其餘的留給友人們住。房後都有起碼是二畝大的一個花園，種滿了花草；住客有隨便折花的，便毫不客氣的趕出去。青島與昆明也各建小房一所，作為候補住宅。各處的小宅，不管是什麼材料蓋成的，一律叫作「不會草堂」——在抗戰中，開會開夠了，所以永遠「不會」。

那時候，飛機一定很方便，我想四季搬家也許不至於受多大苦處的。假若那時候飛機減價，一二百元就能買一架的話，我就自備一架，擇黃道吉日慢慢的飛行。

（載一九四五年五月《民主世界》第二期）

八方風雨

壹、前奏

雖然用了個頗像小說或劇本的名字的標題——八方風雨——這卻不是小說，也不是劇本，而是在八年抗戰[1]中，我的生活的簡單紀實。它不是日記，因為我的日記已有一部分被敵人的炸彈燒毀在重慶，無法照抄下來，而且，即使它還全部在我手中，它是那麼簡單無趣，也不值得印出來。所以，憑著記憶與還保存著的幾頁日記，我想大概的，簡單扼要的，把八年的生活有話即長，無話即短的寫下來。我希望它既能給我自己留下一點生命旅程中的印跡，同時也教別離八載的親友得到我一些消息，省得逐一的在口頭或書面上報告。此外，別無什麼偉大的企圖。在抗戰前，我是平凡的人，抗戰後，仍然是個平凡的人。那也就可見，我並沒有乘著能夠混水摸魚的時候，發點財，或作了官；不，我不單沒有摸到魚，連小蝦也未曾撈住一個。那麼，騰達顯貴與金玉滿堂假若是「偉大」的小注兒，我這裡所記錄的未免就顯著十分寒磣了。我必定要這麼先聲明一下，否則教親友們看了傷心，倒怪不大好意思

1. 中國抗日戰爭，或稱日本侵華戰爭，國際上稱為第二次中日戰爭，中國史稱八年抗戰，中華人民共和國政府於2017年改稱為十四年抗戰。從1931年9月18日九一八事變開始至1945年8月15日日本投降，共歷時十四年。

的。簡言之，這是一個平凡人的平凡生活報告。假若有人喜歡讀驚奇，浪漫，不平凡的故事，那我就應該另寫一部傳奇，而其中的主角也就一定不是我自己了。

所謂，「八方風雨」者，因此，並不是說我曾東討西征，威風凜凜，也非私下港滬，或飛到緬甸，去弄些奇珍異寶，而後潛入後方，待價而沽。沒有，這些事我都沒有作過。我只有一枝筆。這枝筆是我的本錢，也是我的抗敵的武器。我不肯，也不應該，放棄了它，而去另找出路。於是，我由青島跑到濟南，由濟南跑到武漢，而後跑到重慶。由重慶，我曾到洛陽，西安，蘭州，青海，綏遠去遊蕩，到川東川西和昆明大理去觀光。到處，我老拿著我的筆。風把我的破帽子吹落在沙漠上，雨打濕了我的瘦小的鋪蓋捲兒；比風雨更厲害的是多少次敵人的炸彈落在我的附近，用沙土把我埋了半截。這，是流亡，是酸苦，是貧寒，是興奮，是抗敵，也就是「八方風雨」。

貳、開始流亡

直到二十六年十一月中旬，我還沒有離開濟南。第一，我不知道上哪裡去好：回老家北平吧，道路不通；而且北平已陷入敵手，我曾函勸諸友逃出來，我自己怎能去自投羅網呢？到上海去吧，滬上的友人又告訴我不要去，我只好「按兵不動」。第二，從泰安到徐州，火車時常遭受敵機的轟炸，而我的幼女才不滿三個月，大的孩子也不過四歲，實在不便去冒險。第三，我獨自逃亡吧，把家屬留在濟南，於心不忍；全家走吧，既麻煩又危險。這是最淒涼的日子。齊魯大學的學生已都走完，教員也走了多一半。那麼大的院子，只剩下我們幾家人。每天，只要是晴天，必有警報：上午八點開始，到下午四五點鐘才解除。院裡靜寂得可怕：賣青菜，賣果子的都已不再來，而一群群的失了主人的貓狗都跑來乞飯吃。

我著急，而毫無辦法。戰事的消息越來越壞，我怕城市會忽然的被敵人包圍住，而我作了俘虜。死亡事小，假若我被他捉去而被逼著作漢奸，怎麼辦呢？這點恐懼，日夜在我心中盤旋。是的，我在濟南，沒有財產，沒有銀錢；敵人進來，我也許受不了多大的損失。但是，一個讀書人最珍貴的東西是他的一點氣節。我不能等待敵人進來，把我的那點珍寶劫奪了去。我必須趕緊出走。

幾次我把一隻小皮箱打點好，幾次我又把它打開。看一看癡兒弱女，我實不忍獨自逃走。這情形，在我到了武漢的時候，我還不能忘記，而且寫出一首詩來：

弱女癡兒不解哀，牽衣問父去何來？
話因傷別潸應淚，血若停流定是灰。
已見鄉關淪水火，更堪江海逐風雷。
徘徊未忍道珍重，暮雁聲低切切催。

可是，我終於提起了小箱，走出了家門。那是十一月十五日的黃昏。在將要吃晚飯的時候，天上起了一道紅閃，緊接著是一聲震動天地的爆炸。三個紅閃，爆炸了三聲。這是——當時並沒有人知道——我們的軍隊破壞黃河鐵橋。鐵橋距我的住處有十多里路，可是我的院中的樹木都被震得葉如雨下。

立刻，全市的鋪戶都上了門，街上幾乎斷絕了行人。大家以為敵人已到了城外。我撫摸了兩下孩子們的頭，提起小箱極快的走出去。我不能再遲疑，不能不下狠心：稍一踟躕，我就會放下箱子，不能邁步了。

同時，我也知道不一定能走，所以我的臨別的末一句話是：「到車站看看有車沒有，沒有車就馬上回來！」在我的心裡，我切盼有車，寧願在中途被炸死，也不甘心坐待敵人捉去我。同時我也願車已不通，好折回來跟家人共患難。這兩個不同的盼望在我心中交戰，使我反倒忘了苦痛。我已主張不了什麼，走與不走全憑火車替我決定。

在路上，我找到一位朋友，請他陪我到車站去，假若我能走，好托他照應著家中。車站上居然還賣票。路上很靜，車站上卻人山人海。擠到票房，我買了一張到徐州的車票。八點，車入了站，連車頂上已坐滿了人。我有票，而上不去車。

生平不善爭奪搶擠。不管是名，利，減價的貨物，還是車位，船位，還有電影票，我都不會把別人推開而伸出自己的手去。看看車子看看手中的票，我對友人說：「算了吧，明天再說吧！」

友人主張再等一等。等來等去，已經快十一點了，車子還不開，我也上不去。我又要回家。友人代我打定了主意：「假若能走，你還是走了好！」他去敲了敲末一間車的窗。窗子打開，一個茶役問了聲：「幹什麼？」友人遞過去兩塊錢，只說了一句話：「一個人，一個小箱。」茶役點了頭，先接過去箱子，然後拉我的肩。友人托了我一把，我鑽入了車中，我的腳還沒落穩，車裡的人——都是士兵——便連喊：「出去！出去！沒有地方。」好容易立穩了腳，我說了聲：我已買了票。大家看著我，也不怎麼沒再說什麼。我告訴窗外的友人：「請回吧！明天早晨請告訴家裡一聲，我已上了車！」友人向我招了招手。

沒有地方坐，我把小箱豎立在一輛自行車的旁邊，然後用腳，用身子，用客氣，用全身的感覺，擴充我的地盤。最後，我蹲在小箱旁邊。又待了一會兒，我由蹲而坐，坐在了地上，下頦恰好放在自行車的坐墊上——那個三角形的，皮的東西。我只能這麼坐著，不能改換姿式，因為四面八方都擠滿了東西與人，恰好把我鑲嵌在那裡。

車中有不少軍火，我心裡說：「一有警報，才熱鬧！只要一個槍彈打進來，車裡就會爆炸；我，箱子，自行車，全會飛到天上去。」

同時，我猜想著，三個小孩大概都已睡去，妻獨自還沒睡，等著我也許回去！這個猜想可是不很正確。後來得到家信，才知道兩個大孩子都不肯睡，他們知道爸走了，一會兒一問媽：爸上哪兒去了呢？

夜裡一點才開車，天亮到了泰安。我仍維持著原來的姿式坐著，看不見外邊。我問了聲：「同志，外邊是陰天，還是晴天？」回答是：「陰天。」感謝上帝！北方的初冬輕易不陰天下雨，我趕的真巧！由泰安再開車，下起細雨來。

晚七點到了徐州。一天一夜沒有吃什麼，見著石頭彷彿都願意去啃兩口。頭一眼，我看見了個賣乾餅子的，拿過來就是一口。我差點兒噎死。一邊打著嗝兒，我一邊去買鄭州的票。我上了綠鋼車，安閒的，漂亮的，停在那裡，好像「戰地之花」似的。

到鄭州，我給家中與漢口朋友打了電報，而後歇了一夜。

到了漢口，我的朋友白君剛剛接到我的電報。他把我接到他的家中去。這是二十六年十一月十八日。從這一天起，我開始過流亡的生活。到今天——三十四年十二月四日——已整整八年了。

參、在武昌

離開家裡，我手裡拿了五十塊錢。回想起來，那時候的五十元錢有多麼大的用處呀！它使我由濟南走到漢口，而還有餘錢送給白太太一件衣料——白君新結的婚。

白君是我中學時代的同學。在武漢，還另有兩位同學，朱君與蔡君。不久，我就看到了他們。蔡君還送給我一件大衣。

住處有了，衣服有了，朋友有了：「我將幹些什麼呢？」這好決定。我既敢只拿著五十元錢出來，我就必是相信自己有掙飯吃的本領。我的資本就是我自己。只要我不偷懶，勤動著我的筆，我就有飯吃。

在漢口，我第一篇文章是給《大公報》寫的。緊緊跟著，又有好幾位朋友約我寫稿。好啦，我的生活可以不成問題了。

倒是繼續住在漢口呢，還是另到別處去呢？使我拿不定主意。二十一日，國府明令移都重慶。二十二日，蘇州失守。武漢的人心極度不安。大家的不安，也自然的影響到我。我的行李簡單，「貨物」輕巧，而且喜歡多看些新的地方，所以我願意再走。

我打電報給趙水澄兄，他回電歡迎我到長沙去。可是武漢的友人們都不願我剛剛來到，就又離開他們；我是善交友的人，也就猶豫不決。

在武昌的華中大學，還有我一位好友，游澤丞[2]教授。他不單不准我走，而且把自己的屋子與床鋪都讓給我，教我去住。他的寓所是在雲架橋——多麼美的地名！——地方安靜，飯食也好，還有不少的書籍。以武昌與漢口相較，我本來就歡喜武昌，因為武昌像個靜靜的中國城市，而漢口是不中不西的烏煙瘴氣的碼頭。雲架橋呢，又是武昌最清靜的所在，所以我決定搬了去。

游先生還另有打算。假若時局不太壞，學校還不至於停課，他很願意約我在華

2. 遊澤丞，本名遊國恩，字澤承，又字澤丞。中國現代學者、文學史家。

中教幾點鐘書。

可是，我第一次到華中參觀去，便遇上了空襲，這時候，武漢的防空設備都極簡陋。漢口的巷子裡多數架起木頭，上堆沙包。一個輕量的炸彈也會把木架打垮，而沙包足以壓死人。比這更簡單的是往租界裡跑。租界裡連木架沙包也沒有，可是大家猜測著日本人還不至於轟炸租界——這是心理的防空法。武昌呢，有些地方挖了地洞，裡邊用木頭撐住，上覆沙袋，這和漢口的辦法一樣不安全。有的人呢，一有警報便往蛇山上跑，藏在樹林裡邊。這，只須機槍一掃射，便要損失許多人。

華中更好了，什麼也沒有。我和朋友們便藏在圖書館的地窨裡。摩仿，使日本人吃了大虧。假若日本人不必等德國的猛襲波蘭與倫敦，就已想到一下子把軍事或政治或工業的中心炸得一乾二淨，我與我的許多朋友或者早已都死在武漢了。可是，日本人那時候只派幾架，至多不過二三十架飛機來。他們不猛襲，我們也就把空襲不放在心上。在地窨裡，我們還覺得怪安全呢。

不久，何容[3]，老向與望雲諸兄也都來到武昌千家街[4]福音堂。馮先生和朋友們都歡迎我們到千家街去。那裡，地方也很清靜，而且有個相當大的院子。何容與老向打算編個通俗的刊物；我去呢，也好幫他們一點忙。於是我就由雲架橋搬到千

3. 何容（1903－1990），原名何兆熊，字子祥，號談易，筆名老談、何容以筆名行世。中國語言學家、文法家、《國語日報》創辦人之一。曾任國語推行委員會副主任委員、主任委員。與老舍、老向稱白話文壇「三老」。

4. 應為千戶街。

家街，而慢慢忘了到長沙去的事。流亡中，本來是到處為家，有朋友的地方便可以小住；我就這麼在武昌住下去。

肆、略談三鎮

把個小一點的南京，和一個小一點的上海，搬攏在一處，放在江的兩岸，便是武漢。武昌很靜，而且容易認識——有那條像城的脊背似的蛇山，很難迷失了方向。漢口差不多和上海一樣的嘈雜混亂，而沒有上海的忙中有靜，和上海的那點文化事業與氣氛。它純粹的是個商埠，在北平，濟南，青島住慣了，我連上海都不大喜歡，更不用說漢口了。

在今天想起來，漢口幾乎沒有給我留下任何印象。雖然武昌的黃鶴樓是那麼奇醜的東西，雖然武昌也沒有多少美麗的地方，可是我到底還沒完全忘記了它。在蛇山的梅林外吃茶，在珞珈山下蕩船，在華中大學的校園裡散步，都使我感到舒適高興。

特別值得留戀的是武昌的老天成酒店。這是老字號。掌櫃與多數的夥計都是河北人。我們認了鄉親。每次路過那裡，我都得到最親熱的招呼，而他們的馳名的二鍋頭與碧醇是永遠管我喝夠的。

漢陽雖然又小又髒，卻有古蹟：歸元寺，鸚鵡洲，琴臺，魯肅墓，都在那裡。這些古蹟，除了歸元寺還整齊，其他的都破爛不堪，使人看了傷心。

漢陽的兵工廠是有歷史的。它給武漢三鎮招來不少次的空襲，它自己也受了很多的炸彈。

武漢的天氣也不令人喜愛。冬天很冷，有時候下很厚的雪。夏天極熱，使人無處躲藏。武昌，因為空曠一些，還有時候來一陣風。漢口，整個的像個大火爐子。樹木很少，屋子緊接著屋子，除了街道沒有空地。毒花花的陽光射在光光的柏油路上，令人望而生畏。

越熱，蚊子越多。在千家街的一間屋子裡，我曾在傍晚的時候，守著一大扇玻璃窗。在窗上，我打碎了三本刊物，擊落了幾百架小飛機。

蜈蚣也很多，很可怕。在褥下，箱子下，枕下，我都灑了雄黃；雖然不準知道，這是否確能避除毒蟲，可是有了這點設施，我到底能睡得安穩一些。有一天，一撕一個的小的郵卷，哼，裡面跳出一條蜈蚣來！

提到飲食，武漢並沒有什麼特殊的東西。除了珍珠丸子一類的幾種蒸菜而外，烹調的風格都近似江蘇館子的——什麼菜都加點燴粉與糖，既不特別的好吃，也不太難吃，至於燒賣裡面放糯米，真是與北方老粗故意為難了！

伍、寫鼓詞

當我還在濟南的時候，因時局的緊張，與宣傳的重要，我已經想利用民間的文藝形式。我曾隨著熱心宣傳抗戰的青年們去看白雲鵬[5]與張小軒[6]兩先生，討論鼓書的作法。

在漢口，我遇見了富少舫[7]（山藥蛋）先生，董蓮枝[8]女士，和她的丈夫鄭先生。這三位，都能讀書寫字，他們的愛國心也自然比一班的藝員更豐富。他們的眼睛不完全看著生意。只要有人供給他們新詞兒，他們就肯下工夫去琢磨腔調，去背誦，去演唱，即使因此而影響到生意，（都市中有閒的人們，既不喜新詞兒，又不喜接受宣傳，）他們也不管。他們以為能在生意之外，多盡些宣傳的責任，是他們的光榮。

和他們認識之後，我便開始寫鼓詞。

這時候，馮先生正請幾位畫家給畫大張的抗戰宣傳畫，以便放在街上，照著「拉大片」——一名西湖景——的辦法，教民眾們看。這需要一些韻語，去說明圖畫，我也就照著「看了一篇又一篇，十冬臘月好冷天」的套子，給每張作一首歌兒。

5. 白雲鵬（1874 － 1952），字翼青。京韻大鼓演員，「白派」京韻大鼓的創始人。
6. 張小軒（1876 － 1945），京韻大鼓藝人，「張派」京韻大鼓創始人。
7. 富少舫（1896 － 1952），「滑稽大鼓」演員，與「滑稽大鼓」演員老倭瓜（崔子明）、架冬瓜（葉德霖）、大茄子（杜玉衡）等，並稱「菜園派」。
8. 董蓮枝，當時於南京夫子廟唱梨花大鼓的民間藝人。

在戰爭中，大炮有用，刺刀也有用，同樣的，在抗戰中，寫小說戲劇有用，寫鼓詞小曲也有用。我的筆須是炮，也須是刺刀。我不管什麼是大手筆，什麼是小手筆；只要是有實際的功用與效果的，我就肯去學習，去試作。我以為，在抗戰中，我不僅應當是個作者，也應當是個最關心戰爭的國民；我是個國民，我就該盡力於抗敵；我不會放槍，好，讓我用筆代替槍吧。既願以筆代槍，那就寫什麼都好；我不應因寫了鼓詞與小曲而覺得有失身分。

在馮先生那裡，還來了三位避難的唱河南墜子[9]的。他們都是男人，都會拉會唱。他們都是在河南鄉間的集市上唱書的，所以他們需要長的歌詞，一段至少也得夠唱半天的。我向他們領教了墜子的句法，就開始寫一大段抗戰的故事，一共寫了三千多句。他們都是河南人，所以在他們的書詞裡有好多好多河南土語。他們的用韻也以鄉音為準，譬如「叔」可以押「樓」，因為他們的「叔」讀如北平的「熟」。我是北平人，只會用北平的俗語；於是，我雖力求通俗，可是有許多用語與辭彙不是他們所能了解的。由這點經驗，我曉得了通俗文藝若失去它的地方性，無論在言語上，還是在趣味上，它就必定也失去它的活躍與感動力。因此，我覺得民間的精神食糧，應當用一個地方的言語寫下來，而後由各地方去翻譯成各地方的土語；它

9. 墜子，發源自河南省流行於豫、魯、皖、京、津等地的一種以墜琴（古稱墜子弦）伴奏的說唱藝術，俗稱墜子書、簡板書或響板書。因起源河南、說唱使用官話與河南方言，所以又稱河南墜子。

的故事與趣味也照各地方的所需，酌量增減改動，才能保存它的文藝性。反之，若僅用死板的，沒有生氣的官話寫出，則儘管各地方的人可以勉強聽懂，也不會有多大的感動力量。

這三千多句長的一段韻文，可惜，已找不到了底稿。可是，我確知道那三位唱墜子的先生已把它背誦得飛熟，並且上了弦板。說不定，他們會真在民間去唱過呢——他們在武漢危急的時候，返回了故鄉。

陸、組織文協

文人們彷彿忽然集合到武漢。我天天可以遇到新的文友。我一向住在北方，又不愛到上海去，所以我認識的文藝界的朋友並不很多，戲劇界的名家，我簡直一個也不熟識。現在，我有機會和他們見面了。

郭沫若[10]，茅盾[11]，胡風，馮乃超，艾蕪，魯彥，郁達夫[12]，諸位先生，都遇到了。此外，還遇到戲劇界的陽翰笙，宋之的諸位先生，和好多位名導演與名藝員。

朋友們見面，不約而同的都想組織全國文藝界抗敵協會，以便團結到一處，共同努力於抗敵的文藝。我不是好事喜動的人，可是大家既約我參加，我也不便辭謝。

10. 郭沫若（1892 － 1978），原名開貞，字鼎堂，號尚武，後以家鄉大渡河和雅河的別稱「沫水」和「若水」取名沫若。中國現代文學家、劇作家、詩人、歷史學家、古文字學家、書法家、學者、社會活動家。
11. 茅盾（1896 － 1981），原名沈德鴻，字雁冰。曾任全國政協副主席、中國作家協會主席。著有《子夜》、《農村三部曲》等。
12. 郁達夫（1896 － 1945），名文，字達夫。中國近代小說家、散文家、詩人。著有《沉淪》等。

於是，我就參加了籌備工作。

籌備得相當的快。到轉過年三月二十七日成立大會便開成了。文人，在平日似乎有點吊兒郎當，趕到遇到要事正事，他們會幹得很起勁，很緊張。文藝協會的籌備期間並沒有一個錢，可是大家肯掏腰包，肯跑路，肯車馬自備。就憑著這一點齊心努力的精神，大家把會開成，而且開得很體面。

這是，一點也不誇大，歷史上少見的一件事。誰會見過幾百位寫家坐在一處，沒有一點成見與隔膜，而都想攜起手來，立定了腳步，集中了力量，勇敢的，親熱的，一心一德的，成為筆的鐵軍呢？

大會是在商會裡開的，連寫家帶來賓到七八百人。主席是邵力子[13]先生。這位老先生是文協首次大會的主席，也是後來歷屆年會的主席。上午在商會開會。中午在普海春聚餐；飯後即在普海春繼續開會，討論會章並選舉理事。真熱鬧，也真熱烈。有的人登在凳子上宣傳大會的宣言，有的人朗讀致外國作家的英文與法文信。可是警報器響了，空襲！誰也沒有動，還照舊的開會。普海春不在租界，我們不管。一個炸彈就可以打死大一半的中國作家，我們不管。

緊急警報！我們還是不動。高射炮響了。聽到了敵機的聲音。我們還繼續開會。

13. 邵力子（1882－1967），原名邵聞泰，字仲輝，號鳳壽。中國共產黨發起人之一。

投彈了，二十七架敵機，炸漢陽。

解除警報，我們正在選舉。五點多鐘散會，可是被推為檢票——我也是一個——及監票的，還須繼續工作。我們一直幹到深夜。選舉的結果，正是大家所期望的——不分黨派，不管對文藝的主張如何，而只管團結與抗戰。就我所記得的，邵力子，郭沫若，茅盾，胡風，馮乃超，郁達夫，姚蓬子，樓適夷，王平陵，陳西瀅，張恨水[14]，老向，諸位先生都當選。只就這幾位說，就可以看出他們代表的方面有多麼廣，而絕對沒有一點誰要包辦與把持的痕跡。

第一次理事會是在馮先生那裡開的。會裡沒有錢，無法預備茶飯，所以大家硬派馮先生請客。馮先生非常的高興，給大家預備了頂豐富，頂實惠的飲食。理事都到會，沒有請假的。開會的時候，張善子畫師「聞風而至」，願作會員。大家告訴他：「這是文藝界協會，不是美術協會。」可是，他卻另有個解釋：「文藝就是文與藝術。」雖然這是個曲解，大家可不再好意思拒絕他，他就作了文協的會員。

後來，善子先生給我畫了一張頂精緻的扇面——秋山上立著一隻工筆的黑虎。為這個扇面，我特意過江到榮寶齋，花了五元錢，配了一副扇骨。榮寶齋的人們也承認那是傑作。那一面，我求豐子愷[15]給寫了字。可惜，第一次拿出去，便丟失在

14. 張恨水（1895 － 1967），原名張心遠。中國章回小說家、鴛鴦蝴蝶派代表作家。著有《春明外史》、《啼笑因緣》等。
15. 豐子愷（1898 － 1945），原名潤，又名仁、仍，號子覬，後改為子愷。中國散文家、畫家、文學家、美術家與音樂教育家。中國漫畫藝術的先驅。

洋車上，使我心中難過了好幾天。

我被推舉為常務理事，並須擔任總務組組長。我願作常務理事，而力辭總務組組長。文協的組織裡，沒有會長或理事長。在擬定章程的時候，大家願意教它顯出點民主的精神，所以只規定了常務理事分擔各組組長，而不願有個總頭目。因此，總務組組長，事實上，就是對外的代表，和理事長差不多。我不願負起這個重任。我知道自己在文藝界的資望既不夠，而且沒有辦事的能力。

可是，大家無論如何不准我推辭，甚至有人聲明，假若我辭總務，他們也就不幹了。為怕弄成僵局，我只好點了頭。

柒、抗戰文藝

這一來不要緊，我可就年年的連任，整整作了七年。

上長沙或別處的計畫，連想也不再想了。文協的事務把我困在了武漢。

文協的「打炮」工作是刊行會刊。這又作得很快。大家湊了點錢，湊了點文章，就在五月四日發刊了《抗戰文藝》。這個日子選得好。「五四」是新文藝的生日，現在又變成了《抗戰文藝》的生日。新文藝假若是社會革命的武器，現在它變成了民族革命抵禦侵略的武器。

《抗戰文藝》最初是三日刊。不行，這太緊促。於是，出到五期就改了週刊。最熱心的是姚蓬子，適夷，孔羅蓀，與錫金幾位先生，他們晝夜的為它操作，奔忙。

會刊雖不很大，它卻給文藝刊物開了個新紀元——它是全國寫家的，而不是一個人或幾個人的。積極的，它要在抗戰的大前題下，容納全體會員的作品，成為文協的一面鮮明的旗幟。消極的，它要儘量避免像戰前刊物上一些彼此的口角與近乎惡意的批評。它要穩健，又要活潑；它要集思廣益，還要不失了抗戰的，一定的目標；它要抱定了抗戰宣傳的目的，還要維持住相當高的文藝水準。這不大容易作到。可是，它自始至終，沒有改變了它的本來面目。始終沒有一篇專為發洩自己感情，而不顧及大體的文章。

在武漢撤退的時候，有一部分會員，仍停留在那裡。他們——像馮乃超和孔羅蓀幾位先生——決定非至萬不得已的時候不離開武漢。於是，在會刊編輯部西去重慶的期間，就由這幾位先生編刊武漢特刊。特刊一共出了四期，末一期出版已是十月十五日——武漢是二十五日失守的。連同這四期特刊，《抗戰文藝》在武漢一共出了二十期。自十七期起，即在重慶復刊。這個變動的痕跡是可以由紙張上看出來的：前十六期及特刊四期都是用白報紙印的，自第十七期起，可就換用土紙了。

重慶的印刷條件不及武漢那麼良好，紙張——雖然是土紙——也極缺乏。因此，在文協的周年紀念日起，會刊由週刊改為半月刊。後來，又改成了月刊。就是在改為月刊之後，它還有時候脫期。會中經費支絀與印刷太不方便是使它脫期的兩個重要原因。但是，無論怎麼困難，它始終沒有停刊。它是文協的旗幟，會員們決不允許它倒了下去。在武漢的時候，它可以銷到七八千份。假若武漢不失守，它一定可以增銷到萬份以上。銷得多就不會賠錢，也自然可以解決了許多困難。可是，武漢失守了，會刊在渝復刊後，只能行銷於重慶，昆明，貴陽，成都幾個大都市，連洛陽，西安，蘭州都到不了。於是，每期只能印五千份，求出支相抵已自不易，更說不到賺錢了。

到了日本投降時，會刊出到了七十期。文協呢，由文藝界抗敵協會改名為文藝協會，《抗戰文藝》也自然須告一結束，於是編輯者決定再出一小冊作為終卷；以後就須出文藝協會的新會刊了。

在香港，昆明，和成都的文協分會，也都出過刊物，可是都因人才的缺乏與經費的困難，時出時停。最值得一提的是香港分會曾經出過幾期外文的刊物，向國外介紹中國的抗戰文藝。這是頭一個向國外作宣傳的文藝刊物，可惜因經費不足而夭折了，直到抗戰勝利，也並沒有繼承它的。

我不憚繁瑣的這麼敘述文協會刊的歷史，因為它實在是一部值得重視的文獻。它不單刊露了戰時的文藝創作，也發表了戰時文藝的一切意見與討論，並且報告了許多文藝者的活動。它是文，也是史。它將成為將來文學史上的一些最重要的資料。同時它也表現了一些特殊的精神，使讀者看到作家們是怎樣的在抗戰中團結到一起，始終不懈的打著他們的大旗，向暴敵進攻。

在忙著辦會刊而外，我們幾乎每個星期都有座談會聯誼會。那真是快活的日子。多少相識與不相識的同道都成了朋友，在一塊兒討論抗戰文藝的許多問題。開茶會呢，大家各自掏各自的茶資；會中窮得連「清茶恭候」也作不到呀。會後，剛剛得到了稿費的人，總是自動的請客，去喝酒，去吃便宜的飯食。在會所，在公園，在美的咖啡館，在友人家裡，在旅館中，我們都開過會。假若遇到夜間空襲，我們便滅了燈，摸著黑兒談下去。

這時候大家所談的差不多集中在兩個問題上：一個是如何教文藝下鄉與入伍，一個是怎麼使文藝效勞於抗戰。前者是使大家開始注意到民間通俗文藝的原因；後者是在使大家於詩，小說，戲劇而外，更注意到朗誦詩，街頭劇，及報告文學等新體裁。

但是，這種文藝通俗運動的結果，與其說是文藝真深入了民間與軍隊，倒不如說是文藝本身得到新的力量，並且產生了新的風格。文藝工作者只能負討論，試作，與宣導的責任，而無法自己把作品送到民間與軍隊中去。這需要很大的經費與政治力量，而文藝家自己既找不到經費，又沒有政治力量。這樣，文藝家想到民間去，軍隊中去，都無從找到道路，也就只好寫出民眾讀物，在報紙上刊物上發表發表而已。這是很可惜，與無可如何的事。

雖然我的一篇《抗戰一年》鼓詞，在七七周年紀念日，散發了一萬多份；雖然何容與老向先生編的《抗到底》是專登載通俗文藝作品的刊物；雖然有人試將新寫的通俗文藝也用木板刻出，好和《孟姜女》與《歎五更》什麼的放在一處去賣；雖然不久教育部也設立了通俗讀物編刊處；可是這個運動，在實施方面，總是枝枝節節沒有風起雲湧的現象。我知道，這些作品始終沒有能到鄉間與軍隊中去——誰出大量的金錢，一印就印五百萬份？誰給它們運走？和准否大量的印，准否送到軍民中間去？都沒有解決。沒有政治力量在它的後邊，它只能成為一種文藝運動，一種沒有什麼實效的運動而已。

會員郁達夫與盛成先生到前線去慰勞軍隊。歸來，他們報告給大家：前線上連報紙都看不到，不要說文藝書籍了。士兵們無可如何，只好到老百姓家裡去借《三國演義》，與《施公案》一類的閒書。聽到了這個，大家更願意馬上寫出一些通俗的讀物，先印一二百萬份送到前線去。我們確是願意寫，可是印刷的經費，與輸送的辦法呢？沒有人能回答。於是，大家只好乾著急，而想不出辦法來。

捌、入川

在武漢，我們都不大知道怕空襲。遇到夜襲，我們必定「登高一望」。探照燈把黑暗劃開，幾條銀光在天上尋找。找到了，它們交叉在一處，照住那銀亮的，幾乎是透明的敵機。而後，紅的黃的曳光彈打上去，高射炮緊跟著開了火。有聲有色，真是壯觀。

四月二十九與五月三十一日的兩次大空戰，我們都在高處看望。看著敵機被我機打傷，曳著黑煙逃竄，走著走著，一團紅光，敵機打幾個翻身，落了下去；有多麼興奮，痛快呀！一架敵機差不多就在我們的頭上，被我們兩架驅逐機截住，它就好像要孵窩的母雞似的，有人捉它，它就爬下不動那樣，老老實實的被擊落。

可是，一進七月，空襲更凶了，而且沒有了空戰。在我的住處，有一個地洞，橫著豎著，上下與四壁都用木柱密密的撐住，頂上堆著沙包。有一天，也就是下午兩三點鐘吧，空襲，我們入了這個地洞。敵機到了。一陣風，我們聽到了飛沙走石；緊跟著，我們的洞就像一隻小盒子被個巨人提起來，緊緊的亂搖似的，使我們眩暈。離洞有三丈吧，落了顆五百磅的炸彈，碎片打過來，把院中的一口大水缸打得粉碎。我們門外的一排貧民住房都被打垮，馬路上還有兩個大的彈坑。

我們沒被打死，可是知道害怕了。再有空襲，我們就跑過鐵路，到野地的荒草中藏起去。天熱，草厚，沒有風，等空襲解除了，我的襪子都被汗濕透。

不久，馮先生把我們送到漢口去。武昌已經被炸得不像樣子了。千家街的福音堂中了兩次彈。蛇山的山坡與山腳死了許多人。

因為我是文協的總務主任，我想非到萬不得已不離開漢口。我們還時常在友人家裡開晚會，十回倒有八回遇上空襲，我們煮一壺茶，滅去燈光，在黑暗中一直談到空襲解除。邵先生勸我們快走，他的理由是：「到了最緊急的時候，你們恐怕就弄不到船位，想走也走不脫了！」

這樣，在七月三十日，我，何容，老向，與肖伯青（文協的幹事），便帶著文協的印鑒與零碎東西，辭別了武漢。只有友人白君和馮先生派來的副官，來送行。

船是一家中國的公司的，可插著義大利旗子。這是條設備齊全，而一切設備都不負責任的船。艙門有門軸，而關不上門；電扇不會轉；衣鉤掉了半截；什麼東西都有，而全無用處。開水是在大木桶裡。我親眼看見一位江北娘姨把洗腳水用完，又倒在開水桶裡！我開始拉痢。

一位軍人，帶著緊要公文，要在城陵磯下船。船上不答應在那裡停泊。他耽誤了軍機，就碰死在繞錨繩的鐵柱上！

船隻到宜昌。我們下了旅館。我繼續拉痢。天天有空襲。在這裡，等船的人很多，所以很熱鬧——是熱鬧，不是緊張。中國人彷彿不會緊張。這也許就是日本人侵華失敗的原因之一吧？日本人不懂得中國人的「從容不迫」的道理。

我們求一位黃老翁給我們買票。他是一位極誠實坦白的人，在民生公司作事多年。他極願幫我們的忙，可是連他也不住的抓腦袋。人多船少，他沒法子臨時給我們趕造出一隻船來。等了一個星期，他算是給我們買到了鋪位——在甲板上。我們不挑剔地方，只要不叫我們浮著水走就好。

彷彿全宜昌的人都上了船似的。不要說甲板上，連煙囪下面還有幾十個難童呢。開飯，晝夜的開飯。茶役端著飯穿梭似的走，把腳上的泥垢全印在我們的被上枕上。我必須到廁所去，但是在夜間三點鐘，廁所外邊還站著一排候補員呢！

三峽有多麼值得看哪。可是，看不見。人太多了，若是都擁到船頭上去觀景，船必會插在江裡，永遠不再抬頭。我只能側目看下面，看到人頭——頭髮很黑——在水裡打旋兒。

八月十四，我們到了重慶。上了岸，我們一直奔了青年會去。會中的黃次咸與宋傑人兩先生都歡迎我們，可是怎奈宿舍已告客滿。這時候重慶已經來了許多公務人員和避難的人，旅館都有人滿之患。青年會宿舍呢，地方清靜，床鋪上沒有臭蟲，房價便宜，而且有已經打好了的地下防空洞，所以永遠客滿。我們下決心不去另找住處。我們知道，在會裡——那怕是地板呢——作候補，是最牢靠的辦法。黃先生們想出來了一個辦法，教我們暫住在機器房內。這是個收拾會中的器具的小機器房，很黑，響聲很大。

天氣還很熱。重慶的熱是出名的。我永遠沒睡過涼席，現在我沒法不去買一張了。睡在涼席上，照舊汗出如雨。牆，桌椅，到處是燙的；人彷彿是在爐裡。只有在一早四五點鐘的時候，稍微涼一下，其餘的時間全是在熱氣團裡。城中樹少而坡多，頂著毒花花的太陽，一會兒一爬坡，實在不是好玩的。

四川的東西可真便宜，一角錢買十個很大的燒餅，一個銅板買一束鮮桂圓。好吧，天雖熱，而物價低，生活容易，我們的心中涼爽了一點。在青年會的小食堂裡，我們花一二十個銅板就可以吃飽一頓。

文協的會友慢慢的都來到，我們在臨江門租到了會所，開始辦公。

我們的計畫對了。不久，我們便由機器房裡移到樓下一間光線不很好的屋裡去。過些日子，又移到對門光線較好的一間屋中。最後，我們升到樓上去，屋子寬，光線好，開窗便看見大江與南山。何容先生與我各據一床。他編《抗到底》，我寫我的文章。他每天是午前十一點左右才起來。我呢，到十一點左右已寫完我一天該寫的一二千字。寫完，我去吃午飯。等我吃過午飯回來，他也出去吃東西，我正好睡午覺。晚飯，我們倆在一塊兒吃。晚間，我睡得很早，他開始工作，一直到深夜。我們，這樣，雖分住一間屋子，可是誰也不妨礙誰。趕到我們偶然都喝醉了的時候，才忘了這互不侵犯協定，而一齊吵嚷一回。

我開始正式的去和富少舫先生學大鼓書。好幾個月，才學會了一段《白帝城》，腔調都摹擬劉（寶全）派。學會了這麼幾句，寫鼓詞就略有把握了。幾年中，我寫了許多段，可是只有幾段被富先生們採用了：

《新拴娃娃》（內容是救濟難童），富先生唱。

《文盲自歎》（內容是掃除文盲），富先生唱。

《陪都巡禮》（內容是讚美重慶），富貴花小姐唱。

《王小趕驢》（內容是鄉民抗敵），董蓮枝女士唱。

以上四段，時常在陪都演唱。其中以《王小趕驢》為最弱，因為董女士是唱山東犁鏵大鼓[16]的，腔調太緩慢，表現不出激昂慷慨的情調。於此，知內容與形式必求一致，否則勞而無功。

我也開始寫舊劇劇本——用舊劇的形式寫抗戰的故事。這沒有多大的成功。我只聽說有一兩出曾在某地表演過，我可是沒親眼看到。舊劇，因為是戲劇，比鼓詞難寫多了。最不好辦的是教現代的人穿行頭，走臺步；不如此吧，便失去舊劇之美；按葫蘆挖瓢吧，又使人看著不舒服；穿時裝而且歌且舞吧，又像文明戲。沒辦法！

這時候，我還為《抗到底》寫長篇小說——《蛻》。這篇東西沒能寫成。《抗到底》後來停刊了，我就沒再往下寫。

16. 山東大鼓又稱「犁鏵大鼓」、「梨花大鼓」，起源於山東農村，原使用書鼓加上農具碎片擊拍，後改為鐵片、銅片，並用三弦、四弦伴奏，一人演唱或二人對唱。山東大鼓曲調纏綿婉轉，解放後有所改革。

轉過年來，二十八年之春，我開始學寫話劇劇本。對戲劇，我是十成十的外行，根本不曉得小說與劇本有什麼分別。不過，和戲劇界的朋友有了來往，看他們寫劇，導劇，演劇，很好玩，我也就見獵心喜，決定瞎碰一碰。好在，什麼事情莫不是由試驗而走到成功呢。我開始寫《殘霧》。

初夏，文協得到戰地黨政工作委員會的資助，派出去戰地訪問團，以王禮錫[17]先生為團長，宋之的先生為副團長，率領羅烽，白朗，葛一虹等十來位先生，到華北戰地去訪問抗戰將士。

同時，慰勞總會組織南北兩慰勞團，函請文協派員參加。理事會決議：推舉姚蓬子，陸晶清兩先生參加南團，我自己參加北團。

這是在五三、五四敵機狂炸重慶以後。重慶的房子，除了大機關與大商店的，差不多都是以竹篾為牆，上敷泥土，因為冬天不很冷，又沒有大風，所以這種簡單、單薄的建築滿可以將就。力氣大的人，一拳能把牆砸個大洞。假若魯智深來到重慶，他會天天闖禍的。這種房子蓋得又密密相連，一失火就燒一大片。火災是重慶的罪孽之一。日本人曉得這情形，所以五三、五四都投的是燃燒彈——不為炸軍事目標，而是蓄意要毀滅重慶，造成恐怖。

17. 王禮錫（1901－1939），字庶三。中國詩人、散文家、文學研究者、社會活動家。

前幾天，我在公共防空洞裡幾乎憋死。人多，天熱，空襲的時間長，洞中的空氣不夠用了。五三、五四我可是都在青年會裡，所以沒受到什麼委屈。五四最糟，警報器因發生障礙，不十分響；沒有人準知道是否有了空襲，所以敵機到了頭上，人們還在街上遊逛呢。火，四面八方全是火，人死得很多。我在夜裡跑到馮先生那裡去，因為青年會附近全是火場，我怕被火圍住。徹夜，人們像流水一般，往城外搬。

經過這個大難，文協會所暫時移到南溫泉去，和張恨水先生為鄰。我也去住了幾天。人心慢慢的安定了，我回渝籌備慰勞團與訪問團出發的事情。我買了兩身灰布的中山裝，準備遠行。此後，我老穿著這樣的衣服。下過幾次水以後，衣服灰不灰，藍不藍，老在身上裹著，使我很像個清道夫。吳組緗先生管我的這種服裝叫作斯文掃地的衣服。

文協當然不會給我盤纏錢，我便提了個小鋪蓋捲，帶了自己的幾塊錢，北去遠征。

在起身以前，我寫完了《殘霧》。沒加修改，便交王平陵先生去發表。我走了半年。等我回來，《殘霧》已上演過了，很成功。導演是馬彥祥先生，演員有舒繡文，吳茵，孫堅白，周伯勳諸位先生。可惜，我沒有看見。

慰勞團先到西安，而後繞過潼關，到洛陽。由洛陽到襄樊老河口，而後出武關再到西安。由西安奔蘭州，到由蘭州榆林，而後到青海，綏遠，寧夏，興集，一共走了五個多月，兩萬多里。

這次長征的所見所聞，都記在《劍北篇》裡——一部沒有寫完，而且不大像樣的，長詩。在陝州，我幾乎被炸死。在興集，我差一點被山洪沖了走。這些危險與興奮，都記在《劍北篇》裡，即不多贅。

王禮錫先生死在了洛陽，這是文藝界極大的一個損失！

玖、由川到滇

從二十九年起，大家開始感覺到生活的壓迫。四川的東西不再便宜了，而是一漲就漲一倍的天天往上漲。我只好經常穿著斯文掃地的衣服了。我的香煙由使館降為小大英，降為刀牌，降為船牌，再降為四川土產的捲煙——也可美其名曰雪茄。別的日用品及飲食也都隨著香煙而降格。

生活不單困苦，而且也不安定。十八，二十九，三十，這三年，日本費盡心機，用各種花樣來轟炸。有時候是天天用一二百架飛機來炸重慶，有時候只用每次三五架，甚至於一兩架，自曉至夜的施行疲勞轟炸，有時候單單在人們要睡覺，或睡的正香甜的時候，來搗亂。日本人大概是想以轟炸壓迫政府投降。這是個夢想。中國人絕不是幾個或幾千個炸彈所能嚇倒的。雖然如此，我在夏天可必須離開重慶，因為在防空洞裡我沒法子寫作。於是，一到霧季過去，我就須預備下鄉，而馮先生總派人來迎接：「上我這兒來吧，城裡沒法子寫東西呀！」二十九年夏天，我住在陳家橋馮公館的花園裡。園裡只有兩間茅屋，歸我獨住。屋外有很多的樹木，樹上時時有各種的鳥兒為我——也許為牠們自己——唱歌。我在這裡寫《劍北篇》。

霧季又到，回教協會邀我和宋之的先生合寫以回教為主題的話劇。我們就寫了《國家至上》。這劇本，在重慶，成都，昆明，大理，香港，桂林，蘭州，恩施，都上演過。他是抗戰文藝中一個成功的作品。因寫這劇本，我結識了許多回教的朋友。有朋友，就不怕窮。我窮，我的生活不安定，可是我並不寂寞。

二十九年冬，因趕寫《面子問題》劇本，我開始患頭暈。生活苦了，營養不足，又加上愛喝兩杯酒，遂患貧血。貧血遇上努力工作，就害頭暈——低頭就天旋地轉，只好靜臥。這個病，至今還沒好，每年必犯一兩次。病一到，即須臥倒，工作完全停頓！著急，但毫無辦法。有人說，我的作品沒有戰前的那樣好了。我不否認。想想看，抗戰中，我是到處流浪，沒有一定的住處，沒有適當的飯食，而且時時有暈倒的危險，我怎能寫出字字珠璣的東西來呢？

三十年夏，疲勞轟炸鬧了兩個星期。我先到歌樂山，後到陳家橋去住，還是應馮先生之邀。這時候，羅莘田先生來到重慶。因他的介紹，我認識了清華大學校長梅貽琦先生，梅先生聽到我的病與生活狀況，決定約我到昆明去住些日子。昆明的天氣好，又有我許多老友，我很願意去。在八月下旬，我同莘田搭機，三個鐘頭便到了昆明。

我很喜愛成都，因為它有許多地方像北平。不過，論天氣，論風景，論建築，昆明比成都還更好。我喜歡那比什剎海更美麗的翠湖，更喜歡昆明湖——那真是湖，不是小小的一汪水，像北平萬壽山下的人造的那個。土是紅的，松是綠的，天是藍的，昆明的城外到處像油畫。

更使我高興的，是遇見那麼多的老朋友。楊今甫大哥的背有點駝了，卻還是那樣風流儒雅。他請不起我吃飯，可是也還烤幾罐土茶，圍著炭盆，一談就和我談幾點鐘。羅膺中兄也顯著老，而且極窮，但是也還給我包餃子，煮俄國菜湯吃。鄭毅生，陳雪屏，馮友蘭，馮至，陳夢家，沈從文，章川島，段喆人，聞一多，蕭滌非，彭嘯咸，查良釗，徐旭生，錢端升諸先生都見到，或約我吃飯，或陪我遊山逛景。

這真是快樂的日子。在城中，我講演了六次；雖然沒有什麼好聽，聽眾倒還不少。在城中住膩，便同莘田下鄉。提著小包，順著河堤慢慢的走，風景既像江南，又非江南；有點像北方，又不完全像北方；使人快活，彷彿是置身於一種晴朗的夢境，江南與北方混在一起而還很調諧的，只有在夢中才會偶爾看到的境界。

在鄉下，我寫完了《大地龍蛇》劇本。這是受東方文化協會的委託，而始終未曾演出過的，不怎麼高明的一本劇本。

認識一位新朋友——查阜西先生。這是個最爽直，熱情，多才多藝的朋友。他聽我有願看看大理的意思，就馬上決定陪我去。幾天的工夫，他便交涉好，我們作兩部運貨到畹町的卡車的高等黃魚。所謂高等黃魚者，就是第一不要出錢，第二坐司機臺，第三司機師倒還請我們吃酒吃煙——這當然不在協定之內，而是在路上他們自動這樣作的。兩位司機師都是北方人。在開車之前他們就請我們吃了一桌酒席！後來，有一位摔死在瀾滄江上，我寫了一篇小文悼念他。

到大理，我們沒有停住，馬上奔了喜洲鎮去。大理沒有什麼可看的，不過有一條長街，許多賣大理石的鋪子而已。它的城外，有蒼山洱海，才是值得看的地方。到喜洲鎮去的路上，左是高山，右是洱海，真是置身圖畫中。喜洲鎮，雖然是個小鎮子，卻有宮殿似的建築，小街左右都流著清清的活水。華中大學由武昌移到這裡來，我又找到游澤丞教授。他和包漢莊教授，李何林教授，陪著我們遊山泛水。這真是個美麗的地方，而且在趕集的時候，能看到許多夷民。

極高興的玩了幾天，吃了不知多少條魚，喝了許多的酒，看了些古蹟，並對學生們講演了兩三次，我們依依不捨的道謝告辭。在回程中，我們住在了下關等車。在等車之際，有好幾位回教朋友來看我，因為他們演過《國家至上》。查阜西先生這回大顯身手，居然借到了小汽車，一天便可以趕到昆明。

在昆明過了八月節，我飛回了重慶來。

拾、寫與遊

這時候，我已移住白象街新蜀報館。青年會被炸了一部分，宿舍已不再辦。夏天，我下鄉，或去流蕩；冬天便回到新蜀報館，一面寫文章，一面辦理文協的事。文協也找到了新會所，在張家花園。

物價像發瘋似的往上漲。文人們的生活都非常的困難。我們已不能時常在一處吃飯喝酒了，因為大家的口袋裡都是空空的。文協呢有許多會員到桂林和香港去，人少錢少，也就顯著冷落。可是，在重慶的幾個人照常的熱心辦事，不肯教它寂寞的死去。辦事很困難，只要我們動一動，外邊就有謠言，每每還遭受了打擊。我們可是不灰心，也不抱怨。我們諸事謹慎，處處留神。為了抗戰，我們甘心忍受一切的委屈。

我的身體也越來越壞，本來就貧血，又加上時常「打擺子」（川語，管瘧疾叫打擺子），所以頭暈病更加重了。

不過，頭暈並沒完全阻止了我的寫作。只要能掙扎著起床，我便拿起筆來，等頭暈得不能坐立，再把它放下。就是在這麼掙扎著的情形下，八年中我寫了：鼓詞，十來段。舊劇，四五出。話劇，八本。短篇小說，六七篇。長篇小說，三部。長詩，一部。此外還有許多篇雜文。

這點成績，由質上量上說都沒有什麼了不起。不過，把病痛，困苦，與生活不安定，都加在裡面，即使其中並無佳作，到底可以見出一點努力的痕跡來了。

書雖出了不少，而錢並沒拿到幾個。戰前的著作大致情形是這樣的：商務的三本（《老張的哲學》，《趙子曰》，《二馬》），因滬館與渝館的失去聯繫，版稅完全停付；直到三十二年才在渝重排。《駱駝祥子》，《櫻海集》，《牛天賜傳》，

《老牛破車》四書，因人間書屋已倒全無消息。到三十一年，我才把《駱駝祥子》交文化生活出版社重排。《牛天賜傳》到最近才在渝出版。《櫻海集》與《老牛破車》都無機會在渝付印。其餘的書的情形大略與此相同，所以版稅收入老那麼似有若無。在抗戰中寫的東西呢，像鼓詞，舊劇等，本是為宣傳抗戰而寫的，自然根本沒想到收入。話劇與鼓詞，目的在學習，也談不到生意經。只有小說能賣，可是因為學寫別的體裁，小說未能大量生產，收入就不多。

不過，寫作的成績雖不好，收入也雖欠佳，可是我到底學習了一點新的技巧與本事。這就「不虛此寫」！一個文人本來不是商人，我又何必一定老死盯著錢呢？沒有餓死，便是老天爺的保佑；若專算計金錢，而忘記了多學習，多嘗試，則未免掛羊頭而賣狗肉矣。我承認八年來的成績欠佳，而不後悔我的努力學習。我承認不計較金錢，有點愚蠢，我可也高興我肯這樣愚蠢；天下的大事往往是愚人幹出來的。

有許多去教書的機會，我都沒肯去：一來是，我的書籍，存在了濟南，已全部丟光；沒有書自然沒法教書。二來是，一去教書，勢必就耽誤了亂寫，我不肯為一點固定的收入而隨便擱下筆，筆是我的武器，我的資本，也是我的命。

三十一年夏天，我隨馮先生去遊灌縣與青城山。

我真喜愛青城山。它的翠綠的顏色直到如今還印在我的腦中。三峽，劍門，華山，終南，祁連山我都看過了，它們都有它們的特點，都有它們的奇偉處，可是我覺得它們都不如青城。我是喜安靜的人，所以特別喜歡青城的幽寂。

可惜，我沒能到峨嵋去！四川真偉大，有多少奇山異水可看呀！一個人若能走遍了四川，也就夠開眼的了！就是在重慶那麼亂的山城裡，它到底有許多青峰，和兩條清江可以作詩料呀！

我愛花，即使不能去看高山大川，我的案頭一年四季總有一瓶鮮花給我一點安慰。梅，各色的梅；臘梅，各種的臘梅；杜鵑，茶花，水仙，菊，和各種的花，都能在街頭買到。看著花，我想像著那山腰水濱的美麗，便有些樂不思「離」蜀矣！

拾壹、在北碚

北碚是嘉陵江上的一個小鎮子，離重慶有五十多公里，這原是個很平常的小鎮市；但經盧作孚與盧子英先生們的經營，它變成了一個「試驗區」。在抗戰中，因有許多學校與機關遷到此處，它又成了文化區。此地出煤。在許多煤礦中，天府公司且有最新的設備與輕便鐵路。原有的手工業是製造石器——石硯及磨石等——與掛麵，現在又添上小的粉麵廠與染織廠。

這裡的學校是復旦大學，體育專科學校，戲劇專科學校，重慶師範，江蘇省立醫學院，兼善中學和勉仁中學等。遷來的機關有國立編譯館，禮樂館，中工所，水利局，中山文化教育館，兒童福利所，江蘇醫院，教育電影製片廠……。有了這麼多的學校與機關，市面自然也就跟著繁榮起來。它的整潔的旅舍，相當大的飯館，浴室，和金店銀行。它也有公園，體育場，戲館，電燈，和自來水。它已不是個小鎮，而是個小城。它的市外還有北溫泉公園，可供遊覽及游泳；有山，山上住著太虛大師與法尊法師，他們在縉雲寺中設立了漢藏理學院，教育年青的和尚。

二十八、二十九兩年，此地遭受了轟炸，炸去許多房屋，死了不少的人。可是隨炸隨修。它的市容修改得更整齊美麗了。這是個理想的住家的地方。具體而微的，凡是大都市應有的東西，它也都有。它有水路，旱路直通重慶，百貨可以源源而來。它的安靜與清潔又遠非重慶可比。它還有自己的小小的報紙呢。

林語堂先生在這裡買了一所小洋房。在他出國的時候，他把這所房交給老向先生與文協看管著。因此，一來這裡有許多朋友，二來又有住處，我就常常來此玩玩。在復旦，有陳望道，陳子展，章靳以，馬宗融，洪深，趙松慶，伍蠡甫，方令孺諸位先生，在編譯館，有李長之，梁實秋，隋樹森，閻金鍔，老向，諸位先生；在禮樂館，有楊仲子，楊蔭瀏，盧前，張充和，諸位先生；此處還有許多河北的同鄉；所以我喜歡來到此處，雖然他們都窮，但是輪流著每家吃一頓飯，還不至於教他們破產。

三十一年夏天，我又來到北碚，寫長篇小說《火葬》，從這一年春天，空襲就很少了；即使偶爾有一次，北碚也有防空洞，而且不必像在重慶那樣跑許多路。

哪知道，這樣一來可就不再動了。十月初，我得了盲腸炎，這個病與瘧疾，在抗戰中的四川是最流行的；大家都吃平價米，裡邊有許多稗子與稻子。一不留神把它們咽下去，入了盲腸，便會出毛病。空襲又多，每每剛端起飯碗警報器響了；只好很快的抓著吞咽一碗飯或粥，顧不得細細的挑揀；於是盲腸炎就應運而生。

我入了江蘇醫院。外科主任劉玄三先生親自動手。他是北方人，技術好，又有個熱心腸。可是，他出了不少的汗。找了三個鐘頭才找到盲腸。我的胃有點下垂，盲腸挪了地方，倒彷彿怕受一刀之苦，而先藏躲起來似的。經過還算不錯，只是外邊的縫線稍粗（戰時，器材缺乏），創口有點出水，所以多住了幾天院。

我還沒出院，家眷由北平逃到了重慶。只好教他們上北碚來。我還不能動。多虧史叔虎，李效庵兩位先生——都是我的同學——設法給他們找車，他們算是連人帶行李都來到北碚。

從這時候，我就不常到重慶去了。交通越來越困難，物價越來越高；進一次城就彷彿留一次洋似的那麼費錢。除了文協有最要緊的事，我很少進城。

妻絜青在編譯館找了個小事，月間拿一石平價米，我照常寫作，好歹的對付著過日子。

按說，為了家計，我應去找點事作。但是，一個閒散慣了的文人會作什麼呢？不要說別的，假若在從武漢撤退的時候，我若只帶二三百元（這並不十分難籌）的東西，然後一把搗一把的去經營，說不定我就會成為百萬之富的人。有許多人，就是這樣的發了財的。但是，一個人只有一個腦子，要寫文章就顧不得作買賣，要作生意就不用寫文章。腦子之外，還有志願呢。我不能為了金錢而犧牲了寫作的志願。那麼，去作公務人員吧？也不行！公務人員雖無發國難財之嫌，可是我坐不慣公事房。去教書呢，我也不甘心。教我放下毛筆，去拿粉筆，我不情願。我寧可受苦，也不願改行。往好裡說，這是堅守自己的崗位；往壞裡說，是文人本即廢物。隨便怎麼說吧，我的老主意。

我戒了酒。在省錢而外，也是為了身體。酒，到此時才看明白，並不幫忙寫作，而是使腦子昏亂遲鈍。

我也戒煙。這卻專為省錢。可是，戒了三個月，又吸上了。不行，沒有香煙，簡直活不下去！

既不常進城，我開始計畫寫一部百萬字的長篇小說。一百萬字，我想，能在兩年中寫完；假若每天能照準寫一千五百字的話。三十三年元月，我開始寫這長篇──就是《四世同堂》。

可是，頭昏與瘧疾時常來搗亂。到三十三年年底，我才只寫了三十萬字。這篇東西大概非三年寫不完了。

北碚雖然比重慶清靜，可是夏天也一樣的熱。我的臥室兼客廳兼書房的屋子，三面受陽光的照射，到夜半熱氣還不肯散，牆上還可以烤麵包。我睡不好。睡眠不足，當然影響到頭昏。屋中坐不住，只好到室外去，而室外的蚊子又大又多，扇不停揮，牠們還會乘機而入，把瘧蟲注射在人身上。「打擺子」使貧血的人更加貧血。

三十三年這一年又是戰局最黑暗的時候，中原，廣西，我們屢敗；敵人一直攻進了貴州。這使我憂慮，也極不放心由桂林逃出來的文友的安全。憂慮與關切地減低了我寫作的效率。

拾貳、望北平

三十三年四月十六日，文協開年會。第二天，朋友們給我開了寫作二十年紀念會，到會人很多，而且有朗誦，大鼓，武技，相聲，魔術等遊藝節目。有許多朋友給寫了文章，並且送給我禮物。到大家教我說話的時候，我已泣不成聲。我感激大家對我的愛護，又痛心社會上對文人的冷淡，同時想到自己的年齡加長，而碌碌無成，不禁百感交集，無法說出話來。

這卻給我以很大的鼓勵。我知道我寫作成績並不怎麼好；友人們的鼓勵我，正像鼓勵一個拉了二十年車的洋車夫，或辛苦了二十年的郵差，雖然成績欠佳，可是始終盡責不懈。那麼，為酬答友人的高情厚誼，我就該更堅定的守住崗位，專心一志的去寫作，而且要寫得更用心一些。我決定把《四世同堂》寫下去。這部百萬字的小說，即使在內容上沒什麼可取，我也必須把它寫成，成為從事抗戰文藝的一個較大的紀念品。

三十三年的戰局很壞，我可是還天天寫作。除了頭昏不能起床，我總不肯偷懶。

這一年，《四世同堂》得到三十萬字。

三十四年，我的身體特別壞。年初，因為生了個小女娃娃，我睡得不甚好，又患頭暈。春初，又打擺子。以前，頭暈總在冬天。今年，夏天也犯了這病。秋間，患痔，拉痢。這些病痛時常使我放下筆。本想用兩年的功夫把《四世同堂》寫完，可是到三十四年年底，只寫了三分之二。這簡直不是寫東西，而是玩命！

抗戰勝利了，我進了一次城。按我的心意，文協既是抗敵協會，理當以抗戰始，以勝利終。進城，我想結束結束會務，宣布解散。朋友們可是一致的不肯使它關門。他們都願意把「抗敵」取銷，成為永久的文藝協會。於是，大家開始籌備改組事宜，不久便得社會部的許可，發下許可證。

關於復員，我並不著急。一不營商，二不求官，我沒有忙著走的必要。八年流浪，到處為家；反正到哪裡，我也還是寫作，幹嗎去擠車擠船的受罪呢？我很想念家鄉，這是當然的。可是，我既沒錢去買黑票，又沒有衣錦還鄉的光榮，那麼就教北平先等一等我吧，寫了一首「鄉思」的七律，就拿它結束這段「八方風雨」吧：

茫茫何處話桑麻？破碎山河破碎家；
一代文章千古事，餘年心願半庭花！
西風碧海珊瑚冷，北嶽霜天翔角斜；
無限鄉思秋日晚，夕陽白髮待歸鴉！

三十四年十二月二十八日於四川北碚
（載一九四六年四月四日至五月十六日北平《新民報》）

大智若愚

學會了作文章，（文章不一定就是文藝），而後中了狀元，而後無災無病作到公卿，這恐怕是歷來的文人的最如意的算盤。相傳既久，心理就不易一時改變過來；於是在今天也許還有不少的人想用文章獵取利祿與聲名。可是，這個心理必須改變，因為它正是把文藝置之死地的禍根。

要搞文藝就必先決定去犧牲。你要忘了個人的利益與幸福，你才能作一輩子文人，為文藝而生，為文藝而死。在物質享受上，稿費版稅永遠不能比囤積走私的來頭大；在精神上，思想永遠是自取煩惱的東西。相安無事便是一夜無話，文藝也就無從產生。不甘相安無事，你便必苦心焦慮的思索，而後把那最好的，最有價值的話說出來，而後你還要認真的去駁辯，勇敢的作真理的律師。這些，都給你帶來痛苦，也許會要掉了腦袋。好話永遠不甜蜜悅耳，而真理永遠是用生命換得來的。

這樣的說來，你假若想要以一半篇作品取個文藝者的頭銜，從而展開一條小小的路徑，去弄點錢花，娶個相當漂亮的太太，或且作一番與文藝無關的事業，則似乎大可不必，因為文藝最忌敷衍，最忌腳踩兩隻船；頂好賣什麼吆喝什麼，大不該只在「好玩」，或「方便」上耍些玄虛。

只要你一想到為文藝服役，你就須馬上想到一切苦處，像要去作和尚那樣斬盡塵根，硬是準備滿身蝨子連搔也不去搔一下！你要知道，凡是要救世的都須忘了自己，喪掉了自己的生命。

你要準備下那最高的思想與最深的感情，好長出文藝的花朵，切不可只在文字上用工夫，以文字為神符。文字不過是文藝的工具。一把好鋸並不能使人變為好木匠。

即使那是真的，你也不要先去揣摩某人怎麼仗著舅舅的力量而印出兩本書，或某人怎麼出巧計而作了編輯，從而千方百計的去仿效。文藝中無巧可取，你千萬別自騙騙人！你知道，文藝者對別人是「大智」，對自己卻是「大愚」！

（載一九四五年三月《抗戰文藝》第十卷第一期。）

師友雜記

記滌洲[1]

死是多麼容易想到的事，可是白滌洲的死大概朋友們誰也沒想到吧？這才使人跺腳！才三十多歲，天不怕地不怕——因為身體好——精明強幹，捨己從人，滌洲，竟自死了；誰在事前敢這麼想，誰是瘋子；而今「天」是瘋了；從青島到北平，我的淚不能乾，不能乾！

十六七歲的時候，我倆是同學。雖然隔著班級，不知道怎的我和滌洲最說得來。那時候，他偏著頭，穿著瘦藍布褂，身量就不矮，常考第一。有的同學和他好，有的不大對勁兒；沒人恨他。他簡單，有點鄉下氣，好說，也有些不高明而寬厚的幽默。說起西山來，他的眼——老那麼扣扣著點——發了光。他得意，自稱為山精。我倆很好，可是我找不到他有什麼特別可愛的地方。我承認他聰明，沒脾氣，可是我同時怕他只為考第一，樣樣功課叫好，而落得什麼也不真好；天才往往倒不見得考第一。對他的脾氣也是這樣，我怕他為太討好而學圓滑了，我愛硬幹的人。

他在師範學校畢業後就派作了校長，接我的手。這時候，我倆的交情更深了些，

1. 白滌洲（1900 － 1934），名鎮瀛，以字行。曾任國語統一籌備委員會常務委員、中國大辭典編纂處理部主任、《國語周刊》主編。後致力於音韻、方言等語言學研究。

我看出他的本事，和交友的厚道。我這才明白：他的精明使他更忠厚——本來應當更圓滑——這就是說，他「肯」吃虧。他吃了虧，向好友們說說，一種幽默的出氣方法。假若沒地方去說，他可受不住。這個人必須有些好友，他自己是個好朋友。我想不起更足以表現他整個人格的稱號；對，只有「好朋友」，大家有什麼事都找他。有時候因為事的瑣細，他說聲「他媽的」，可是馬上穿起大衫，不怕是在怎樣勞累以後，還是去給辦那件小事。什麼都是他，錢歸他拿著，房契由他保存，書在他那裡堆著。他高興，他對事事點頭。啊，滌洲，你的死，我們大家都負著責任。你是累死了。

在小學校界裡幾年，他成了很重要的人物。幾個好友都看出來：滌洲不應當這樣下去，他應該求學，他有才力。他盤算了一番，只接受這個建議，而不接收任何人的金錢。他考入了北大。一邊求學，一邊還得養活一家子人。他又接了我的事，在教育會裡作幹事。大家都說：「滌洲和舍予是一對兒。」其實，我憑哪樣趕得上他呢？就以我倆的事說，我的錢，他管著，明知他那麼忙。我的家人，他給照應著。我的書，他代保存著；有人借去一本，他都寫個小條釘在書架上。回到北平，我住在他家。我幫助了他什麼呢？還不就是能彼此談得來，他能和我談那些帶「他媽的」

的話？夏天我在他那兒住，他滿頭大汗的回來，抱著個出號的西瓜。脫了大衫，他去找刀：「來，舍予，看我宰這個肥的！」吃了瓜，他脫了襪子，腿登在椅上，和我說起來。在他的談話裡，永遠不自傲；對於學問，他常歎氣；對於作人，他才肯點頭——「我是個好人！」把吃虧受累的事都向我訴了委屈，手——那指甲微有點長的手——拍在腿上：「嘿，還忘了給老楊去定鋪位呢，他後天上南京。」他又跑了，甭管天氣多熱。

就在這麼忙，這麼多事的幾年中，他居然成了個學者。什麼我都敢希望他，除了成為學者。他堵了我的嘴，可是激動了我的心。我不知怎樣對他好了：應幫助他成為學者——自然第一是先別求他辦事了。不求他辦事，怎能行呢？他是我的主心骨！求他辦事？當然耽誤了他的用功。朋友，滌洲，恐怕不是我一個人對你這樣吧？我們想過了，而事情終於托你給辦。只有你辦得好，只有你肯替我們受累。你是散處各方的朋友的總辦事處。你死了，滌洲，我們……說什麼呢？！眼淚有什麼用呢？！十天沒有接到你的信，我還心裡說：莘田到了北平，熱鬧起來，忘了我！我還——該死！——給你匯錢，詳詳細細的寫信，托你給辦事。錢匯到北平，電報到了青島——滌洲病故！

每次到北平來，洗澡，吃飯，買東西，聽戲，都是你陪著；這次，你獨自睡在法源寺。你的一切，我知道。你的高身量，深色的衣服，手，臉，想主意時把下唇一咬……都記得，都記得，只是沒了你，像個夢！

你這一輩子，受過多少累，吃過多少苦，家中遭了多大的變故，你總不灰心，始終努力，就這樣死了嗎？前年我由濟南趕來，是為祭你的夫人，安慰你。你還是笑著，淚終日在眼眶裡。去年你過濟南，我們談了半夜。你老那麼高興，要強，不怕，你老是我們中最年少最有為的一位——朋友。朋友！你決不肯——我知道——棄捨了我們。你在我們心中老活著。想起了你，會使我們努力作人，努力治學。命是短的，作好作壞是一樣的——早晚得死。有你死在前面，我們懂得了；作好要快呀，命是短的。滌洲，我說不出什麼來了。我只能叫幾聲「好朋友」，哭著跑回青島。人家說咱倆是一對兒，唉！！！

（原載一九三四年十月二十七日《國語週刊》第一六一號）

哭白滌洲

十月十二接到電報：「滌洲病危」。十四起身，到北平，他已過去。接到電報，隔了一天才動身，我希望在這一天再得個消息——好的。十二號以前，什麼信兒都沒聽到，怎能忽然「病危」？滌洲的身體好，大家都曉得，所以我不信那個電報，而且深信必再有電更正。等了一天，白等；我的心涼了。在火車上我的淚始終在眼裡轉。車到前門，接我的是齊鐵恨[1]——他在南京作事——我倆的淚都流下來了。我恨我晚來了一天，可是鐵恨早來一天也沒見到「他」。十二的早晨，「他」就走了。

這完全像個夢。八月底，我們三個——滌洲，鐵恨，與我——還在南京會著。多麼歡喜呀！滌洲張羅著逛這兒那兒，還要陪我到上海，都被我攔住了。他先是同劉半農[2]先生到西北去；半農先生死後，他又跑到西安去講學。由西安跑到南京，還要隨我上上海。我沒叫他去。他的身體確是好，但是那麼熱的天，四下裡跑，不是玩的。這只是我的小心；夢也夢不到他會死。他回到北平，有信來，說：又搬了家。以後，再沒信了。我心裡還說：他大概是忙著作文章呢。敢情他又到河南講學

1. 齊鐵恨（1892 － 1977），本名勛，自號鐵恨。曾於上海商務印書館擔任國語書刊編輯，1923 年與吳敬恆籌辦開設上海國語師範學校並任職教師；1928 年完成編輯《國語羅馬字學習書》；1946 年至台灣擔任臺灣省國語推行委員會常務委員，同時擔任國立台灣大學、國立臺灣師範大學等校的兼任教師。
2. 劉半農（1891 － 1934），原名劉壽彭，後改名復，初字半儂，後改字半農。現代著名詩人、雜文家和語言學者。

去了。由河南回來就病。十二號我接到那個電報。這不像個夢？

今天翻弄舊稿，夾著他一封信——去年一月十日在西山發的。「苓兒死去……咽氣恰與伊母下葬同時，使我不能不特別哀痛。在家裡我抱大莊，家母抱菊，三輩四人，情形極慘。現在我跑到西山，住在第三小學的最下一個院子，偌大的地方只有我一個人。天極冷，風頂大，冰寒的月光布滿了庭院，我隔著玻窗，凝望南山，回憶兩禮拜來的遭遇，止不住的眼淚流下來！」

「兩禮拜來的遭遇」是大孩子藍死，夫人死，女孩苓死。跟著——老天欺侮起來好人沒完！——是菊死，和白老伯死；一氣去了五口。藍是夜間死的，他一邊哭一邊給我寫信。緊跟著又得到白夫人病故的信，我跑回北平去安慰他。他還支持著，始終不放聲的哭，可是端茶碗的時候手顫。跟著又死去三口，大家都擔心他。他失眠，閉上眼就看見他的孩子。可是他不喝酒，不吸煙，像棵松樹似的立著。他要作好到底。現在，剩下六十多的老母，廿多歲的續娶的夫人，與五歲的大莊！人生是什麼呢？

朋友裡，他最好。他對誰也好。有他，大家的交情有了中心。什麼都是他作，任勞任怨的作，會作，肯作，有力氣作。對家人，對朋友，永遠捨己從人。對事情，明知上當，還作，只求良心上過得去。他很精明，但不掏出手段；他很會辦事，多一半是因為肯辦，肯認真辦。他就這麼累死了。

對學問，他很謙虛，總說他自己「低能」。可是在事情那麼忙亂的時候，他居然在音韻學上有成就，有著作。他作到別人所不能作到的了：就在家中死了五口以後，他會跑到西北去調查方音！他還笑著說呢：到外邊散散心。死了五口，散心？拿調查工作散心，他不是心狠，是盡人力所及的鑄造自己。他老要對得起自己，對得起朋友，對得起一生。卅五歲就死去，這樣的人，只有無知的老天知道怎回事！

自我一認識他，他彷彿就是個高個子。老推平頭，老穿深色的衣服，腮上鬍子很重。偶然穿上洋服，他笑自己。他知道自己不漂亮。同樣，他知道自己的一切缺點。有一次，他把件綢子大衫染得發了綠頭，他笑著把它藏起去：「這不行，這不行，穿它還能上街？」他什麼也不行，他覺得。於是高過他的人，他不巴結。低於他的人，他幫忙。對他自己，在幽默的輕視中去努力。高高的個子，灰色或藍色的長袍，一天到晚他奔忙。他沒有過人的思想，只求在他才力所及的事上，學問上，作人上，去作。他實在。說給他一件新事，或一個新的思想，他要想了，然後他拍著腿：「高！高！」到此為止；他能了解，而永遠不能作出來，新的。舊社會的享受，他沒享受過；新的，也沒享受過。他老想使別人過得去，什麼新的舊的，反正自己沒占了便宜。自己不占便宜就舒服。因此，他心寬。死了五口，還能支持，還替朋友辦事，還努力工作，就是這個力量的果實。誰都說，過了那一場，滌洲什麼也不怕了。他竟會死了！

他死的時候，一群朋友圍著他，眼看著咽氣，沒辦法。他給朋友幫過多少忙，而大家只能看著他死。他死後，由上海漢口青島趕來許多朋友，來哭；有什麼用呢？他已經死在醫院了，老太太還拉著大莊給他送果子來。噢，什麼也別說了吧，要慘到什麼地步呢！滌洲，滌洲，我們只有哭；沒用，是沒用。可是，我們是哭你的價值呀。我們能找到比你俊美的人，比你學問大的人，比你思想高的人；我們到哪兒去找一位「朋友」，像你呢？

（載一九三四年十二月《人間世》第十七期）

何容[1] 何許人也

粗枝大葉的我可以把與我年紀相彷彿的好友們分為兩類。這樣的分類可是與交情的厚薄一點也沒關係。第一類是因經濟的壓迫或別種原因，沒有機會充分發展自己的才力，到二十多歲已完全把生活放在掙錢養家，生兒養女等等上面去。他們沒工夫讀書，也顧不得天下大事，眼睛老釘在自己的憂喜得失上。他們不僅不因此而失去他們的可愛，而且可羨慕，因為除非遇上國難或自己故意作惡，他們總是苦樂相抵，不會遇到什麼大不幸。他們不大愛思想，所以喝杯鹹菜酒也很高興。

第二類差不多都是悲劇裡的角色。他們有機會讀書；同情於，或參加過，革命；知道，或想去知道，天下大事；會思想或自己以為會思想。這群朋友幾乎沒有一位快活的。他們的生年月日就不對：都生在前清末年，現在都在三十五與四十歲之間。禮義廉恥與孝悌忠信，在他們心中還有很大的分量。同時，他們對於新的事情與道理都明白個幾成。以前的作人之道棄之可惜，於是對於父母子女根本不敢作什麼試驗。對以後的文化建設不願在人後，可是別人革命可以發財，而他們革命只

1. 何容（1903 – 1990），原名何兆熊，字子祥，號談易，筆名老談、何容以筆名行世。中國語言學家、文法家、《國語日報》創辦人之一。曾任國語推行委員會副主任委員、主任委員。與老舍、老向三人稱白話文壇「三老」。

落個「憶昔當年……」。他們對於一切負著責任：前五百年，後五百年，全屬他們管。可是一切都不管他們，他們是舊時代的棄兒，新時代的伴郎。誰都向他們討稅，他們始終就沒有二畝地，這些人們帶著滿肚子的委屈，而且還得到處揚著頭微笑，好像天下與自己都很太平似的。

在這第二類的友人中，有的是徘徊於盡孝呢，還是為自己呢？有的是享受呢，還是對家小負責呢？有的是結婚呢，還是保持個人的自由呢？……花樣很多，而其基本音調是一個——徘徊，遲疑，苦悶。他們可是也並不敢就乾脆不掙扎，他們的理智給感情畫出道兒來，結果呢，還是努力的維持舊局面吧，反正得站一面兒，那麼就站在自幼兒習慣下來的那一面好啦。這可不是偷懶，撿著容易的作，也不是不厭惡舊而壞的勢力，而實在需要很大的勉強或是——說得好聽一點——犧牲；因為他們打算站在這一面，便無法不捨掉另一面，而這個另一面正自帶著許多媚人的誘惑力量。

何容兄是這樣朋友中的一位代表。在革命期間，他曾吃過槍彈：幸而是打在腿上，所以現在還能「不」革命的活著。革命吧，不革命吧，他的見解永不落在時代後頭。可是在他的行為上，他比提倡尊孔的人還更古樸，這裡所指的提倡尊孔者還是那真心想翼道救世的。他沒有一點「新」氣，更提不到「洋」氣。說衛生，他比誰都曉得。但是他的生活最沒規律：他能和友人們一談談到天亮，而白天去睡覺。朋友是一切，人家要說到天亮，他決不肯只陪到夜裡兩點。可有一點，這得看是什麼朋友；他要是看誰不順眼，連一分鐘也不肯空空的花費。他的「古道」使他柔順像個羊，同時能使他硬如鐵。當他硬的時候，不要說巴結人，就是泛泛的敷衍一下也不肯。在他柔順的時候，他的感情完全受著理智的調動：比如說友人的小孩病得要死，他能晝夜的去給守著，而面上老是微笑，希望他的笑能減少友人一點痛苦；及至友人們都睡了，他才獨對著垂死的小兒落淚。反之，對於他以為不是東西的人，他全任感情行事，不管人家多麼難堪。他「承認」了誰，誰就是完人；有了錯過他也要說而張不開口。他不承認誰，乘早不必討他的厭去。

怎樣能被他「承認」呢？第一個條件是光明磊落。所謂光明磊落就是一個人能把舊禮教中那些捨己從人的地方用在一切行動上。而且用得自然單純，不為著什麼利益與必期的效果。他不反對人家講戀愛，可是男的非給女的提著小傘與低聲下氣的連喚「嘀耳」[2]不可，他便受不住了，他以為這位先生缺乏點丈夫氣概。他不是不明白在「追求」期間這幾乎是照例的公事，可是他遇到這種事兒，便誇大的要說

2. 英語 Dear 的音譯。

他的話了：「我的老婆給我扛著傘，能把人碰個跟頭的大傘！」他，真的，不讓何太太扛傘。真的，他也不能給她扛傘。他不佩服打老婆的人，加倍的不佩服打完老婆而出來給她提小傘的人，後者不光明磊落。

光明磊落使他不能低三下四的求愛，使他窮，使他的生活沒有規律，使他不能多寫文章——非到極滿意不肯寄走，改、改、改，結果文章失去自然的風趣。作什麼他都出全力，為是對得起人，而成績未必好。可是他願費力不討好，不肯希望「歪打正著」。他不常喝酒，一喝起來他可就認了真，喝酒就是喝酒；醉？活該！在他思索的時候，他是心細如髮。他以為不必思索的事，根本不去思索，譬如喝酒，喝就是了，管它什麼。他的心思忽細忽粗，正如其為人忽柔忽硬。他並不是瘋子，但是這種矛盾的現象，使他「闊」不起來。對於自己物質的享受，他什麼都能將就；對於擇業擇友，一點也不將就。他用消極的安貧去平衡他所不屑的積極發展。無求於人，他可以冷眼靜觀宇宙了，所以他幽默。他知道自己矛盾，也看出世事矛盾，他的風涼話是含著這雙重的苦味。

是的，他不像別的朋友們那樣有種種無法解決的，眼看著越纏越緊而翻不起身的事。以他來比較他們，似乎他還該算個幸運的。可是我拿他作這群朋友的代表。

正因為他沒有顯然的困難，他的悲哀才是大家所必不能避免的，不管你如何設法擺脫。顯然的困難是時代已對個人提出清賬，一五一十，清清楚楚。他的默默悲哀是時代與個人都微笑不語，看到底誰能再敷衍下去。他要想敷衍呢，他便須和一切妥協：舊東西中的好的壞的，新東西中的好的壞的，一齊等著他給喊好；自要他肯給它們喊好，他就頗有希望成為有出路的人。他不能這麼辦。同時他也知道毀壞了自己並不是怎樣了不得的事，他不因不妥協而變成永不洗臉的名士。革命是有意義的事，可是他已先偏過了。怎辦呢？他只交下幾個好朋友，大家到一塊兒，有的說便說，沒的說彼此就楞著也好。他也教書，也編書，月間進上幾十塊錢就可以過去。他不講穿，不講究食住，外表上是平靜沉默，心裡大概老有些人家看不見的風浪。真喝醉了的時候也會放聲的哭，也許是哭自己，也許是哭別人。

他知道自己的毛病，所以不吹騰自己的好處。不過，他不想改他的毛病，因為改了毛病好像就失去些硬勁兒似的。努力自勵的人，假若沒有腦子，往往比懶一些的更容易自誤誤人。何容兄不肯拿自己當個猴子耍給人家看。好、壞，何容是何容：他的微笑似乎表示著這個。對好友們，他才肯說他的毛病，像是：「起居無時，飲食無節，衣冠不整，禮貌不周，思而不學，好求甚解而不讀書……」只有他自己才能說得這麼透徹。催他寫文章，他不說忙，而是「慢與忙有關係，因優故忙」。因為「作文章像暖房裡人工孵雞，雞孵出來了，人得病一場！」

他若穿起軍服來，很像個營裡的書記長。胸與肩夠寬，可惜臉上太白了些，不完全像個兵。臉白，可並不美。穿起藍布大衫，又像個學校裡不拿事的庶務員。面貌與服裝都沒什麼可說，他的態度才是招人愛的地方，老是安安穩穩，不慌不忙，不多說話，但說出來就得讓聽者想那麼一會兒。香煙不離口；酒不常喝，而且喝多了在兩天之後才現醉象——這使朋友們視他為「異人」；他自己也許很以此自豪，雖然「晚醉」和「早醉」是一樣受罪的。他喜愛北平，大概最大的原因是北平有幾位說得來的朋友。

（載一九三五年十二月《人間世》第四十一期）

代語堂[1]先生擬赴美宣傳大綱

話說林語堂先生，頭戴紗帽盔，上面兩個大紅絲線結子；遮目的是一對嶗山水晶墨鏡，完全接近自然，一點不合科學的製法。身上穿著一件寶藍團龍老紗大衫，銅鈕扣，沒有領子——因為反對洋服的硬領，所以更進一步的爽性光著脖子。腳上一雙青大緞千層底圓口皂鞋，腳脖兒上豆青的綢帶紮住褲口。右手裡一把斑竹八根架紙扇，一面畫的是淡墨山水，一面自己寫的一小段舒白香遊山日記——寫得非常的好，因為每個字旁都由林先生自己畫了雙圈。左手提著雲南製的水煙袋，托子是琺瑯的，非常的古豔。

林先生的身上自然還有別的東西，一一的說來未免有點煩絮；總而言之，他身上沒有一件足以惹人懷疑是否國產的物品。這倒不全為提倡國貨；每一件東西都是頂古雅精美的，順手兒也宣傳著東方文化。

林先生本打算雇一條帶帆的漁船，或西湖上的遊艇，在太平洋裡一面釣著魚，一面緩緩前進。這個辦法既足以證實他的藝術生活，又足以使兩個老漁夫或一對船

1. 林語堂（1985 － 1976），原名玉堂，後改名語堂，中華民國文學家、發明家。曾任北京大學英文系教授、廈門大學文學院院長、南洋大學首位校長。後定居香港，任香港中文大學研究教授、聯合國教科文組織美術與文學主任、國際筆會副會長等職。於 1940 與 1950 年兩度獲得諾貝爾文學獎提名。

娘能自食其力的掙口飯吃——後者恐怕是這個計畫的主要目的。不過，即使大家都不怕慢，走上三五個月滿不在乎，可是小船——雖然是那麼有畫意——恐怕幹不過海洋裡的風浪。真要是把老漁夫或船娘都餵了海魚，未免有悖於人道主義。算了吧，只好坐海船吧。

為減少輪船上的俗氣與洋味，林先生帶著個十歲的小書僮：頭上梳著兩個抓髻，繫著鮮紅的頭繩。林先生坐在甲板上的籐椅上，書僮捧著瑤琴一旁侍立。琴上無弦，省得去彈；只是個「意思」而已。

一「海」無話，林先生吃得胖胖的，就到了美國。船一到碼頭，新聞記者如蜜蜂一般擁上前來，全是找林先生的。林先生命書僮點起檀香，提著景泰藍香爐在前引路，徐徐的前進。新聞記者圍上前來，林先生深感不快，乃曼聲曰：「吾乃——『吾國吾民』之著者是也！沒別的可說！」眾畏其威，乃退。不過，林先生的相，在他沒甚留神的時候，已被他們照了去；在當日的晚報就登印出來。

歇兵三日，林先生擬出宣傳大綱：

一、男人應否怕老婆——陽綱不振為西方文化之大毛病。予之來所以使懦夫立也——林先生的文字是文言與白話兩摻著的，特別是在草擬大綱的時候。公雞打鳴，母雞生蛋，天然有別，不可強易。男女平等，本是男的種田，女的紡線，各盡其職之謂。反之，像英美各國，男兒拚命掙錢，老婆不管洗衣作飯；哪道婚姻，什麼平等！婦道不修，於是在戀愛之前已打聽好怎樣離婚，以便爭取生活費，哀哉！中國古聖先賢都說夫為妻綱，已預知此害；西方無此種聖人，故大吃其虧。宜速迎東方活聖人一位，封為國師！

二、男人怎樣可以不怕老婆——在今日的中國，怕老婆者穿洋服。與夫人同行，代她拿傘，抱孩子。洋服者，西洋之服，自古已然，怕老婆非一日矣！為今之計，西洋男子應馬上改穿中服，以免萬劫茫茫。中服威嚴，雖賈波林穿上亦無局促瘦窘之相。望而生畏，女人不敢大發雌威矣。中服舒服，男人知道求舒服，女人即知責任之所在；反之，自上鎖鐐，硬領皮鞋，以示甘受苦刑，則女人見景生情，必使跪著頂燈；猛醒吧，西洋男子！中服使人安詳自在。氣度安詳，則威而不猛，增高身分。譬若老婆發了命令，穿大衫之丈夫可漫應之，Yes, dear；而許久不動，直至對方把命令改成央求，乃徐徐起立。穿西服之丈夫鮮能為此：洋服表示乾淨俐落之精神，一聞令下，必須疾驅而前，顯出敏捷脆快；Yes, dear，未及說完，早已一道閃光而去，臉上笑容充滿宇宙。久之夫人並發令之勞且厭之，而眉指頤使，丈夫遂成了專看眼神的動物！這還了得，西洋男子必須革命！

三、中西文化及其蒼蠅——東方人的閒適，使蒼蠅也得到自由；西方人的固執，蒼蠅大受壓迫。世界大同，雖是個理想，但總有實現之一日。以蒼蠅言，在大同主義之下，必有其東方的自由，而受過本文科學的洗禮；「明日」之蒼蠅必為消毒的蒼蠅，活潑潑的而不負傳染惡疾的責任。此事雖小，足以喻大；明乎此，可與言東西文化之交映成輝矣。（此項下還有許多節目，如中西文化及其蜈蚣，中西文化及其青蛙等，即不備錄。）

四、東西的藝術及其將來：西方的藝術大體上說來，總免不了表現肉感，裸體畫與雕刻是最明顯的例子。東方的藝術，反之，卻表現著清滌肉感，而給現實生活一些雲煙林水之氣。由這一點上來看，西方的精神是斑爛猛虎，有牠的猛勇，活躍，及直爽；東方的精神是淡遠的秋林，有它的安閒，靜恬，及含蓄。這樣說來，彷彿各有所長，船多並不礙江。可是細那麼一想，則東方的精神實在是西方文化的矯正，特別是在都市文化發達到出了毛病的時候——像今日。西方今日之需要靜恬，就是沒別的更好的辦法，至少也須常常看到一種秋江夕照的圖畫（如林先生扇子上所畫的那個），常常聽到一種平沙落雁的音樂，而把客廳裡懸著的大光眼兒，二光眼兒，一律暫時收起。光屁股藝術有它的直爽與健康，但樂園的亞當與夏娃並非只以一絲不掛為榮，還有林花蟲蝶之樂。況且假若他倆多注意些花鳥之趣，而一心無邪，恐怕到如今還住在那裡——閒著畫幾幅山水兒什麼的，給天使們鑒賞，豈不甚好？！

五、吾國與吾民——有書為證，頂好大家手執一冊，焚香靜讀，你們多得些知識，我多收點版稅，兩有益的事兒。

六、幽默的意義與技巧——專為美國大學生講；女生暫不招待，以使聽完不懂得發笑，大殺風景。

七、中國今日的文藝——專為研究比較文學的講演，聽講時須各攜煙斗或香煙與洋火。講題：

（1）《論語》的創始與發展。

（2）《人間世》的生滅。

（3）《宇宙風》怎樣颳風。

（載一九三六年八月《逸經》第十一期）

宗月大師

在我小的時候，我因家貧而身體很弱。我九歲才入學。因家貧體弱，母親有時候想教我去上學，又怕我受人家的欺侮，更因交不上學費，所以一直到九歲我還不識一個字。說不定，我會一輩子也得不到讀書的機會。因為母親雖然知道讀書的重要，可是每月間三四吊錢的學費，實在讓她為難。母親是最喜臉面的人。她遲疑不決，光陰又不等待著任何人，荒來荒去，我也許就長到十多歲了。一個十多歲的貧而不識字的孩子，很自然的去作個小買賣——弄個小筐，賣些花生，煮豌豆，或櫻桃什麼的。要不然就是去學徒。母親很愛我，但是假若我能去作學徒，或提籃沿街賣櫻桃而每天賺幾百錢，她或者就不會堅決的反對。窮困比愛心更有力量。

有一天劉大叔偶然的來了。我說「偶然的」，因為他不常來看我們。他是個極富的人，儘管他心中並無貧富之別，可是他的財富使他終日不得閒，幾乎沒有工夫來看窮朋友。一進門，他看見了我。「孩子幾歲了？上學沒有？」他問我的母親。他的聲音是那麼洪亮，（在酒後，他常以學喊俞振庭的《金錢豹》自傲）他的衣服是那麼華麗，他的眼是那麼亮，他的臉和手是那麼白嫩肥胖，使我感到我大概是犯了什麼罪。我們的小屋，破桌凳，土炕，幾乎禁不住他的聲音的震動。等我母親回答完，劉大叔馬上決定：「明天早上我來，帶他上學，學錢，書籍，大姐你都不必管！」我的心跳起多高，誰知道上學是怎麼一回事呢！

第二天，我像一條不體面的小狗似的，隨著這位闊人去入學。學校是一家改良私塾，在離我的家有半里多地的一座道士廟裡。廟不甚大，而充滿了各種氣味：一進山門先有一股大煙味，緊跟著便是糖精味，（有一家熬製糖球糖塊的作坊）再往裡，是廁所味，與別的臭味。學校是在大殿裡。大殿兩旁的小屋住著道士，和道士的家眷。大殿裡很黑，很冷。神像都用黃布擋著，供桌上擺著孔聖人的牌位。學生都面朝西坐著，一共有三十來人。西牆上有一塊黑板——這是「改良」私塾。老師姓李，一位極死板而極有愛心的中年人。劉大叔和李老師「嚷」了一頓，而後教我拜聖人及老師。老師給了我一本《地球韻言》[1]和一本《三字經》。我於是，就變成了學生。

自從作了學生以後，我時常的到劉大叔的家中去。他的宅子有兩個大院子，院中幾十間房屋都是出廊的。院後，還有一座相當大的花園。宅子的左右前後全是他

1. 江陵張士瀛編著，中國最早的世界地理課本。

的房屋，若是把那些房子齊齊的排起來，可以占半條大街。此外，他還有幾處鋪店。每逢我去，他必招呼我吃飯，或給我一些我沒有看見過的點心。他絕不以我為一個苦孩子而冷淡我，他是闊大爺，但是他不以富傲人。

在我由私塾轉入公立學校去的時候，劉大叔又來幫忙。這時候，他的財產已大半出了手。他是闊大爺，他只懂得花錢，而不知道計算。人們吃他，他甘心教他們吃；人們騙他，他付之一笑。他的財產有一部分是賣掉的，也有一部分是被人騙了去的。他不管；他的笑聲照舊是洪亮的。

到我在中學畢業的時候，他已一貧如洗，什麼財產也沒有了，只剩下那個後花園。不過，在這個時候，假若他肯用用心思，去調整他的產業，他還能有辦法教自己豐衣足食，因為他的好多財產是被人家騙了去的。可是，他不肯去請律師。貧與富在他心中是完全一樣的。假若在這時候，他要是不再隨便花錢，他至少可以保住那座花園，和城外的地產。可是，他好善。儘管他自己的兒女受著饑寒，儘管他自己受盡折磨，他還是去辦貧兒學校，粥廠，等等慈善事業。他忘了自己。就是在這個時候，我和他過往的最密。他辦貧兒學校，我去作義務教師。他施捨糧米，我去幫忙調查及散放。在我的心裡，我很明白：放糧放錢不過只是延長貧民的受苦難的日期，而不足以阻攔住死亡。但是，看劉大叔那麼熱心，那麼真誠，我就顧不得和他辯論，而只好也出點力了。即使我和他辯論，我也不會得勝，人情是往往能戰敗理智的。

在我出國以前，劉大叔的兒子死了。而後，他的花園也出了手。他入廟為僧，夫人與小姐入庵為尼。由他的性格來說，他似乎勢必走入避世學禪的一途。但是由他的生活習慣上來說，大家總以為他不過能念念經，布施布施僧道而已，而絕對不會受戒出家。他居然出了家。在以前，他吃的是山珍海味，穿的是綾羅綢緞。他也嫖也賭。現在，他每日一餐，入秋還穿著件夏布道袍。這樣苦修，他的臉上還是紅紅的，笑聲還是洪亮的。對佛學，他有多麼深的認識，我不敢說。我卻真知道他是個好和尚，他知道一點便去作一點，能作一點便作一點。他的學問也許不高，但是他所知道的都能見諸實行。

出家以後，他不久就作了一座大寺的方丈。可是沒有好久就被驅除出來。他是要作真和尚，所以他不惜變賣廟產去救濟苦人。廟裡不要這種方丈。一般的說，方丈的責任是要擴充廟產，而不是救苦救難的。離開大寺，他到一座沒有任何產業的廟裡作方丈。他自己既沒有錢，他還須天天為僧眾們找到齋吃。同時，他還舉辦粥廠等等慈善事業。他窮，他忙，他每日只進一頓簡單的素餐，可是他的笑聲還是那麼洪亮。他的廟裡不應佛事，趕到有人來請，他便領著僧眾給人家去唪真經，不要報酬。他整天不在廟裡，但是他並沒忘了修持；他持戒越來越嚴，對經義也深有所獲。他白天在各處籌錢辦事，晚間在小室裡作工夫。誰見到這位破和尚也不會想到他曾是個在金子裡長起來的闊大爺。

去年，有一天他正給一位圓寂了的和尚念經，他忽然閉上了眼，就坐化了。火葬後，人們在他的身上發現許多舍利。

沒有他，我也許一輩子也不會入學讀書。沒有他，我也許永遠想不起幫助別人有什麼樂趣與意義。他是不是真的成了佛？我不知道，但是，我的確相信他的居心與苦行是與佛□相近似的。我在精神上物質上都受過他的好處，現在我的確願意他真的成了佛，並且盼望他以佛心引領我向善，正像在三十五年前，他拉著我去入私塾那樣！

他是宗月大師。

（載一九四〇年一月二十三日《華西日報》）

去年今日

去年七月十七，我隨北路慰問團到達洛陽，剛下了旅舍，便接到之的兄的電話，約到他們那裡去吃午飯。他們——作家戰地訪問團全體——都住在西車站的一所房子裡。房子相當的好，院裡有高高的梧桐與不少的花草。大家見面，雖然只別離了幾十天，那種欣喜可是不易形容的，大家多數的是在寫著一些什麼，我沒有問他們，可是能猜到必是整理路上所獲得的材料呢。天氣很熱，可是大家不肯偷閒，即使要偷閒，恐怕有禮錫先生[1]那兩隻和善的眼，那低而懇切的語聲，那不斷的笑意，老在有意無意的督勵著，誰也就不大好意思了吧！他的年紀，態度，熱心，名譽，學問，都正好作這一團人的團長。

那些天，正趕上北方的雨季，一會兒晴，一會兒陰，一陰便下起扯天扯地的大雨。我們都沒法離開洛陽。也許是冒著雨，或是乘著初晴，我幾乎是每天去看他們。大家整理材料，寫稿子，讀書，開座談會，天天都相當的忙。用不著說，禮錫先生是最忙，因為在團內的工作而外，還須到處奔走，接洽，交際，可是，他沒有一句

1. 王禮錫（1901 – 1939），字庶三。中國詩人、散文家、文學研究者、社會活動家。

怨言。他忙而不慌，老是那麼婆婆媽媽的，勤苦而不急躁。有一天，因為空襲，他只理了半邊頭髮，就跑回來了；他只是笑——這點幽默感理應是長壽的。對於團員們，他每向我談論，總是說大家的精神很好；他好像是決不忍批評任何人！

天熱，事忙，他的樣子有點顯得疲倦，但絕無病容。恐怕呀，那時候他已經是病了，而勉強支持著——在英國幾年中所受的饑寒，大概已教他習慣了與困苦爭鬥，把苦處咽在肚子裡，臉上還露出快樂與活潑來。

直到七月三十日，我們才能動身，訪問團卻早走了兩天。我因患痢，沒有能送他們走，誰知道與禮錫先生就不能再見了呢！

八月十九，我們繞回西安，二十四日，我與友人上了終南山，二十六日下山進城。二十七早晨看報：「作家訪問團團長王禮錫先生在洛陽病逝！」

和禮錫先生相識，一共不過半年。可是相識的久暫並不就能決定交情的深淺。有兩三個月，我們幾乎是每天見面。我們很說得來。他是那麼能容納人，乍一看，我還以為他是故示寬大，好拉攏人；及至談過幾次之後，我明白了他。他對任何人的弱點，在談話中，都給予原諒；而且是對友人的行動的不得已，與他的寬厚中，提出他的意見——是批評，也是原諒。這種話使誰聽了也得相信，因為說話的人是那麼從容，真誠，熱情。這種話不但解除或減輕了友人們之間的誤會，而且使聽者也受了感動，也學著把心田放寬了一些——把心放寬，天下就少了不可原諒的人！

啊，這樣的人會死，我看，看，看，看那段新聞！我不肯相信，可是淚落在了紙上！我急忙托中央社往洛陽打電。回電到了，真的！

想一會兒禮錫先生，想一會兒訪問團的諸友，怎麼辦呢？我沒有上洛陽去的能力，而又準知道大家失去了團長是怎樣的苦痛。我急，我愁，全都沒用。「禮錫先生會死了！」從早到晚掛在我的口中，我又發電，只能安慰他們，別無辦法。三十一日，我離了西安；多少天——直到今天——我一想到禮錫先生，第一樣呈現在心中的總是他那個遲遲不去的，像燈光遲遲才滅掉的，笑意。這點笑意使我直到今天總以為他還健在！

今天，他已去世了一年——淚在眼裡，那不會死的笑容卻仍舊溫暖著我的心——啊，這冷酷的世界，可能有幾個好友呢！

（原載一九四年八月二十六日《大公報》）

敬悼許地山[1]先生

地山是我的最好的朋友。以他的對種種學問的好知喜問的態度，以他的對生活各方面感到的趣味，以他的對朋友的提攜輔導的熱誠，以他的對金錢利益的淡薄，他絕不像個短壽的人。每逢當我看見他的笑臉，握住他的柔軟而戴著一個翡翠戒指的手，或聽到他滔滔不斷的講說學問或故事的時候，我總會感到他必能活到八九十歲，而且相信若活到八九十歲，他必定還能像年輕的時候那樣有說有笑，還能那樣說幹什麼就幹什麼，永不駁回朋友的要求，或給朋友一點難堪。

地山竟自會死了——才將快到五十的邊兒上吧。

他是我的好友。可是，我對於他的身世知道的並不十分詳細。不錯，他確是告訴過我許多關於他自己的事情；可是，大部分都被我忘掉了。一來是我的記性不好；二來是當我初次看見他的時候，我就覺得「這是個朋友」，不必細問他什麼；即使他原來是個強盜，我也只看他可愛；我只知道面前是個可愛的人，就是一點也不曉得他的歷史，也沒有任何關係！況且，我還深信他會活到八九十歲呢。讓他

1. 許地山（1893 － 1941），本名贊堃，字地山，筆名落花生（落華生）。出生於台灣台南，後落籍福建龍溪。當代華人研究印度學的先行者。著有《空山靈雨》、《道學史》、《印度文學》、《解放者》等。

講那些有趣的故事吧，讓他說些對種種學術的心得與研究方法吧；至於他自己的歷史，忙什麼呢？等他老年的時候再說給我聽，也還不遲啊！

可是，他已經死了！

我知道他是福建人。他的父親作過臺灣的知府——說不定他就生在臺灣。他有一位舅父，是個很有才而後來作了不十分規矩的和尚的。由這位舅父，他大概自幼就接近了佛說，讀過不少的佛經。還許因為這位舅父的關係，他曾在仰光一帶住過，給了他不少後來寫小說的資料。他的妻早已死去，留下一個小女孩。他手上的翠戒指就是為紀念他的亡妻的。從英國回到北平，他續了弦。這位太太姓周，我曾在北平和青島見到過。

以上這一點：事實恐怕還有說得不十分正確的地方，我的記性實在太壞了！記得我到牛津去訪他的時候，他告訴了我為什麼老戴著那個翠戒指；同時，他說了許許多多關於他的舅父的事。是的，清清楚楚的我記得他由述說這位舅父而談到禪宗的長短，因為他老人家便是禪宗的和尚。可是，除了這一點，我把好些極有趣的事全忘得一乾二淨；後悔沒把它們都筆記下來！

我認識地山，是在二十年前了。那時候，我的工作不多，所以常到一個教會去幫忙，作些「社會服務」的事情。地山不但常到那裡去，而且有時候住在那裡，因此我認識了他。我呢，只是個中學畢業生，什麼學識也沒有。可是地山在那時候已經在燕大畢業而留校教書，大家都說他是個很有學問的青年。初一認識他，我幾乎不敢希望能與他為友，他是有學問的人哪！可是，他有學問而沒有架子，他愛說笑話，村的雅的都有；他同我去吃八個銅板十隻的水餃，一邊吃一邊說，不一定說什麼，但總說得有趣。我不再怕他了。雖然不曉得他有多大的學問，可是的確知道他是個極天真可愛的人了。一來二去，我試著步去問他一些書本上的事；我生怕他不肯告訴我，因為我知道有些學者是有這樣脾氣的：他可以和你交往，不管你是怎樣的人；但是一提到學問，他就不肯開口了；不是他不肯把學問白白送給人，便是不屑於與一個沒學問的人談學問——他的神色表示出來，跟你來往已是降格相從，至於學問之事，哈哈……但是，地山絕對不是這樣的人。他願意把他所知道的告訴人，正如同他願給人講故事。他不因為我向他請教而輕視我，而且也並不板起面孔表示他有學問。和談笑話似的，他知道什麼便告訴我什麼，沒有矜持，沒有厭倦，教我佩服他的學識，而仍認他為好友。學問並沒有毀壞了他的為人，像那些氣焰千丈的「學者」那樣，他對我如此，對別人也如此；在認識他的人中，我沒有聽到過背地裡指摘他，說他不夠個朋友的。

不錯，朋友們也有時候背地裡講究他；誰能沒有些毛病呢。可是，地山的毛病只使朋友們又氣又笑的那一種，絕無損於他的人格。他不愛寫信。你給他十封信，他也未見得答覆一次；偶爾回答你一封，也只是幾個奇形怪狀的字，寫在一張隨手拾來的破紙上。我管他的字叫作雞爪體，真是難看。這也許是他不願寫信的原因之一吧？另一毛病是不守時刻。口頭的或書面的通知，何時開會或何時集齊，對他絕不發生作用。只要他在圖書館中坐下，或和友人談起來，就不用再希望他還能看看鐘錶。所以，你設若不親自拉他去赴會就約，那就是你的過錯；他是永遠不記著時刻的。

一九二四年初秋，我到了倫敦，地山已先我數日來到。他是在美國得了碩士學位，再到牛津繼續研究他的比較宗教學的；還未開學，所以先在倫敦住幾天，我和他住在了一處。他正用一本中國小商店裡用的粗紙帳本寫小說，那時節，我對文藝還沒發生什麼興趣，所以就沒大注意他寫的是哪一篇。幾天的工夫，他帶著我到城裡城外玩耍，把倫敦看了一個大概。地山喜歡歷史，對宗教有多年的研究，對古生物學有濃厚的興趣。由他領著逛倫敦，是多麼有趣，有益的事呢！同時，他絕對不是「月亮也是外國的好」的那種留學生。說真的，他有時候過火的厭惡外國人。因為要批判英國人，他甚至於連英國人有禮貌，守秩序，和什麼喝湯不准出響聲，都看成為愚蠢可笑的事。因此，我一到倫敦，就借著他的眼睛看到那古城的許多寶物，也看到它那陰暗的一方面，而不至糊糊塗塗的斷定倫敦的月亮比北平的好了。

不久，他到牛津去入學。暑假寒假中，他必到倫敦來玩幾天。「玩」這個字，在這裡，用得很妥當，又不很妥當。當他遇到朋友的時候，他就忘了自己：朋友們說怎樣，他總不駁回。去到東倫敦買黃花木耳，大家作些中國飯吃？好！去逛動物園？好！玩撲克牌？好！他似乎永遠沒有憂鬱，永遠不會說「不」。不過，最好還是請他閒扯。據我所知道的，除各種宗教的研究而外，他還研究人學，民俗學，文學，考古學；他認識古代錢幣，能鑒別古畫，學過梵文與巴利文。請他閒扯，他就能——舉個例說——由男女戀愛扯到中古的禁欲主義，再扯到原始時代的男女關係。他的故事多書本上的佐證也豐富。他的話一會兒低降到販夫走卒的俗野，一會兒高飛到學者的深刻高明。他談一整天並無倦容，大家聽一天也不感疲倦。

不過，你不要讓他獨自溜出去。他獨自出去，不是到博物院，必是入圖書館。一進去，他就忘了出來。有一次，在上午八九點鐘，我在東方學院的圖書館樓上發現了他。到吃午飯的時候，我去喚他，他不動。一直到下午五點，他才出來，還是因為圖書館已到關門的時間的原故。找到了我，他不住的喊「餓」，是啊，他已經餓了十點鐘。在這種時節，「玩」字是用不得的。

牛津不承認他的美國的碩士學位，所以他須花二年的時光再考碩士。他的論文是法華經的介紹，在預備這本論文的時候，他還寫了一篇相當長的文章，在世界基督教大會（？）上去宣讀。這篇文章的內容是介紹道教。在一般的浮淺傳教師心裡，中國的佛教與道教不過是與非洲黑人或美洲紅人所信的原始宗教差不多。地山這篇文章使他們聞所未聞，而且得到不少宗教學學者的稱讚。

他得到牛津的碩士。假若他能繼續住二年，他必能得到文學博士——最榮譽的學位。論文是不成問題的，他能於很短的期間預備好。但是，他必須再住二年；校規如此，不能變更。他沒有住下去的錢，朋友們也不能幫助他。他只好以碩士為滿意，而離開英國。

在他離英以前，我已試寫小說。我沒有一點自信心，而他又沒工夫替我看看。我只能抓著機會給他朗讀一兩段。聽過了幾段，他說「可以，往下寫吧！」這，增多了我的勇氣。他的文藝意見，在那時候，彷彿是偏重於風格與情調；他自己的作品都多少有些傳奇的氣息，他所喜愛的作品也差不多都是浪漫派的。他的家世，他的在南洋的經驗，他的舊文學的修養，他的喜研究學問而又不忍放棄文藝的態度，和他自己的生活方式，我想，大概都使他傾向著浪漫主義。

單說：他的生活方式吧。我不相信他有什麼宗教的信仰，雖然他對宗教有深刻的研究，可是，我也不敢說宗教對他完全沒有影響。他的言談舉止都像個詩人。假若把「詩人」按照世俗的解釋從他的生活中擴展起來，他就應當有很古怪奇特的行動與行為。但是，他並沒作過什麼怪事。他明明知道某某人對他不起，或是知道某某人的毛病，他仍然是一團和氣，以朋友相待。他不會發脾氣。在他的嘴裡，有時候是亂扯一陣，可是他的私生活是很嚴肅的，他既是詩人，又是「俗」人。為了讀書，他可以忘了吃飯。但一講到吃飯，他卻又不惜花錢。他並不孤高自賞。對於衣食住行他都有自己的主張，可是假若別人喜歡，他也不便固執己見。他能過很苦的日子。在我初認識他的幾年中，他的飯食與衣服都是極簡單樸儉。他結婚後，我到北平去看他，他的房屋衣服都相當講究了。也許是為了家庭間的和美，他不便於堅持己見吧。雖然由破夏布褂子換為整齊的綾羅大衫，他的脫口而出的笑話與戲謔還完全是他，一點也沒改。穿什麼，吃什麼，他彷彿都能隨遇而安，無所不可。在這裡和在其他的好多地方，他似乎受佛教的影響較基督教的為多，雖然他是在神學系畢業，而且也常去作禮拜。他像個禪宗的居士，而絕不能成為一個清教徒。

不但親戚朋友能影響他，就是不相識而偶然接觸的人也能臨時的左右他。有一次，我在「家」裡，他到倫敦城裡去幹些什麼。日落時，他回來了，進門便笑，而且不住的摸他的剛剛刮過的臉。我莫名其妙。他又笑了一陣。「教理髮匠掙去兩鎊多！」我吃了一驚。那時候，在倫敦理髮普通是八個便士，理髮帶刮臉也不過是一個先令，「怎能花兩鎊多呢？」原來是理髮匠問他什麼，他便答應什麼，於是用香油香水洗了頭，電氣刮了臉，還不得兩鎊多麼？他絕想不起那樣打扮自己，但是理髮匠的錢罐是不能駁回的！

自從他到香港大學任事，我們沒有會過面，也沒有通過信；我知道他不喜歡寫信，所以也就不寫給他。抗戰後，為了香港文協分會的事，我不能不寫信給他了，仍然沒有回信。可是，我準知道，信雖沒來，事情可是必定辦了。果然，從分會的報告和友人的函件中，我曉得了他是極熱心會務的一員。我不能希望他按時回答我的信，可是我深信他必對分會賣力氣，他是個極隨便而又極不隨便的人，我知道。

我自己沒有學問，不能妥切的道出地山在學術上的成就何如。我只知道，他極用功，讀書很多，這就值得欽佩，值得效法。對文藝，我沒有什麼高明的見解，所以不敢批評地山的作品。但是我曉得，他向來沒有爭過稿費，或惡意的批評過誰。這一點，不但使他能在香港文協分會以老大哥的身分德望去推動會務，而且在全國文藝界的團結上也有重大的作用。

是的，地山的死是學術界文藝界的極重大的損失！至於談到他與我私人的關係，我只有落淚了；他既是我的「師」，又是我的好友！

啊，地山！你記得給我開的那張「佛學入門必讀書」的單子嗎？你用功，也希望我用功；可是那張單子上的六十幾部書，到如今我一部也沒有讀啊！

你記得給我打電報，叫我到濟南車站去接周校長[2]嗎？多麼有趣的電報啊！知道我不認識她，所以你教她穿了黑色旗袍，而電文是：「×日×時到站接黑衫女」！當我和妻接到黑衫女的時候，我們都笑得閉不上口啊。朋友，你托友好作一件事，都是那樣有風趣啊！啊，昔日的趣事都變成今日的淚源。你怎可以死呢！

不能再往下寫了……

（載一九四一年八月十七日《大公報》）

2. 即許地山夫人的妹妹。

悼趙玉三司機師

去年十一月初，我由昆明到大理去的時候，坐的是一家公司的商車。在動身的前夕，司機師吳欒鈴君請我吃北方飯。同席的有一位山東青年，高個子，粗眉毛，混身都是膽子與力量。看樣子，他像是很能喝幾杯，但是他不肯動酒，因為次晨還要趕早開車。吳君才二十二歲，很像個體面的學生。趙君，雖然愛說愛笑，卻像有二十七八了。及至大家互問年紀的時節，才知道他不過是二十三歲，還沒有結婚。

他們的年紀雖輕，可是由他們的口中，我曉得了他們都已足跡遍「天下」。他們都說北方話，可是言語中夾雜著許多各地方的土語辭彙，有時候還有一兩個外國字。假如他們缺乏著別的歷史知識，但是一部中國公路交通史好像就在他們的心裡，他們從抗戰前就天天把人和物由南向北由東運到西，大多數的公路，在他們的口中，就好像我們提起走熟了的街道似的；哪裡有橋，哪裡有急彎，哪塊路牌附近的路基不夠堅硬，他們都能順口說上來。趙君在陜、甘、湘、鄂、川、滇、黔、桂、越南、緬甸的公路上都服過務。從離開南京，他就生活在公路上，六年沒有給家中

——在山東長清——通過信！

趙君名玉三，抗戰前，在青島開公共汽車。七七後，他在航空委員會訓練汽車駕駛兵。南京陷落，他搶運沿路上的各種器材，深得官長嘉許。此後，他便在各省的公路上服務，始終是那麼勇敢活潑。他替政府、軍隊、人民，運過多少東西，一共走過多少里路？現在已無法知道。去年十二月中，距我認識他的時候僅僅一月，他死在了保山！

當我同他們到大理去的時候，他們一共是四部卡車，趙君為司機班長，我只到大理，他們卻要到畹町，車上載的是桐油。趙君一定勸我隨他們到國境上去看看：「看看去，我管保你會寫出好多文章來，跟我們去，準保險！我們怕熱，開車又小心！」可是時間不允許我去開眼。再說，一路上趙君總是搶著會食宿賬，教我「過意不去。」

夜晚投宿後，趙君最喜說笑。他的嘴不甚伶俐，可是偏愛說話。他不會唱，而偏要哼幾句。高了興，他還用自己臨時編造的英語或俄語與朋友交談，只為招笑，沒有別的意思。他似乎沒有任何憂慮，臉上像雲南的晴天那樣爽朗。

他開第一部車為的是先到站頭，給大家找好食宿之所。我坐的那輛道濟車，由吳君開，在最後面走。他的勇敢，吳君的謹慎，正好作先鋒與殿軍。

我回渝，趙君復由昆明開保山。從保山回來，據朋友們的函告，在功果山的最高峰，海拔四千尺的高度，他翻了車，一直滾到瀾滄江岸。車——便是我坐過的那輛道濟車，此次改由他開——完全碎了，可是這位山東壯漢卻沒有登時斷氣，送到保山醫院後，以傷重，在十二月中旬逝世。

沒有好身體，沒有膽氣，都不能作司機師。特別要緊的，是沒有愛國心，成不了為抗戰服務的司機師。假若趙君還在山東，肯受敵人的驅使，也許還能活著，但是他寧願在功果山的高峰上，雖然沒有穿著軍裝，卻也和戰士們那樣光榮的死去。

同我在一起的時候，他說過幾次：「給我寫幾句！」現在，我給他寫幾句了，可是他已結束了他的生命。在抗戰的今日，凡是為抗戰捨掉自己性命的，便是延續了國家的生命；趙君死得太早了，可他將隨著中華民族的勝利與復興而不朽！

（載一九四二年一月十二日《中央日報》）

吳組緗[1]先生的豬

從青木關到歌樂山一帶，在我所認識的文友中要算吳組緗先生最為闊綽。他養著一口小花豬。據說，這小動物的身價，值六百元。

每次我去訪組緗先生，必附帶的向小花豬致敬，因為我與組緗先生核計過了：假若他與我共同登廣告賣身，大概也不會有人出六百元來買！

有一天，我又到吳宅去。給小江——組緗先生的少爺——買了幾個比醋還酸的桃子。拿著點東西，好搭訕著騙頓飯吃，否則就太不好意思了。一進門，我看見吳太太的臉比晚日還紅。我心裡一想，便想到了小花豬。假若小花豬丟了，或是出了別的毛病，組緗先生的闊綽便馬上不存在了！一打聽，果然是為了小花豬：牠已絕食一天了。我很著急，急中生智，主張給牠點奎寧[2]吃，恐怕是打擺子。大家都不贊同我的主張。我又建議把牠抱到床上蓋上被子睡一覺，出點汗也許就好了；焉知道不是感冒呢？這年月的豬比人還嬌貴呀！大家還是不贊成。後來，把豬醫生請來了。我頗興奮，要看看豬怎麼吃藥。豬醫生把一些草藥包在竹筒的大厚皮兒裡，使

1. 吳組緗（1908 － 1994），原名吳組緗，字仲華，後改學名吳組襄，筆名寄谷、野松等。民國作家，著有《山洪》（後改名為《鴨嘴嘮》）、《天下太平》等。
2. 奎寧，又稱金雞納霜，化學上稱為金雞納鹼，用於治療與預防瘧疾且可治療焦蟲症的藥物。

小花豬橫銜著，兩頭向後束在脖子上：這樣，藥味與藥汁便慢慢走入裡邊去。把藥包兒束好，小花豬的口中好像生了兩個翅膀，倒並不難看。

雖然吳宅有此騷動，我還是在那裡吃了午飯——自然稍微的有點不得勁兒！過了兩天，我又去看小花豬——這回是專程探病，絕不為看別人；我知道現在豬的價值有多大——小花豬口中已無那個藥包，而且也吃點東西了。大家都很高興，我就又就棍打腿的騙了頓飯吃，並且提出聲明：到冬天，得分給我幾斤臘肉：組緗先生與太太沒加任何考慮便答應了。吳太太說：「幾斤？十斤也行！想想看，那天牠要是一病不起……」大家聽罷，都出了冷汗！

（原載一九四二年六月二十二日《新民報晚刊》「西方夜談」）

馬宗融[1]先生的時間觀念

馬宗融先生的錶大概是，我想是一個裝飾品。無論約他開會，還是吃飯，他總遲到一個多鐘頭，他的錶並不慢。

來重慶，他多半是住在白象街的作家書屋。有的說也罷，沒的說也罷，他總要談到夜裡兩三點鐘。假若不是別人都困得不出一聲了，他還想不起上床去。有人陪著他談，他能一直坐到第二天夜裡兩點鐘。錶、月亮、太陽，都不能引起他注意到時間。

比如說吧，下午三點他須到觀音岩去開會，到兩點半他還毫無動靜。「宗融兄，不是三點，有會嗎？該走了吧？」有人這樣提醒他，他馬上去戴上帽子，提起那有茶碗口粗的木棒，向外走。「七點吃飯。早回來呀！」大家告訴他。他回答聲「一定回來」，便匆匆地走出去。

到三點的時候，你若出去，你會看見馬宗融先生在門口與一位老太婆，或是兩個小學生，談話兒呢！即使不是這樣，他在五點以前也不會走到觀音岩。路上每遇

1. 馬宗融（1890 － 1949），教授、文學翻譯家。曾任中華全國文藝界抗敵協會理事、文化工作委員會委員以及重慶回教救國協會副會長。

到一位熟人，便要談，至少有十分鐘的話。若遇上打架吵嘴的，他得過去解勸，還許把別人勸開，而他與另一位勸架的打起來！遇上某處起火，他得幫著去救。有人追趕扒手，他必然得加入，非捉到不可。看見某種新東西，他得過去問問價錢，不管買與不買。看到戲報子，馬上他去借電話，問還有票沒有……這樣，他從白象街到觀音岩，可以走一天，幸而他記得開會那件事，所以只走兩三個鐘頭，到了開會的地方，即使大家已經散了會，他也得坐兩點鐘，他跟誰都談得來，都談得有趣，很親切，很細膩。有人剛買一條繩子，他馬上拿過來練習跳繩——五十歲了啊！

七點，他想起來回白象街吃飯，歸路上，又照樣的勸架，救火，追賊，問物價，打電話……至早，他在八點半左右走到目的地。滿頭大汗，三步當作兩步走的。他走了進來，飯早已開過了。

所以，我們與友人定約會的時候，若說隨便什麼時間，早晨也好，晚上也好，反正我一天不出門，你哪時來也可以，我們便說「馬宗融的時間吧」！

（原載一九四二年六月二十三日《新民報晚刊》「西方夜談」）

姚蓬子[1]先生的硯臺

作家書屋是個神秘的地方，不信你交到那裡一份文稿，而三五日後再親自去索回，你就必定不說我扯謊了。

進到書屋，十之八九你找不到書屋的主人——姚蓬子先生。他不定在哪裡藏著呢。他的被褥是稿子，他的枕頭是稿子，他的桌上，椅上，窗臺上……全是稿子。簡單的說吧，他被稿子埋起來了。當你要稿子的時候，你可以看見一個奇蹟。假如說尊稿是十張紙寫的吧，書屋主人會由枕頭底下翻出兩張，由褲袋裡掏出三張，書架裡找出兩張，窗子上揭下一張，還欠兩張。你別忙，他會由老鼠洞裡拉出那兩張，一點也不少。

單說蓬子先生的那塊硯臺，也足夠驚人了！那是塊無法形容的石硯。不圓不方，有許多角兒，有任何角度。有一點沿兒，豁口甚多，底子最奇，四周翹起，中間的一點凸出，如元寶之背，它會像陀螺似的在桌子亂轉，還會一頭高一頭低地傾斜，如浪中之船。我老以為孫悟空就是由這塊石頭跳出去的！

1. 姚蓬子（1905 － 1969），原名方仁，字裸人，後改名杉尊。中國文學家、翻譯家、詩人。著有《浮世畫》等。

到磨墨的時候，它會由桌子這一端滾到那一端，而且響如快跑的馬車。我每晚十時必就寢，而對門兒書屋的主人要辦事辦到天亮。從十時到天亮，他至少有十次，一次比一次響——到夜最靜的時候，大概連南岸都感到一點震動。從我到白象街起，我沒做過一個好夢，剛一入夢，硯臺來了一陣雷雨，夢為之斷。在夏天，硯一響，我就起來拿臭蟲。冬天可就不好辦，只好咳嗽幾聲，使之聞之。

現在，我已交給作家書屋一本書，等到出版，我必定破費幾十元，送給書屋主人一塊平底的，不出聲的硯臺！

（原載一九四二年六月二十四日《新民報晚刊》「西方夜談」）

何容先生的戒煙

首先要聲明：這裡所說的煙是香煙，不是鴉片。

從武漢到重慶，我老同何容先生在一間屋子裡，一直到前年八月間。在武漢的時候，我們都吸「大前門」或「使館」牌；小大「英」似乎都不夠味兒。到了重慶，小大「英」似乎變了質，越來越「夠」味兒了，「前門」與「使館」倒彷彿沒了什麼意思。慢慢的，「刀」牌與「哈德門」又變成我們的朋友，而與小大「英」，不管是誰的主動吧，好像冷淡得日懸一日，不久，「刀」牌與「哈德門」又與我們發生了意見，差不多要絕交的樣子。何容先生就決心戒煙！

在他戒煙之前，我已聲明過：「先上吊。後戒煙！」本來嗎，「棄婦拋雛」的流亡在外，吃不敢進大三元，喝麼也不過是清一色（黃酒貴，只好吃點白乾），女友不敢去交，男友一律是窮光蛋，住是二人一室，睡是臭蟲滿床，再不吸兩枝香煙，還活著幹嗎？可是，一看何容先生戒煙，我到底受了感動，既覺自己無勇，又欽佩他的偉大；所以，他在屋裡，我幾乎不敢動手取煙，以免動搖他的堅決！

何容先生那天睡了十六個鐘頭，一枝煙沒吸！醒來，已是黃昏，他便獨自走出去。我沒敢陪他出去，怕不留神遞給他一枝煙，破了戒！掌燈之後，他回來了，滿面紅光，含著笑，從口袋中掏出一包土產捲煙來。「你嘗嘗這個，」他客氣地讓我，「才一個銅板一枝！有這個，似乎就不必戒煙了！沒有必要！」把煙接過來，我沒敢說什麼，怕傷了他的尊嚴。面對面的，把煙燃上，我倆細細地欣賞。頭一口就驚人，冒的是黃煙，我以為他誤把爆竹買來了！聽了一會兒，還好，並沒有爆炸，就放膽繼續地吸。吸了不到四五口，我看見蚊子都爭著向外邊飛，我很高興。既吸煙，又驅蚊，太可貴了！再吸幾口之後，牆上又發現了臭蟲，大概也要搬家，我更高興了！吸到了半支，何容先生與我也跑出去了，他低聲地說：「看樣子，還得戒煙！」

何容先生二次戒煙，有半天之久。當天的下午，他買來了煙斗與煙葉。「幾毛錢的煙葉，夠吃三四天的，何必一定戒煙呢！」他說。吸了幾天的煙斗，他發現了：（一）不便攜帶；（二）不用力，抽不到；用力，煙油射在舌頭上；（三）費洋火；（四）須天天收拾，麻煩！有此四弊，他就戒煙斗，而又吸上香煙了。「始作捲煙者，其無後乎！」他說。

最近二年，何容先生不知戒了多少次煙了，而指頭上始終是黃的。

（原載一九四二年六月二十五日《新民報晚刊》「西方夜談」）

一點點認識

恨水[1]兄是文藝界抗敵協會第一屆理事會的理事，因為文協的關係，我才認識了他，雖然遠在十幾年前就讀過他的作品了。

廿八年，文協推舉代表參加前線慰勞團的時候，理事會首先便提出恨水兄來，因為他是國內惟一的婦孺皆知的老作家。可惜，他的筆債太多，無法分身，文協才另派了別人。那時候，我記得我曾寫信給他，希望他能和我一同到西北去，因為我曉得他是個可愛的朋友。

假若那次他能和我一同在西北旅行半年之久，我想在今天必能寫出許多許多關於他的事來，而感到驕傲。那個機會既失，我現在只好就六年來的時聚時散中，提出我對他的一點點認識了：

（一）恨水兄是個真正的文人：說話，他有一句說一句，心直口快。他敢直言無隱，因為他自己心裡沒有毛病。這，在別人看，彷彿就有點「狂」。但是，我說，能這樣「狂」的人才配作文人。因為他的「狂」，所以他才肯受苦，才會愛惜羽毛。

1. 張恨水（1895 － 1967），原名張心遠。中國章回小說家、鴛鴦蝴蝶派代表作家。著有《春明外史》、《啼笑因緣》等。

我知道，恨水兄就是重氣節，最富正義感，最愛惜羽毛的人。所以，我稱為真正的文人。

（二）恨水兄是個真正的職業的寫家：有一次，我到南溫泉去看他，他告訴我：「我每天必須寫出三千到四千字來！」這簡單的一句話中，含有多少辛酸的眼淚呀！想想看，一年三百六十天每天要寫出這麼多字來，而且是川流不息的一直幹到三十年！難道他是鐵打的身子麼？堅守崗位呀，大家都在喊，可是有誰能天天受著煎熬，達三十年之久，而仍在煎熬中屹立不動呢？所以，我說，他是「真正」的職業寫家。

（三）恨水兄是個沒有習氣的文人：他不賭錢，不喝酒，不穿奇裝異服，不留長頭髮。他比誰都寫的多，比誰都更要有資格自稱為文人，可是他並不用裝飾與習氣給自己掛出金字招牌。閒著的時候，他只坐坐茶館，或畫山水與花卉。一個文人的生命是經不住別人與自己摧殘的。別人是否給恨水兄氣受，我不知道。我確實知道，他不摧殘自己。修養使他健壯，健壯使他不屈不撓。

以上是我對恨水兄的一點點認識，可也就是我們應當向他學習的。

（載一九四四年五月十六日《新民報晚刊》）

悼念羅常培[1]先生

與君長別日，悲憶少年時……

聽到羅莘田（常培）先生病故的消息，我就含著熱淚寫下前面的兩句。我想寫好幾首詩，哭吊好友。可是，越想淚越多，思想無法集中，再也寫不下去！

悲憶少年時！是的，莘田與我是小學的同學。自初識到今天已整整有五十年了！叫我怎能不哭呢？這五十年間，世界上與國家裡起了多大的變化呀，少年時代的朋友絕大多數早已不相聞問或不知下落了。在莘田活著的時候，每言及此，我們就都覺得五十年如一日的友情特別珍貴！

我記得很清楚：我從私塾轉入學堂，即編入初小三年級，與莘田同班。我們的學校是西直門大街路南的兩等小學堂。在同學中，他給我的印象最深，他品學兼優。而且長長的髮辮垂在肩前；別人的辮子都垂在背後。雖然也吵過嘴，可是我們的感情始終很好。下午放學後，我們每每一同到小茶館去聽評講《小五義》或《施公案》。書錢總是他替我付。我家裡窮，我的手裡沒有零錢。

1. 羅常培（1899 － 1958），本姓薩克達氏，字莘田，號恬庵。中國語言學家。

不久，這個小學堂改辦女學。我就轉入南草廠的第十四小學，莘田轉到報子胡同第四小學。我們不大見面了。到入中學的時候，我們倆都考入了祖家街的第三中學，他比我小一歲，而級次高一班。他常常躍級，因為他既聰明，又肯用功。他的每門功課都很好，不像我那樣對喜愛的就多用點心，不喜愛的就不大注意。在「三中」沒有好久，我即考入北京師範，為的是師範學校既免收學膳費，又供給制服與書籍。從此，我與莘田又不常見了。

師範畢業後，我即去辦小學，莘田一方面在參議院作速記員，一方面在北大讀書。這就更難相見了。我們雖不大見面，但未相忘。此後許多年月中都是如此，忽聚忽散，而始終彼此關切。直到解放後，我們才又都回到北京，常常見面，高高興興地談心道故。

莘田是學者，我不是。他的著作，我看不懂。那麼，我們倆為什麼老說得來，不管相隔多遠，老彼此惦念呢？我想首先是我倆在作人上有相同之點，我們都恥於巴結人，又不怕自己吃點虧。這樣，在那污濁的舊社會裡，就能夠獨立不倚，不至被惡勢力拉去作走狗。我們願意自食其力，哪怕清苦一些。記得在抗日戰爭中，我在北碚，莘田由昆明來訪，我就去賣了一身舊衣裳，好請他吃一頓小飯館兒。可是，他正鬧腸胃病，吃不下去。於是，相視苦笑者久之。

是的，遇到一處，我們總是以獨立不倚，作事負責相勉。志同道合，所以我們老說得來。莘田的責任心極重，他的學生們都會作證。學生們大概有點怕他，因為他對他們的要求，在治學上與為人上，都很嚴格。學生們也都敬愛他，因為他對自己的要求也嚴格。他不但要求自己把學生教明白，而且要求把他們教通了，能夠去獨當一面，獨立思考。他是那麼負責，哪怕是一封普通的信，一張字條，也要寫得字正文清，一絲不苟。多少年來，我總願向他學習，養成凡事有條有理的好習慣，可總沒能學到家。

莘田所重視的獨立不倚的精神，在舊社會裡有一定的好處。它使我們不至於利慾薰心，去混水。可是它也有毛病，即孤高自賞，輕視政治。莘田的這個缺點也正是我的缺點。我們因不關心政治，便只知恨惡反動勢力，而看不明白革命運動。我們武斷地以為二者既都是搞政治，就都不清高。在革命時代裡，我們犯了錯誤——只有些愛國心，而不認識革命道路。細想起來，我們的獨立不倚不過是獨善其身，但求無過而已。我們的四面不靠，來自黑白不完全分明。我們總想遠遠躲開黑暗勢力，而躲不開，可又不敢親近革命。直到革命成功，我們才明白救了我們的是革命，而不是我們自己的獨立不倚！

是的，到解放後，我們才看出自己的錯誤，從而都願隨著共產黨走，積極為人民服務。彼此見面，我們不再提獨立不倚，而代之以關心政治，改造思想。可是，多年來養成的思想習慣往往阻礙著我們的思想躍進。莘田哪，假若你能多活幾歲，我相信我們會互相督勵，勤於學習，叫我們的心眼更亮堂一些，胸襟更開朗一些，忘掉個人的小小顧慮，而全心全意地接受黨的領導，作出更多更好的工作來！你死的太早了！

莘田雖是博讀古籍的學者，卻不輕視民間文學。他喜愛戲曲與曲藝，常和藝人們來往，互相學習。他會唱許多折崑曲。莘田哪，再也聽不到你的圓滑的嗓音，高唱《長生殿》與《夜奔》了！

安眠吧，莘田！我知道：這二三年來，你的最大苦痛就是因為身體不好，不能照常工作，老覺得對不起黨與人民！安眠吧，在治學與教學上你盡了所能盡的心力，在政治思想上你更不斷地學習，改造自己，兒女們都已長大，朋友與學生們都不會忘了你，休息吧！特別重要的是，我們都知道，並且永難忘記：黨怎麼愛護你，信任你！疾病奪去你的生命，你的朋友、學生和子女卻都會因你所受的愛護與教育而感激黨，靠近黨，從而全心全意地努力於社會主義的建設！安眠吧，五十年的老友！明年來祭你的時候，祖國的革命事業必又有巨躍的發展與成就，你含笑休息吧！

（載一九五九年一月號《中國語文》）

敬悼郝壽臣[1]老先生

郝老先生，我從十幾歲剛剛會聽戲的時候，就認識您。您可還不認識我。我看過您的戲。那時候，您扮演《打漁殺家》裡的倪榮，和《失街亭》裡的馬謖等等。不管您扮演什麼角色，哪怕只有一兩句唱兒，或一點點武打，您總是全力以赴，一絲不苟。您不因扮演二路角色而不賣力氣。這使觀眾看出來，以您的嚴肅認真，您的表演藝術成就是未可限量的。大家認識了您，即使您扮倪榮，一出臺簾便有人喝彩。

郝老先生，您沒有使大家失望。不久，您的《審李七》與《長板坡》等便成為拿手好戲，馳譽京津。人家都說您是黃三老夫子的繼承人，管您叫做「活曹操」。這是多麼不容易得到的榮譽啊！

郝老先生，您會的戲很多，又有《審李七》等戲看家。按說，您就可以輕鬆自在地作個名演員了。可是，您並不滿足於已得到的聲譽。您要活到老，學到老，一出跟著一出，您把已將失傳的劇目整理出來，和群眾見面。大家多麼興奮啊，又看

1. 郝壽臣（1886 － 1961），名瑞，字壽臣，著名京劇花臉演員。郝壽臣精於曹操戲，享有「活孟德」美譽。

到《打督郵》、《打曹豹》、《打龍棚》、《黃一刀》……那時候，四大名旦競演新戲，女演員們也不斷演出新的劇目，而淨角卻欠活躍，今天，《草橋關》，明天《忠孝全》，沒有相應的新嘗試與貢獻。只有您，當仁不讓，不辭辛苦，把漸成絕響的劇目挖掘出來，加以整理，打破了花臉行的沉寂，得到觀眾的讚揚。大家都說：您既有深厚的根底，又肯好學不倦。您不止挖掘老劇目，而且與楊小樓[2]、高慶奎[3]、馬連良[4]諸名家共同鑽研，整理出武生與花臉、老生與花臉合演的名劇。在當時，大家都爭先恐後地去欣賞您自己獨挑的，和您與諸名家合演的重排或新排的好戲；在今天看來，我們實在應當感謝您的孜孜不息，為京劇保存下來，增添出來，那麼多的劇目。隨著這些劇目，唱腔、臉譜、服裝，與表演技術，因以豐富。

郝老先生，您在學戲的時候，看見過前輩們的演技，所以您有資格整理、重排那些老戲。您又能夠擇善而從，吸取各家的長處，所以在保存老節目之中，您又有所創造。您的唱腔、臉譜，乃至於一冠一帶，都既根據傳統，又加以改革。承前啟後，定非過譽。按照傳統，京劇淨角，必須會演《醉打山門》、《火判》、《嫁妹》等崑曲。您承繼了這個傳統。您學過多少出崑腔，我不知道。可是，在您中年，您演出了最受歡迎的《醉打山門》。那是多麼繁重難演的戲呀，您可是不因難而退。

2. 楊小樓（1878 － 1938），名三元，譜名嘉訓，京劇武生一代宗師。
3. 高慶奎（1890 － 1942），京劇演員，工生行，開創京劇老生的高派表演藝術。
4. 馬連良（1901 － 1966），字溫如。中國著名京劇藝術家，老生演員。民國時期京劇三大家之一。

您的繼承傳統，不是找容易的去學，而是敢碰一碰那最難的！您有毅力，不怕難！同時，在《醉打山門》中，您也改造了魯智深的形象。您不因那是最難的而只求循規蹈矩；不，您願獨出心裁，推陳出新！

郝老先生，您一生始終守身如玉，這是內外行久已知道的，欽佩的。您把個人的修持與藝術的修養視為分不開的。是的，您在舊社會裡演戲那麼多年，而沒有染上舊社會裡的壞習氣。您有一股正氣。舊日的統治階級是看不起戲曲演員的，您可是以那一股正氣打退他們的欺侮。在日本軍閥占據北京的時候，您留下鬍子，不肯再登臺。

郝老先生，在解放後，您高興起來，欣然就任北京戲曲學校校長。學校初創，條件很差。您可是興高采烈。校長室並不是專為辦公用的，而是老有一群孩子圍著您，請您說戲。孩子們愛您，您感到愉快，只要他們肯學，您就肯教。您感激黨與政府，決定把全身本領傳授給第二代。在您身體不大好的時候，也還把孩子們叫到家中去上課。而且，您教花臉戲使用自己的路子，趕到教銅錘戲[5]呢，又用金秀山[6]等前輩的唱法。這不僅因為您淵博，而且表現了您只看藝術，不存門戶之見。

郝老先生，您的逝世是京劇界的一個損失。可是，您的道德品質與表演藝術是

5. 銅錘花臉，戲曲中花臉的一種，因《二進宮》中的徐延昭抱著銅錘而得名。偏重唱工。又稱正淨、大花臉、銅錘和黑頭。後稱重唱功的花臉角色為銅錘花臉。
6. 金秀山（1855 － 1915），京劇架子花臉演員。號金麻子。

會留芳千古，影響後代的。安眠吧，我們敬愛的郝老先生！

（載一九六一年十一月三十日《人民日報》）

暮年隨筆

北京的春節

按照北京的老規矩，過農曆的新年（春節），差不多在臘月的初旬就開頭了。「臘七臘八，凍死寒鴉，」這是一年裡最冷的時候。可是，到了嚴冬，不久便是春天，所以人們並不因為寒冷而減少過年與迎春的熱情。在臘八那天，人家裡，寺觀裡，都熬臘八粥。這種特製的粥是祭祖祭神的，可是細一想，它倒是農業社會的一種自傲的表現——這種粥是用所有的各種的米，各種的豆，與各種的乾果（杏仁、核桃仁、瓜子、荔枝肉、桂圓肉、蓮子、花生米、葡萄乾、菱角米……）熬成的。這不是粥，而是小型的農產展覽會。

臘八這天還要泡臘八蒜。把蒜瓣在這天放到高醋裡，封起來，為過年吃餃子用的。到年底，蒜泡得色如翡翠，而醋也有了些辣味，色味雙美，使人要多吃幾個餃子。在北京，過年時，家家吃餃子。

從臘八起，鋪戶中就加緊的上年貨，街上加多了貨攤子——賣春聯的、賣年畫的、賣蜜供的、賣水仙花的等等都是只在這一季節才會出現的。這些趕年的攤子都教兒童們的心跳得特別快一些。在胡同裡，吆喝的聲音也比平時更多更複雜起來，其中也有僅在臘月才出現的，像賣憲書的、松枝的、薏仁米的、年糕的等等。

在有皇帝的時候，學童們到臘月十九日就不上學了，放年假一月。兒童們準備過年，差不多第一件事是買雜拌兒。這是用各種乾果（花生、膠棗、榛子、栗子等）與蜜餞攙合成的，普通的帶皮，高級的沒有皮——例如：普通的用帶皮的榛子，高級的就用榛瓤兒。兒童們喜吃這些零七八碎兒，即使沒有餃子吃，也必須買雜拌兒。他們的第二件大事是買爆竹，特別是男孩子們。恐怕第三件事才是買玩藝兒——風箏、空竹、口琴等——和年畫兒。

兒童們忙亂，大人們也緊張。他們須預備過年吃的使的喝的一切。他們也必須給兒童趕快做新鞋新衣，好在新年時顯出萬象更新的氣象。

二十三日過小年，差不多就是過新年的「彩排」。在舊社會裡，這天晚上家家祭灶王，從一擦黑兒鞭炮就響起來，隨著炮聲把灶王的紙像焚化，美其名叫送灶王上天。在前幾天，街上就有多少多少賣麥芽糖與江米糖的，糖形或為長方塊或為大小瓜形。按舊日的說法：用糖粘住灶王的嘴，他到了天上就不會向玉皇報告家庭中的壞事了。現在，還有賣糖的，但是只由大家享用，並不再粘灶王的嘴了。

過了二十三，大家就更忙起來，新年眨眼就到了啊。在除夕以前，家家必須把春聯貼好，必須大掃除一次，名曰掃房。必須把肉、雞、魚、青菜、年糕什麼的都預備充足，至少足夠吃用一個星期的——按老習慣，鋪戶多數關五天門，到正月初六才開張。假若不預備下幾天的吃食，臨時不容易補充。還有，舊社會裡的老媽媽論，講究在除夕把一切該切的東西都切出來，省得在正月初一到初五再動刀，動刀剪是不吉利的。這含有迷信的意思，不過它也表現了我們確是愛和平的人，在一歲之首連切菜刀都不願動一動。

除夕真熱鬧。家家趕作年菜，到處是酒肉的香味。老少男女都穿起新衣，門外貼好紅紅的對聯，屋裡貼好各色的年畫，哪一家都燈火通宵，不許間斷，炮聲日夜不絕。在外邊作事的人，除非萬不得已，必定趕回家來，吃團圓飯，祭祖。這一夜，除了很小的孩子，沒有什麼人睡覺，而都要守歲。

元旦的光景與除夕截然不同：除夕，街上擠滿了人；元旦，鋪戶都上著板子，門前堆著昨夜燃放的爆竹紙皮，全城都在休息。

男人們在午前就出動，到親戚家，朋友家去拜年。女人們在家中接待客人。同時，城內城外有許多寺院開放，任人遊覽，小販們在廟外擺攤，賣茶、食品、和各種玩具。北城外的大鐘寺，西城外的白雲觀，南城的火神廟（廠甸）是最有名的。可是，開廟最初的兩三天，並不十分熱鬧，因為人們還正忙著彼此賀年，無暇及此。到了初五六，廟會開始風光起來，小孩們特別熱心去逛，為的是到城外看看野景，可以騎毛驢，還能買到那些新年特有的玩具。白雲觀外的廣場上有賽轎車賽馬的；在老年間，據說還有賽駱駝的。這些比賽並不爭取誰第一誰第二，而是在觀眾面前表演騾馬與騎者的美好姿態與技能。

多數的鋪戶在初六開張，又放鞭炮，從天亮到清早，全城的炮聲不絕。雖然開了張，可是除了賣吃食與其他重要日用品的鋪子，大家並不很忙，鋪中的夥計們還可以輪流著去逛廟，逛天橋，和聽戲。

元宵（湯圓）上市，新年的高潮到了——元宵節（從正月十三到十七）。除夕是熱鬧的，可是沒有月光；元宵節呢，恰好是明月當空。元旦是體面的，家家門前貼著鮮紅的春聯，人們穿著新衣裳，可是它還不夠美。元宵節，處處懸燈結彩，整條的大街像是辦喜事，火熾而美麗。有名的老鋪都要掛出幾百盞燈來，有的一律是玻璃的，有的清一色是牛角的，有的都是紗燈；有的各形各色，有的通通彩繪全部《紅樓夢》或《水滸傳》故事。這，在當年，也就是一種廣告；燈一懸起，任何人都可以進到鋪中參觀；晚間燈中都點上燭，觀者就更多。這廣告可不庸俗。乾果店在燈節還要作一批雜拌兒生意，所以每每獨出心裁的，製成各樣的冰燈，或用麥苗作成一兩條碧綠的長龍，把顧客招來。

除了懸燈，廣場上還放花盒。在城隍廟裡並且燃起火判，火舌由判官的泥像的口、耳、鼻、眼中伸吐出來。公園裡放起天燈，像巨星似的飛到天空。

男男女女都出來踏月，看燈，看焰火；街上的人擁擠不動。在舊社會裡，女人們輕易不出門，她們可以在燈節裡得到些自由。

小孩子們買各種花炮燃放，即使不跑到街上去淘氣，在家中也照樣能有聲有光的玩耍。家中也有燈：走馬燈——原始的電影——宮燈、各形各色的紙燈，還有紗燈，裡面有小鈴，到時候就叮叮的響。大家還必須吃湯圓呀。這的確是美好快樂的日子。

一眨眼，到了殘燈末廟，學生該去上學，大人又去照常作事，新年在正月十九結束了。臘月和正月，在農村社會裡正是大家最閒在的時候，而豬牛羊等也正長成，所以大家要殺豬宰羊，酬勞一年的辛苦。過了燈節，天氣轉暖，大家就又去忙著幹活了。北京雖是城市，可是它也跟著農村社會一齊過年，而且過得分外熱鬧。

在舊社會裡，過年是與迷信分不開的。臘八粥，關東糖，除夕的餃子，都須先去供佛，而後人們再享用。除夕要接神；大年初二要祭財神，吃元寶湯（餛飩），而且有的人要到財神廟去借紙元寶，搶燒頭股香。正月初八要給老人們順星、祈壽。因此那時候最大的一筆浪費是買香蠟紙馬的錢。現在，大家都不迷信了，也就省下這筆開銷，用到有用的地方去。特別值得提到的是現在的兒童只快活的過年，而不受那迷信的薰染，他們只有快樂，而沒有恐懼——怕神怕鬼。也許，現在過年沒有以前那麼熱鬧了，可是多麼清醒健康呢。以前，人們過年是托神鬼的庇佑，現在是大家勞動終歲，大家也應當快樂的過年。

（載一九五一年一月《新觀察》第二卷第二期）

養花

我愛花，所以也愛養花。我可還沒成為養花專家，因為沒有工夫去作研究與試驗。我只把養花當作生活中的一種樂趣，花開得大小好壞都不計較，只要開花，我就高興。在我的小院中，到夏天，滿是花草，小貓兒們只好上房去玩耍，地上沒有牠們的運動場。

花雖多，但無奇花異草。珍貴的花草不易養活，看著一棵好花生病欲死是件難過的事。我不願時時落淚。北京的氣候，對養花來說，不算很好。冬天冷，春天多風，夏天不是乾旱就是大雨傾盆；秋天最好，可是忽然會鬧霜凍。在這種氣候裡，想把南方的好花養活，我還沒有那麼大的本事。因此，我只養些好種易活、自己會奮鬥的花草。

不過，儘管花草自己會奮鬥，我若置之不理，任其自生自滅，它們多數還是會死了的。我得天天照管它們，像好朋友似的關切它們。一來二去，我摸著一些門道：有的喜陰，就別放在太陽地裡，有的喜乾，就別多澆水。這是個樂趣，摸住門道，花草養活了，而且三年五載老活著、開花，多麼有意思呀！不是亂吹，這就是知識呀！多得些知識，一定不是壞事。

我不是有腿病嗎，不但不利於行，也不利於久坐。我不知道花草們受我的照顧，感謝我不感謝；我可得感謝它們。在我工作的時候，我總是寫了幾十個字，就到院中去看看，澆澆這棵，搬搬那盆，然後回到屋中再寫一點，然後再出去，如此循環，把腦力勞動與體力勞動結合到一起，有益身心，勝於吃藥。要是趕上狂風暴雨或天氣突變哪，就得全家動員，搶救花草，十分緊張。幾百盆花，都要很快地搶到屋裡去，使人腰酸腿疼，熱汗直流。第二天，天氣好轉，又得把花兒都搬出去，就又一次腰酸腿疼，熱汗直流。可是，這多麼有意思呀！不勞動，連棵花兒也養不活，這難道不是真理麼？

送牛奶的同志，進門就誇「好香」！這使我們全家都感到驕傲。趕到曇花開放的時候，約幾位朋友來看看，更有秉燭夜遊的神氣——曇花總在夜裡放蕊。花兒分根了，一棵分為數棵，就贈給朋友們一些；看著友人拿走自己的勞動果實，心裡自然特別喜歡。

當然，也有傷心的時候，今年夏天就有這麼一回。三百株菊秧還在地上（沒到移入盆中的時候），下了暴雨。鄰家的牆倒了下來，菊秧被砸死者約三十多種，一百多棵！全家都幾天沒有笑容！

有喜有憂，有笑有淚，有花有實，有香有色，既須勞動，又長見識，這就是養花的樂趣。

（載一九五六年十月二十一日《文匯報》）

賀年

勞動是最有滋味的事。肯勞動，連過新年都更有滋味，更多樂趣。

記得當初我還是個孩子的時候，家裡很窮，所以母親在一入冬季就必積極勞動，給人家漿洗大堆大堆的衣服，或代人趕作新大衫等，以便掙到一些錢，作過年之用。

姐姐和我也不能閒著。她幫助母親洗、作；我在一旁打下手兒——遞烙鐵，添火，送熱水與涼水等等。我也兼管餵狗，掃地，和給灶王爺上香。我必須這麼作，以便母親和姐姐多趕出點活計來，增加收入，好在除夕與元旦吃得上包餃子！

快到年底，活計都交出去，我們就忙著籌備過年。我們的收入有限，當然不能過個肥年。可是，我們也有非辦不可的事：灶王龕上總得貼上新對聯，屋子總得大掃除一次，破桌子上已經不齊全的鋼活總得擦亮，豬肉與白菜什麼的也總得多少買一些。由大戶人家看來，我們的這點籌辦工作的確簡單的可憐。我們自己卻非常興奮。

我們當然興奮。首先是我們過年的那一點費用是用我們自己的勞動換來的，來得硬正。每逢我向母親報告：當鋪劉家宰了兩口大豬，或放債的孫家請來三堂供佛的、像些小塔似的頭號「蜜供」，母親總會說：咱們的餃子裡菜多肉少，可是最好吃！當時，我不大明白為什麼菜多肉少的餃子反倒最好吃。在今天想起來，才體會到母親的話裡確有很高的思想性。是呀，第一我們的餃子不是由開當鋪或放高利貸得來的，第二我們的餃子是親手包的，親手煮的，怎能不最好吃呢？劉家和孫家的餃子必是油多肉滿，非常可口，但是我們的餃子會使我們的胃裡和心裡一齊舒服。

勞動使我們窮人骨頭硬，有自信心。回憶起來，在那黑暗的歲月裡，我們一家子怎麼闖過了一關又一關，終於掙扎過來，得到解放，實在不能不感謝共產黨，也不能不提到母親的熱愛勞動。她不懂得革命，可是她使兒女們相信：只要手腳不閒著，便不會走到絕路，而且會走得噔噔的響。

雖然母親也迷信，天天給灶王上三炷香，可是趕到實在沒錢請香的時節，她會告訴灶王：對不起，今天餓一頓，明天我掙來錢再補上吧！是的，她自信能夠掙來錢，使神仙不致於長期挨餓。我看哪，神仙似乎倒應當向她致謝、致敬！

我也體會到：勞動會使我們心思細膩。任何工作都不是馬馬虎虎就能作好的。

馬馬虎虎，必須另作一回，倒不如一下手就仔仔細細，作得妥妥貼貼。勞動與取巧是結合不到一處的。要不怎麼勞動能改變人的氣質呢。

說起來有點奇怪，回憶往事，特別是幼年與少年時代的事，也不知怎麼就覺得分外甜美。事實上，我在幼年與少年遇到的那些事，多半是既不甜，也不美的。恐怕是因為年少單純，把當時的事情能夠記得特別深刻，清楚，所以到後來每一回想就覺得滋味深長，又甜又美。若是果然如此，我們便應警惕：是否我們太善於戀舊，因而容易保守呢？沉醉於過去，就會不看今天的進步事實，更不看明天的美麗遠景，一來二去，沒法不作出「今不如昔」的結論而感慨繫之。這可就非常危險！保守落後的人就是阻礙社會向前發展的人！

不過，咱們開頭就說的是勞動最有滋味。是的，假若幼年與少年時代過的是勤苦生活，回憶起來就不能不果然甜美了。小時候養成的好習慣，必須直到如今還繼續發生作用，怎能不美呢！到今天，我還天天自己收拾屋子，不肯叫別人插手。這點輕微的勞動本算不了什麼大事，值不得誇口。可是，它的作用並不限於使屋裡乾淨，瓶子罐子都有一定的位置。它還給我的寫作生活一些好的影響。我天天必擦抹桌子，也必拿筆寫點什麼。勞動不同，勁兒可是一樣，不幹點什麼，心裡就不舒服。

擦桌子要擦得乾乾淨淨，寫稿子也要寫得清清楚楚，勁兒又是一樣。不這樣心裡就不安。不管怎麼說，這都是好習慣。古語說：業精於勤。據我看，光勤於用腦力而總不用體力，業也許不見得能精；兩樣都用，心身並健，一定更有好處。

欣逢新歲，想起當年，覺得勞動滋味的確甜美，而且享受不盡。因而也就想到今天有多少幹部與多少作家都正在山上或鄉下，和農民們在一處過年。這真是可喜的事，令我羡慕。我敢斷言：您們和農家的父老兄弟們在一處包餃子過年，一定吃得最香甜，胃裡和心裡一齊都舒服。這點生活經驗，我相信，將永遠成為您們記憶中的最甜美的部分，而且熱愛勞動的習慣一旦養成，即能終身享受不盡。嘗到勞動滋味的人有福了，因為社會主義的幸福是您們的！謹向您們致賀，向一切勞動人民致敬，並祝

新年之禧！

（載一九五八年一月一日《人民日報》）

貓

貓的性格實在有些古怪。說牠老實吧，牠的確有時候很乖。牠會找個暖和地方，成天睡大覺，無憂無慮。什麼事也不過問。可是，趕到牠決定要出去玩玩，就會走出一天一夜，任憑誰怎麼呼喚，牠也不肯回來。說牠貪玩吧，的確是呀，要不怎麼會一天一夜不回家呢？可是，及至牠聽到點老鼠的響動啊，牠又多麼盡職，閉息凝視，一連就是幾個鐘頭，非把老鼠等出來不拉倒！

牠要是高興，能比誰都溫柔可親：用身子蹭你的腿，把脖兒伸出來要求給抓癢，或是在你寫稿子的時候，跳上桌來，在紙上踩印幾朵小梅花。牠還會豐富多腔地叫喚，長短不同，粗細各異，變化多端，力避單調。在不叫的時候，牠還會咕嚕咕嚕地給自己解悶。這可都憑牠的高興。牠若是不高興啊，無論誰說多少好話，牠一聲也不出，連半個小梅花也不肯印在稿紙上！牠倔強得很！

是，貓的確是倔強。看吧，大馬戲團裡什麼獅子、老虎、大象、狗熊、甚至於笨驢，都能表演一些玩藝兒，可是誰見過耍貓呢？（昨天才聽說：蘇聯的某馬戲團裡確有耍貓的，我當然還沒親眼見過。）

這種小動物確是古怪。不管你多麼善待牠，牠也不肯跟著你上街去逛逛。牠什麼都怕，總想藏起來。可是牠又那麼勇猛，不要說見著小蟲和老鼠，就是遇上蛇也敢鬥一鬥。牠的嘴往往被蜂兒或蠍子螫的腫起來。

趕到貓兒們一講起戀愛來，那就鬧得一條街的人們都不能安睡。牠們的叫聲是那麼尖銳刺耳，使人覺得世界上若是沒有貓啊，一定會更平靜一些。

可是，及至女貓生下兩三個棉花團似的小貓啊，你又不恨牠了。牠是那麼盡責地看護兒女，連上房兜兜風也不肯去了。

郎貓可不那麼負責，牠絲毫不關心兒女。牠或睡大覺，或上屋去亂叫，有機會就和鄰居們打一架，身上的毛兒滾成了氈，滿臉橫七豎八都是傷痕，看起來實在不大體面。好在牠沒有照鏡子的習慣，依然昂首闊步，大喊大叫，牠匆忙地吃兩口東西，就又去挑戰開打。有時候，牠兩天兩夜不回家，可是當你以為牠可能已經遠走高飛了，牠卻瘸著腿大敗而歸，直入廚房要東西吃。

過了滿月的小貓們真是可愛，腿腳還不甚穩，可是已經學會淘氣。媽媽的尾巴，一根雞毛，都是牠們的好玩具，耍上沒結沒完。一玩起來，牠們不知要摔多少跟頭，但是跌倒即馬上起來，再跑再跌。牠們的頭撞在門上，桌腿上，和彼此的頭上。撞疼了也不哭。

牠們的膽子越來越大，逐漸開闢新的遊戲場所。牠們到院子裡來了。院中的花草可遭了殃。牠們在花盆裡摔跤，抱著花枝打秋千，所過之處，枝折花落。你不肯責打牠們，牠們是那麼生氣勃勃，天真可愛呀。可是，你也愛花。這個矛盾就不易處理。

現在，還有新的問題呢：老鼠已差不多都被消滅了，貓還有什麼用處呢？而且，貓既吃不著老鼠，就會想辦法去偷捉雞雛或小鴨什麼的開開齋。這難道不是問題麼？

在我的朋友裡頗有些位愛貓的。不知他們注意到這些問題沒有？記得二十年前在重慶住著的時候，那裡的貓很珍貴，須花錢去買。在當時，那裡的老鼠是那麼猖狂，小貓反倒須放在籠子裡養著，以免被老鼠吃掉。據說，目前在重慶已很不容易見到老鼠。那麼，那裡的貓呢？是不是已經不放在籠子裡，還是根本不養貓了呢？這須打聽一下，以備參考。

也記得三十年前，有一艘法國輪船上，我吃過一次貓肉。事前，我並不知道那是什麼肉，因為不識法文，看不懂菜單。貓肉並不難吃，雖不甚香美，可也沒什麼怪味道。是不是該把貓都送往法國輪船上去呢？我很難作出決定。

貓的地位的確降低了，而且發生了些小問題。可是，我並不為貓的命運多耽什麼心思。想想看吧，要不是滅鼠運動得到了很大的成功，消除了巨害，貓的威風怎會減少了呢？兩相比較，滅鼠比愛貓更重要的多，不是嗎？我想，世界上總會有那麼一天，一切都機械化了，不是連驢馬也會有點問題嗎？可是，誰能因耽憂驢馬沒有事作而放棄了機械化呢？

（載一九五九年八月《新觀察》第十六期）

春聯

歡度春節，要貼春聯。大紅的紙，黑亮的字，分貼門旁，的確增加喜氣。寫的又都是讚美春天或鼓舞士氣的話語，更非全無意義。這個形式為漢語所獨有，一個字對一個字，不能此長彼短；兩腿一樣長，站得穩穩當當，看起來頗覺舒服。因此，編寫春聯也是練習文字運用之一道，起碼要左右平衡，不許一隻靴子一隻鞋。

如此說來，練習一番便了。

第一聯是說今年春節在月份牌上的特點：舊除夕正趕上立春，雙重喜氣，理當祝賀。聯曰：

除夕立春同日雙節
隨時進步一刻千金

對仗雖不甚工，可是相信道出了迎春的心情。是的，春天即來，應當人人奮勇，個個爭先，爭取今年的工作成績確比去年的更強。

第二聯是寫給我的兒女的：

勞逸妥安排健康多福
油鹽休浪費勤儉持家

我願意看到他們都幹勁衝天，可也希望他們會勞逸結合，注意健康，以免進攻很猛，而後力不佳。他們都不愛亂花錢，下聯所言，希望鞏固下來，把勤儉持家成為家庭傳統。

贈北京人民藝術劇院一聯：

人民要好戲
藝術登高峰

既有此聯，就須也給青年藝術劇院寫一副，兩家都是我的好友啊。

破浪乘風前途無量
降龍伏虎幹勁衝天

這一聯未免過猛一些，而又不許下小注，怎麼辦呢？對了，以「輕鬆愉快」當橫披，不就行了麼？

贈詩人臧克家一聯，已寫好送去。其他各聯，因沒有時間研墨，無法寫在紅紙上。克家好學，為人豪爽，故曰：

學知不足
文如其人

最後，還得給自己寫一聯：

付出九牛二虎力
不作七拼八湊文

作文章最忌七拼八湊。欲免此弊，必須賣盡力氣，不怕改了再改；實在無法再改，可是還不通暢，那就從頭另寫，甚至寫好幾回。我不能經常這樣，有時候一忙，就勉強交卷，以後應當改正。

在我十來歲的時候，春節以前總去幫著塾師或大師哥在街上擺對子攤。我的任務是研墨和為他們拉著對子紙。他們都有一本對子本，裡面分門別類，載有各樣現成聯詞。他們照抄下來，分類存放。買春聯的人只須說出要一副灶王對、一副大門對等等，他們便一一拿將出來，說好價錢，完成交易。因此，那時候的胡同裡，往往鄰近的好幾家門外都貼著「天增歲月人增壽，春滿乾坤福滿門」。至於灶王龕上，更是一致地貼著「上天言好事，下界保平安」。自從北京解放，大家貼的春聯，多數是新編的，不事抄襲。這也是個進步。附帶說說，證明不要厚古薄今。

（載一九六二年二月三日《北京日報》）

記憶猶新

劉寶全[1]老先生一出場，就使聽眾精神為之一振。他的高身量與爽爽朗朗的風度，使大家感到只有他才配表演趙子龍、李逵等英雄人物。他的藝術修養是那麼深厚，使大家覺得他就是那些人物的化身。這一點，他和楊小樓老先生有相同之處，雖然一位是曲藝演員，一位是戲曲演員。

他一出場，聽眾就報以熱烈的喝彩與掌聲。大家喜愛他，欽佩他，都覺得能夠聽到他的歌聲是一種幸福的享受，非喝彩、鼓掌不可！

他開始打鼓，臺下立刻極其肅靜，聚精會神地等候他開口歌唱。在舊社會的書場裡，秩序很壞，可是劉先生能夠叫大家屏息靜聽。這不容易！

收住鼓板，他自行「報幕」，交代要唱哪個節目。大家又報以彩聲。大家知道，他經常演唱的節目都經過千錘百煉，無不精彩。他的每一段裡都有獨創的唱腔，由全段看來，又每段有每段的特有氣氛——悲壯的故事則通體以激昂慷慨為主，喜劇性的節目則通體以輕鬆明快行腔。

1. 劉寶全（1869 − 1942），曾名劉順全，字毅民。京韻大鼓演員，劉派京韻大鼓創始人。

他開口了。他有清勁高亮的嗓音，加以多年的鍛煉，所以唱得有氣勢，有韻味，有頓挫，有感情。不管多麼快，每個字都清楚。不管多麼慢，總是腔緩神全，不拖泥帶水。唱著唱著，忽然高拔入雲，如鶴唳九天，或忽然剎住，斬釘截鐵。他的眼神、手式、鼓板，都恰好幫助他把人物形象唱活了，活生生地立在聽眾面前。他的嗓音既那麼美，而又能運用歌聲畫出風景與人物來，使人耳中聽見，同時眼也看見，這是極高的表演才能，不怪大家都稱他為鼓書大王。

他精通京戲，彈得一手好琵琶，所以他能創造新腔，自成一家。在他演唱的時候，多少曲藝內行與京戲名演員都來向他學習。

四十年前，我在天津住過半年。那時候，劉老先生正在天津獻藝。上面所說的，是我在四十年前所得到的一些印象，至今歷歷如在目前。

（載一九六二年十月十八日《曲藝》第五期）

附錄

擬編輯《鄉土志》序[1]

予入校讀書，離鄉百餘里矣。男兒身在，宇宙為家，著草履而踏九州，棹扁舟以浮萬里，百餘里其為程幾何也！然每當疏窗夜雨，短榻孤燈，輒終宵不寐而念吾鄉東小溪秋水將澄，可網魚矣；城南小市今當趕集期矣！又念吾家收穫將竣而河東蟹肥矣！

種種閒情，均添幽怨，雖自抑制，而不期然而然。曾謂：此百餘里之隔，使予如是耶！抑予無男兒氣耶？詢之同學，則均如是也。及唱高帝大風之歌，讀項王錦衣之語，則英雄且如是，矧予常人？於是知鄉土之感人深也。

夫人之於鄉里也，生於斯，育於斯，長於斯，終身之事業萌於斯；雖飄蕩東西，詎肯忘其呱呱而啼之寸土！又況爾祖爾父業於斯，葬於斯。念身世之所來，仰祖、父之手澤，穆然深思，悠然遐想，雖一草一木，有愴然情深者矣！於是，而考其風俗也則親而切，研究其歷史地理物產也則詳而確。以研究所得，獻之一鄉之人，則一鄉之人均思保其風俗之真而慕其祖德宗功，愛鄉之心自由（油）然而生。

1. 本篇是作者於一九一七年就讀北京師範學校四年級時的作文。發表時署名「舒慶春」。標點為《老舍全集》編者所加。

夫愛其鄉矣，鄉何由而保？告之曰：必愛爾國以保爾鄉。則愛其鄉者必愛其國；愛其國者始於愛其鄉。且藉以本鄉之善惡證他鄉之得失，則化及四鄰。風俗純而政令易行矣。且非但此也，研究史地之初步，無真確觀察之知識，則學者失其興趣。五尺童子教以禹貢，普通鄉民告以海洋，則東西未辨，遑言九州；氏族未明，敢談世界？以耳目手中之所及，以為輸入史地之門徑，則收功也易，而教導也速。耳目手足之所及，惟此生斯長斯之鄉土也。以鄉土之資料，編入小學課程，其庶矯今日教育者空談失實，騖遠忽近之弊歟？！使國人而人人懷一《鄉土志》也，展冊一讀，鄉土宛然在目，雖重洋萬里之外，吾知其愴然淚下念其祖國，媚外之心決不復存！則《鄉土志》之研究也，易而收功也。

如此，吾將為國人創而為之，以風吾一鄉，且補教育之不足。予再入校，將中夜一覽，以消悶愁，當不復秋水城東之念矣。

丁巳端陽前三日序。

（載一九一九年四月《北京師範校友會雜誌》第一期）

老舍文選

作　　者	老舍
發 行 人	林敬彬
主　　編	楊安瑜
編　　輯	吳培禎
封面設計	陳膺正
編輯協力	陳于雯、林裕強
出　　版	大旗出版社
發　　行	大都會文化事業有限公司

11051台北市信義區基隆路一段432號4樓之9
讀者服務專線：(02)27235216
讀者服務傳真：(02)27235220
電子郵件信箱：metro@ms21.hinet.net
網　　　址：www.metrobook.com.tw

郵政劃撥	14050529 大都會文化事業有限公司
出版日期	2020年05月初版一刷
定　　價	380元
I S B N	978-986-98603-8-3
書　　號	B200501

First published in Taiwan in 2020 by Banner Publishing,
a division of Metropolitan Culture Enterprise Co., Ltd.

4F-9, Double Hero Bldg., 432, Keelung Rd., Sec. 1,Taipei 11051, Taiwan
Tel: +886-2-2723-5216　　Fax: +886-2-2723-5220
Web-site:www.metrobook.com.tw
E-mail:metro@ms21.hinet.net

國家圖書館出版品預行編目(CIP)資料

老舍文選/老舍著. -- 初版. -- 臺北市：大旗出版：大都會文化發行，2020.05
432面； 14.8×21公分

ISBN 978-986-98603-8-3 (平裝)

1. 現代文學創作 2. 老舍

855　　109005042